Kadokawa Fantastic Novels
U0045727
卡洛絲緹
瑟雷絲緹娜

亞特
傑羅斯

莉莎
夏克緹
唯

阿奎娜塔
蓋拉涅絲
弗雷勒絲
溫蒂雅

Kotobuki Yasukiyo

寿安清

Kadokawa Fantastic Novels

Contents

序章　大叔與亞特促膝長談

傑羅斯與亞特一行人抵達了斯萊斯特城塞都市的旅館。

莉莎和夏克緹先行到房裡休息時，兩個男人在一樓的酒吧喝著酒。

這麼做也有了解彼此近況以及交換情報的用意在，然而他們兩個的情況——應該比較像是在抱怨自己突然被丟進異世界時所在的位置吧。

感覺有如遊戲玩家們的線下聚會。

「……忽然被丟在法芙蘭大深綠地帶的中心嗎！真虧你能活下來呢。根據我聽到的消息，那裡是危險地帶耶……」

「你是被丟在伊薩拉斯王國附近的盆地啊……真好～讓人羨慕得不得了啊。不用經歷那種地獄般的處境……」

「為什麼要用那種充滿怨恨的眼神看我啊，那不是我的錯吧？而且我們那時候很難確保糧食耶。好不容易找到了聚落，沒想到那裡的居民也因為沒有食物，快要餓死了……可以狩獵的環境還比較容易生存吧。」

「相對的要暴露在生命危險之中喔？魔物的強度和這附近的截然不同，特別是那白色人猿………不，以可以輕鬆獲得食物的狀況而言，我的遭遇確實比較好一點吧？」

「……人猿？」

兩人一邊喝著麥酒一邊聊天，對話內容逐漸朝著比較誰的遭遇才慘的方向發展。

一邊是賭上性命的野外求生生活，不是吃就是被吃。另一邊則是發現了貧乏的農村，在那裡努力地改善生活狀況。到底在哪邊求生比較輕鬆呢。

重新聽了對方的遭遇後，雙方果然都對彼此產生了不公平的感覺。

「而且不過是稍微改善了糧食問題，就被舉國款待……真好啊～根本被當成英雄了嘛。呿！」

「你在說什麼啊！你自己還不是幫助了公爵家的大小姐，以很好的待遇被僱用了吧？是哪來的主角啊！甚至還得到了房子……」

「你能理解嗎……每天只有沒味道的肉能吃的生活。在不知道什麼時候會被魔物襲擊的環境下，要確保食物來源有多麼困難……只要稍有破綻就會死，連可以安心休息的地方都沒有……」

「我也過著每天只有番薯吃的生活啊！愈吃愈膩啊，調味料不僅只有鹽巴，還是貴重物品。雖然也有岩鹽，可是裡頭雜質太多了，不能用。而且等我發現時，我已經不知道為什麼被當成首領了，也不能讓莉莎她們餓肚子。」

「這種事情只要多下點功夫就能解決了吧。就算只有鹽巴，光是有味道就好啦。」

「唉，也是啦……不不不！就算是這樣，那裡有很多苦於饑饉的人喔？只有我們的話是好解決，可是也不能對其他人見死不救吧！」

「真好呢，身邊有同伴在～我一直都是一個人喔……只要一睡著，就會聽到附近的野獸叫聲……」

結果兩邊都卯起來說著自己的不幸事蹟，最終化為了嫉妒。

肉還是番薯、缺乏糧食還是野外求生、鹽味還是沒味道。

拜此所賜，兩人之間的氣氛一下子變得劍拔弩張。

「喂，小哥們啊～氣氛這麼險惡，酒會變難喝的吧？不如看看這個，哼！」

「「店長，你要突然秀肌肉是無所謂，但你這是要我們怎麼辦？」」

「呵……很雄壯吧？很美麗吧？怎麼樣啊，這迷人的肉體！」

店長應該是想居中協調吧，然而完全搞不懂他為什麼在這時候要秀肌肉。

這時店長緩緩地將放有料理的小盤子遞到兩人的面前。

「這是特製的『激辛豆醬淋乳清蛋白』。這玩意很有效喔？」

「店長，你……是不是想趁這個機會把我們拉上鍛鍊肌肉之路啊？」

「而且我們在喝酒耶，可以吃乳清蛋白嗎？這樣是不是對健康有害啊。」

「這種時候就要鍛鍊身體，把多餘的酒精排出去。感覺超爽的喔～」

「「那樣只會更容易醉倒吧！」」

這個世界的麥酒酒精含量意外的高。

用酒精濃度來說，大約是15％吧。不管怎樣，在喝酒後運動對身體不好，簡直是自殺行為。

不如說更重要的前提是他們根本不想要鍛鍊身體。

「是說，這間旅館會在料理裡面加乳清蛋白喔？」

「菜單上面完全沒有提到這件事……」

他們才說完，店裡的門就伴隨著「砰咚！」的粗暴聲音被打了開來，一位拿著菜刀的矮人散發出殺氣，怒氣沖沖地逼近店長。

「包威爾，你這傢伙！你又擅自在我做的料理裡面加乳清蛋白了吧。那是要怎樣給客人吃啊！」

「你在說什麼。乳清蛋白對料理來說是最棒的調味料。美妙的乳清蛋白充滿各種可能性啊。」

「別開玩笑了！以前不就是因為這樣才害得這間旅館沒有客人要來嗎！不要硬把你的興趣強加在客人身上！」

看來這位矮人是廚房的主廚。

他因為自己的料理被胡亂加料，非常憤怒的樣子。

「真要說起來，沒辦法好好下廚的傢伙根本不該做餐飲業！你乖乖待在吧臺裡頭擦玻璃杯吧！」

「哼！我也是會下廚的。你才是，明明是被某家餐廳解僱，讓我撿回來才有工作的。別來干涉我對旅館的經營方針！」

「你的料理全都是用乳清蛋白調味的吧！還有不要在廚房裡鍛鍊身體！被你的汗水弄髒的食物哪能端給客人啊！」

「你說什麼？你是想說我美麗的汗水骯髒嗎！閃耀的汗水和乳清蛋白才是最棒的調味料啊！」

「說什麼鬼話！你再不收斂一點，真的會被勒令停業的喔！你是看不起餐飲業嗎！」

「身體是傭兵的本錢！沒有比可以鍛鍊身體更好的事情了吧，你才是在說什麼鬼話咧！」

店長和矮人主廚抓住了彼此，雙方僵持不下。

最後兩人一邊說著「走啊！到外頭去！我要打破你那個腐爛的腦袋！」、「正合我意！我要讓你徹底了解肌肉的美妙之處，你覺悟吧！」一邊走了出去。

接著便傳來了激烈的打鬥聲以及讓人聽不下去的難聽怒罵。

比起那個，他們的對話中有非常令人在意的不當言論。

『『我正在想像一件非常恐怖的事情！』』

這個世上存有不知道也無所謂，連世間都會懼怕的真相。

「……喂，傑羅斯先生。剛剛店長是不是說他『在廚房裡鍛鍊肌肉』啊？」

「是啊。也就是說，這個奇怪的料理也……不僅有乳清蛋白，還有店長的……」

傑羅斯他們兩人身上冒出冷汗，同時環視在店裡的其他客人。

客人們不是若無其事的吃著料理就是在喝酒，但若是剛剛的對話屬實，事情就可怕了。主要是在衛生層面上……

他們之所以這麼沉著，或許是因為這情況平常就已經反覆上演好幾次了吧，不過對於第一次聽到這件事的客人來說，這可不是什麼好消息。

傑羅斯心想著再也不會來住這間旅館了吧，一邊嘆氣一邊從道具欄中拿出培根，用小刀切成薄片，放在盤子上。

「拿這個當下酒菜吧。這間旅館的料理太可疑了……」

「這個培根是什麼肉製成的？而且你拿出的肉塊不是普通的厚耶？」

「飛龍。我在大深綠地帶打倒了七隻吶，因為有多的肉，我就試著加工做成了生火腿之類的東西。要長期保存也沒問題。想要的話我可以分你喔？」

「真的假的！我想要！在伊薩拉斯王國幾乎沒有機會吃到肉，而且飛龍肉是最棒的肉吧。我也想吃吃看。」

於是他們又繼續開始共享情報。

亞特隱瞞了屬於軍事機密的危險守護符的事，傑羅斯也絕口不提自己暗槓了「漂浮機車」一事。畢竟這兩件事要是曝光了都會被問罪。

不說這些帶有內情、充滿罪惡感的真相，兩人裝作什麼都不知道的樣子繼續交換著情報。

「哦……你是在大深綠地帶撿到『漂浮機車』的零件的啊。我是不是也該去看看呢？」

「我勸你打消這念頭。那裡比『Sword and Sorcery』的野外還要嚴苛喔，莉莎小姐她們連一天都撐不過吧，隔天就在魔物的肚子裡了。」

「真的假的，那裡到底是多誇張啊……但是還真沒想到這個世界有『伊薩．蘭特』。」

「那個也讓我嚇了一大跳吶，不過也因此確定了。」

「你是指『Sword and Sorcery』的世界是以這個世界為基礎構成的事嗎？可是為什麼這麼做……假設四神召喚勇者是為了提升這個世界的文明好了，但搞不懂其他世界的神這麼做的目的是什麼啊。」

「說不定只是想要跟我們人類玩喔？因為要花很長的時間來管理世界，我想他們一定很閒吧。」

「神只要看著世界的話，那應該是很閒吧。但這樣豈不是和輕小說裡的神一樣嗎？」

亞特似乎覺得背後應該有更深的理由在，傑羅斯卻沒想得那麼複雜。

這一方面也是因為他大致了解狀況，不過所謂的神本來就是超乎常理的存在，人類去分析神的想法是沒有意義的。

神光是沒有操控世界，讓人類進行互相殘殺的生存遊戲，就已經算是有良心了。

「問題是……」

「你是指我們有可能不是轉生，而是轉移嗎？如果是這樣，就表示我們的世界的神騙了四神。這是為什麼？」

「大致上的情況我是可以推敲得出來啦。八成是因為四神任意召喚勇者，惹火其他神了吧？」

傑羅斯他們的世界的諸神對四神說謊的原因。

根據復活的邪神所言，得知了召喚勇者的儀式是總有一天會牽扯到周遭的其他世界，引發次元崩壞現象的危險行為，而四神教卻指使人類們去做這件事。

若是改從負責管理周遭其他次元的諸神的角度來看，等於是祂們管理的世界中有許多人被擄走了。

傑羅斯推測諸神們身為管理者，將會被迫要做一些事後處理，例如竄改現象來隱藏勇者們被召喚的事實，或是藉由操控時間來改寫歷史。

而且這是未經許可就擅自干涉其他神管理的世界，就算是個性悠哉的神也很有可能會火冒三丈。

不過這時候還不能把邪神復活的事情說出來。

因為這不僅是他的最終王牌，也是現在必須隱藏起來的重要手牌。

「傑羅斯先生，你覺得要怎樣才能讓邪神復活啊？」

「咦？邪神嗎？這個……該怎麼做呢？為什麼問這個啊？」

「要趕下四神的話，我認為一定要有邪神才行，因為那些傢伙應該只是代理神。我還以為傑羅斯先生已經調查出這件事了。」

「我是有調查出這件事啦……可是你對我的評價有些誇大了吶。根據我的猜測，神應該會將在那邊復活的邪神送回這裡，而我們的任務是轉移四神注意力的誘餌吧？」

「原來如此……所以說傑羅斯先生手上也沒有邪神的素材啊。我還以為神會讓我們之中的某人持有什麼線索呢～」

「素材我是有啦，但老實說那是被詛咒的素材喔？光是持有就會獲得負面狀態的那種……這種東西要拿出來實在太危險了。」

「真的假的？那種東西我們也很難處理吧……」

在現階段就說出邪神的存在，要是情報一個不小心洩露出去時，身體尚未穩定的邪神一定會輕易地被解決。就算風險非常低，也不該貿然行事。

因為邪神的力量還沒恢復到足以和四神對抗的程度，所以傑羅斯才覺得就算對象是亞特，也該避免說出這個情報。畢竟要欺敵之前，得先從欺騙自己人開始做起。

「就算『殲滅者』全員都在，也沒辦法淨化邪神的素材吧。素材上的瘴氣不是普通的嚴重。要我現在拿出來也行……但會先搞出人命呢。」

「唔哇，根本是核廢料等級的危險物品嘛……汙染力超誇張的！」

「其實那東西我也是淨化了好幾次，好不容易才恢復到普通的程度喔？一般人碰到會死得很慘，所以封印起來比較好吧。」

「眼下的目標是那個國家嗎……你覺得那些傢伙會露面嗎？」

「不可能。畢竟四神沒有責任感，不管死了多少人類，四神都會裝作不知情吧。」

「果然啊……那些傢伙真令人火大。」

「我深有同感……」

傑羅斯和亞特意見一致，可是某個國家對他們的合作關係來說是個問題。

為了保護復活的邪神，傑羅斯需要刻意在真話中夾雜著謊言。

這樣可以提升內容的可信度，同時含糊帶過跟邪神復活有關的話題。

「話說回來，這個培根……真的很好吃耶～真的好好吃……好好吃……」

「你為什麼在哭啊？我剛剛拿出來切的那塊你不介意的話，給你吃吧？反正我還有很多。」

「唔哇，傑羅斯先生真大方！這樣我就有好一陣子可以吃到好吃的肉了。」

「你們到底對肉有多飢渴啊？」

「伊薩拉斯王國啊……家畜也很少。雖然偶爾會有岩鳥出沒，但就算打倒了那種鳥，肉也很難吃。不過其他部分是很好的素材啦……哈哈哈。嗚嗚……」

看著一邊真心流淚一邊咬著培根的亞特，傑羅斯的眼淚不知道為什麼也跟著停不下來。

這是因為儘管方向性不同，但他很了解對食物的飢渴有多難受。

兩人之間有著共同的痛苦回憶，差別只有對象是肉還是穀物而已。

不，這份痛苦仍以現在進行式持續著的亞特比較悲慘吧。

伊薩拉斯王國的生活環境或許比傑羅斯想像得更糟。

「嗚……算我特別招待。這個飛龍的生火腿也給你吧。你可以分給她們兩個吃。」

「好大！這什麼！以大腿肉來說這也太大塊了吧？這整塊都是生火腿，呃，好重！」

「你們就盡情品嚐吧……香腸要回我家才有就是了……」

「傑羅斯先生對異世界的適應能力也太強了吧！請讓我一生跟隨你！」

這一天，亞特學到了要在這個世界生存，必要的不是「技能」，而是適應環境的能力。

莉莎和夏克緹也有「調理」的技能，可是味道本身卻不怎麼樣。就算技能等級高，她們兩個也沒有在現實中活用那些技能的經驗。

亞特抱著大小和自己的身體匹敵的生火腿，一副幸福的樣子。

然後到了隔天早上——

「豪豪粗……肉豪豪粗喔～……嗚嗚。」

「生火腿、炒蛋……軟綿綿的麵包。居然能吃得這麼奢侈……」

「是像樣的一餐呢～……嘿嘿嘿……這個世界的肉太難吃了嘛～眼淚都……嘿嘿嘿，好吃。」

三個人邊哭邊吃著傑羅斯用攜帶式瓦斯爐隨手做出的料理。

真在意他們至今為止到底過著怎樣的飲食生活。

目前能弄清楚的就是日本人跟異世界的飲食文化不合吧。

現實對於現代的年輕人來說實在難受到了哀傷的程度。

第一話　參加防衛戰前的事

「……鄉下的肉腥味很重呢。」

「那只是因為沒有先放血吧？」

「麵包很硬，肉乾味道太重還咬不斷，下巴都累了。」

「因為現代日本人的下顎很無力啊。」

「烤過的肉味道也很奇怪，吃不出肉的鮮味耶。大概是他們不知道要讓肉熟成吧～」

「啊，這樣講我就可以理解了。我偶爾會在外面吃飯，但跟好吃的店相比，差距真是天差地遠吶～嗯嗯嗯。」

亞特等人久違地飽餐一頓，心情好得不得了。

出國時經常會體驗到的味覺差異，其實是非常嚴重的問題。

像旅行那樣只有幾天的話還不成問題，以年為單位來計算那就是地獄了。而且這裡是異世界，飲食文化的水平低落，衛生管理也很隨便。

經常發生食物中毒的狀況，要加強或提升品質管理又很花錢。而且實際要做起來會是國家規模級的大事業。

貴族雖然有在管理領地，但是幾乎沒有人會去經營這種事業。真要說起來，貴族們根本不懂事業，在欠缺知識和情報的情況下開始經營，可以想見一定會以失敗收場。

然而德魯薩西斯公爵從小規模的事業開始，腳踏實地的累積業績和經驗，再投入一切，成功創造了大事業。由於在判斷時機正好的時候投入了大量的資金，收益也確實地提升了。

而和德魯薩西斯公爵共同經營事業或有業務往來的貴族們，他們的領地也獲得了一定程度的發展。

斯萊斯特城塞都市也是其中之一。

「……因為這樣，我住的地方在飲食上算是比較富饒啦～」

「好想搬去住……而且唯也在這個國家，我乾脆……」

「對啊！反正兩國之間也建立起同盟關係了，現在收手移居到索利斯提亞也不會有問題吧！」

「美味的食物、富裕的經濟力及統治……在這裡以魔導士的身分工作或許也不錯……」

「你們在伊薩拉斯王國被當成國賓來款待對吧？要是知道了什麼洩露出去會很不妙的事情，那個國家應該會派刺客來暗殺你們吧？」

「「「咦？」」」

亞特在軍事方面幹了不少好事，而且儘管是臨時的，但也被授予了王室顧問的職位。莉莎和夏克緹對於魔法藥在國內的市場流通也有所貢獻。

這些事情的效果微乎其微，可是對伊薩拉斯王國來說，他們仍是不可多得的寶貴人材。與其讓人材被其他國家搶走，一定會覺得不如處理掉他們比較好吧。

更何況國王是個多慮的膽小鬼，不知道為什麼非常依賴亞特。

「……那個國王應該會哭著哀求我吧～」

「我也教了他們藥草的栽培方法，拿了研究部門的薪水。」

「我也因為想生產保暖的衣物或是提升國民的生活水平，做了不少事……像是打造冰屋來保存食物之類的，不小心做了許多不該做的事情呢。」

「我只當了人家的家庭教師呢～現在是自耕農，偶爾會去做土木工程相關的打工，還有接一些類似傭兵的工作。很輕鬆喔？」

「「「太、太狡猾了……」」」

「一開始先說就好啦。說『我沒打算在國家的權力下做事』。我可是一開場就這麼說了喔？」

亞特等人受託成為了王室顧問魔導士，擁有在某些情況下可以干涉軍事的權限。

在文明退化的這個世界，「Sword and Sorcery」的作弊能力擁有無論哪個國家都不願輕易放手的價值。除非培育了優秀的弟子，不然不管用什麼手段，國家都會想辦法留住他們吧。

「那你為什麼會認識騎士團隊長級的人物啊？」

「我以前有帶學生去過大深綠地帶。那時候有跟來當護衛的騎士們一起行動過罷了。」

「對方是公爵吧？我不覺得對方會願意放走傑羅斯先生啊……」

「公爵會準備合適的報酬來利用我，避免我與他們為敵，他不是會用強迫的方式要他人做事的人。簡單來說就是商務合作啦，商務。」

「以某方面來說，對方是個理解力很高的人呢。與他為敵會很可怕喔？」

「我也這麼想。比起那種靠權力把人留在手邊的人，這種人的想法更難以預測。」

「他雖然是公爵，但本質上是個能幹的商人吶。因為我們是為了雙方的利益而互相利用的關係，所以他絕對不會亂來。如果碰到了超出商務範疇的狀況，他也會老實地低頭拜託他人喔。」

傑羅斯知道德魯薩西斯公爵只會在必要時誠懇地低頭請求他人。

而他至今沒有這麼做，是因為他把傑羅斯視為商務合作的對象。實際上他也付了傑羅斯用都用不完的大筆報酬。

公爵是個會確實地支付與利益對等的報酬的人。

「傑羅斯先生真的很強耶……真虧你可以和那種大人物做交易。」

「我啊，在當上班族的時候經常要因為簽約之類的事務飛往全國各地喔。回國後還得面對地獄般的日常業務工作，現在想想快可以算是黑心企業了吧。」

「你根本成了那家黑心企業的尖兵了吧？」

「呵，呵，呵，莉莎小姐……雖然妳說是黑心企業，可是公司內部已經很有良心了喔？在提交開發軟體的期限前很黑心就是了……那可是地獄吶，哀鴻遍野呢～……到底幾天沒睡啊～」

「這種情況下一般來說會去告公司吧～真虧你能在那種公司工作耶？」

「出社會之後，有時還是會被塞一些沒道理的工作啊，莉莎小姐……爛部長啊～會在工作進度非常嚴苛的狀況下安排海外出差的行程進來喔。不了解第一線人員的痛苦就蓋了章。也不聽我們的意見，說要怎樣就怎樣！」

「「「唔哇～真是艱辛的職場～社會人士真了不起～……」」」

儘管如此，因為工作起來很有成就感，所以他還是繼續做了下去。

在由於姊姊策劃的犯罪行為而被解僱之前，他甚至名列在重要職位的候補人選名單之中。

而他現在卻過著悠哉的家裡蹲慢活人生，簡直是天差地遠。

唉，因為有錢就會有想分杯羹的鬣狗湊上來，所以在前一間公司時他也對此準備了許多對策，不過來到了異世界，那些準備也失去意義了。

四人一邊聊著在地球時的事情，一邊來到了傭兵公會。

因為他們認為想了解這個城鎮的現況，來傭兵公會是最好的。

「好了，阿雷夫先生在不在呢？」

公會裡設置了緊急指揮中心，在裡面的是阿雷夫和身為公會會長的老人東沙克，以及一位衣著高尚的貴族男性。

「阿雷夫先生，現在的狀況怎麼樣了？」

「是傑羅斯先生啊……老實說不太樂觀呢。魔物的數量持續增加，北門也開始與魔物交戰了。」

「真快啊……從巨蟑的進攻速度來看，我以為會花上一週的，是事件帶來的影響使得戰鬥提前開始了嗎……」

「嗯。不過從伊斯特魯魔法學院的學生們那裡得到的作戰提案似乎很有效。雖然是用範圍魔法打倒魔物，再用那些魔物的屍體當誘餌，藉此拖慢魔物進攻速度這樣的方法就是了。」

「伊斯特魯魔法學院？作戰提案～？」

「提案在這邊，你要看一下嗎？」

他所遞出的提案封面上寫著：「城塞都市防衛作戰提案，第七項。～沒有誘餌的話，殺掉魔物不就好了～」。

要簡單說明這份作戰提案的內容的話，是基於失控的魔物多半是在沒有進食的情況下不斷移動，所以把第一波襲來的飢餓魔物用範圍魔法打倒當作誘餌，藉此有效率地解決湊上來吃魔物屍體的第二波和第三波魔物。

湊上來覓食的魔物不僅會築成一道防衛牆，也能拖慢後面擠上來的魔物的腳步。

根據內容來看是一份確實地掌握了各個細節的作戰提案，副標題卻超級隨便。

這個作戰必須要有一定數量的魔導士才能實行，不過幸好由於魔導士團的組織改革，有一個中隊規模的魔導士駐守在這座城塞都市。算是他們運氣好吧。

「我們從破曉前就試著實行了這個作戰，意外地有效。只是失控的魔物行列中有數量超乎預期的姬蠊和帝王級的小強。」

「已經連這裡都有牠們的蹤影了嗎？」

「是啊，拜此所賜，魔導士們幾乎沒得休息。已經戰鬥到有點嗨起來了喔。」

「然而這也有個問題。」

突然出聲的是老人東沙克。

大叔雖然不知道旁邊那位臉色鐵青的貴族叫什麼名字，但他決定總之先聽聽公會長要說些什麼。

「問題？」

「嗯……魔導士們的等級不斷提升，可能會暫時脫離戰線。」

「啊啊～原來是這麼回事啊。」

這個世界的騎士和魔導士的等級很低。

要是被捲入大規模的戰鬥，以範圍魔法打倒了不少魔物，當然會升級。等級快速提升會給魔導士們帶來負擔，使得他們因為身體狀況不佳而必須脫離戰線。

最糟的是魔導士中若是有任何一人倒下了，就得由其他魔導士來補上那個缺口。倒下的人要重回戰線，不管怎樣都得花上一些時間。

「原來如此……那麼我們也加入戰線吧。畢竟我接受了克雷斯頓前公爵的委託。啊，抱歉這麼晚才提出，這是介紹信。」

「唔嗯……什麼！S級魔導士！」

「不，我是原魔導士的農民喔。比起那個，是北門對吧。我打算這就出發去加入戰線。」

傑羅斯是受公爵家委託的魔導士，介紹信上也寫了他可以依照自己的判斷來行動。所以他不需要聽令於軍隊。

而S級魔導士的存在帶給了一旁的貴族男性莫大的衝擊。

「啊啊……克雷斯頓公爵閣下，居然安排了這種程度的戰力過來……太感謝了。」

那名像是貴族的男人雙手合十，有如在向神明祈禱似地表達對不在身邊的克雷斯頓的謝意。旁人看來會覺得他腦袋有問題就是了。

「這位是？」

「這一位是受上層委任，負責管理斯萊斯特城塞都市的『諾霍恩男爵』。也就是執政官。」

「原來如此……唉，怎樣都好啦。我們趁現在先多少削減一些魔物的數量吧，畢竟敵人是『強大巨蟑』。」

「啊，你還是去櫃台辦一下手續吧，畢竟還要分配報酬。」

「了解。那麼，亞特……戰爭的時候到了，去痛揍敵人一頓吧。」

傑羅斯那莫名有活力的樣子，讓在後面看著他的亞特感到一股寒意。

這是在打多人共鬥戰時常見的景象，讓他回想起了把礙事的傢伙徹底驅除的「殲滅者」的身影。

「那個啊……傑羅斯先生？我們要做到什麼程度啊？失手的話說不定會改變地形耶……」

「那還用說，當然是要做到徹底殲滅敵人為止啊。失控的魔物會跟著前方集團來到這裡，把那些魔物集團殺個片甲不留吧。後面還有很多傢伙在等著，不用客氣吧？」

「唔哇，笑得超～燦爛的，你是累積了很多壓力嗎？」

「畢竟是在這種狀況下。也不用擔心地形的事情……反正有多到足以填滿坑洞的魔物嘛～」

亞特沒有發現。

因為自己等人在的緣故，大叔又回到了在玩「Sword and Sorcery」時的心情……

本來會盡可能地將損害控制在最小的範圍內，擁有社會常識的傑羅斯，因為和亞特的重逢，進入了「殲滅者」模式。

已經沒有人能夠阻止變成這樣的傑羅斯了。

魔物們的悲劇揭開了序幕。

第二話　大叔隨便參加了防衛戰

「失控」是一種野生動物造成的自然災害。

這種現象會在特定的物種超過一定數量，或是占據某個區域的大型物種消失時發生。

除此之外也有從迷宮等處出現之類的特殊案例，不過大致上是增加的魔物開始大遷徙，弱小魔物為了躲避這些群體，造成遷徙規模擴大而引發的後果。

從包含斯萊斯特要塞在內，發生在李巴魯特邊境伯爵領地的狀況來看，會認為這次的事件應該是自然災害，但「強大巨蟑」的動向明顯地不太對勁。

「我記得那種魔物只會直直前進吧？一般來說應該會橫越梅提斯聖法神國才對啊……傑羅斯先生你怎麼看？」

「唔～嗯……我就是搞不懂這點。其實來這座城鎮的路上，我發現了一座被魔物包圍的村莊，可是不知為什麼，那些魔物沒有襲擊村莊，魔物群的動向簡直像是刻意避開了那裡耶。我想恐怕是……」

「使用了『魔避香』嗎？但那是製作素材所費不貲的一種道具啊……」

「你也這樣認為嗎？只憑一座小村落的財力，是準備不出這個道具的吧，沒有相當程度的資本根本買不起啊。」

「那麼，是某個國家……難道是梅提斯聖法神國實行的恐怖行動嗎！」

「也只能這樣推論了～魔物往那裡侵略的速度明顯地比往斯萊斯特城塞都市更快，想必是有人刻意將魔物引到村落附近，藉此孤立村落吧。」

可以理解梅提斯聖法神國為什麼會對魔導士之國——索利斯提亞魔法王國採取恐怖行動。神官與魔導士的關係很差，雙方以國家規模對立已是眾所周知之事。

利用「魔避香」或「邪香水」，將超大型魔物「強大巨蟑」引到敵對國，同時還能上演「仇視神明的國家受到了上天的懲罰」這種宛若奇蹟的戲碼。

但是魔避香和邪香水可以憑著氣味辨別出來，沒下雨的話，短時間內氣味是不會消失的。如果被發現，反而會變成一把威力強大的迴力鏢反噬己身，可說是風險極大的一場豪賭。要在這次這種突發狀況下執行，這樣的作戰實在太拙劣了。

「唔～嗯……該不會是在那座村子裡幹起了什麼壞事吧？」

「只是負責採取實際行動的犯人躲在裡面吧？我想對方應該也不想被失控的魔物給牽連。」

「啊啊～也是有這種可能性呢，之後去確認一下吧。」

傑羅斯等人登上石造的階梯，來到保衛城鎮的外牆上。

這道牆約有二十五公尺高，正下方有著大量群聚的魔物，以及吞食著敗亡屍山的肉食獸和小強。連小強也算進去，這裡的魔物應該也只占了整體數量一小部分吧。就算連餓死的數量也算進去，也只是冰山一角。

儘管全是些強度上沒什麼大不了的低階種，數量上卻是壓倒性的多。而軍團本隊還尚未現身，目前出現的很有可能只是先遣部隊。

「……或者是由於飢餓而先衝出來的傢伙，也不能排除這種可能性呢。」

「嗚哇～實際的多人共鬥戰還真噁心耶～」

「血腥味……嗚噁！太慘了……」

「唉，這就是現實嘍。被打倒的魔物不可能像遊戲裡那樣，過一段時間就消失啊。」

「仔細想想，畢竟打倒了大量的魔物啊。雖然是理所當然的事，不過肯定流了大量的血。即使不是人血，這腥臭味還是讓人想吐……」

在眼前拓展開來的平原上滿是令人作嘔的濃厚血腥味。

僅存的些許森林也擠滿了魔物，眾多的魔物貪食著彼此的血肉。

以魔法攻擊群聚的魔物，持續擴大的地獄景象實在太過悽慘，說實話，人類面對這景象很難維持正常的情緒。

令人深刻地感受這裡是真正的戰場。

「咿呀哈哈！臭魔物們！給我滾啦！」

「上升嘍～我的等級上升嘍～咿嘻嘻嘻嘻嘻！」

「唔嘿嘿嘿，燒起來了呢～♪呀哈哈哈哈哈哈哈！」

『『『『……』』』』

面對如此地獄般的慘狀，從魔導士團被分配過來的魔導士們心情卻好得不得了。

他們乍看之下像是精神錯亂了，不過看到其中一位魔導士一口氣喝光一小瓶液體的樣子，傑羅斯等人才發現他們是醉了。

「那個，傑羅斯先生……那些人是不是喝得爛醉啊？」

「完全喝醉了呢～應該是喝了不少『香甜魔力藥水』吧。畢竟那種藥水是含有酒精成分的。」

「那不就跟在戰場上喝酒一樣嗎？這樣好嗎～不算怠忽職守嗎？」

「可是香甜回復藥水是回復藥水喔？應該不足以讓人喝醉……啊，地上好多空瓶……喝那麼多沒問題嗎？」

回復藥的空瓶散落在防衛城牆的地板上。

那數量如實地說明了他們喝下的藥水量遠超乎淺嚐即止的程度。

儘管酒精濃度不高，然而喝下的量多，攝取的酒精量也會隨之累加。這不是該在防衛魔物「失控」的現場飲用的回復藥水。

不如說這反而會讓人擔心他們喝多了會不會對身體造成什麼影響。

「喂喂，你在瞄準哪裡啊～有夠遜～♪」

「囉唆！等著瞧～我馬上收拾一大票給你看～『大地槍刀』！」

「咦～？你怎麼變成三個人了啊～？兄弟～？」

『分配給前線的回復藥沒有設限嗎？所有人都喝醉了……這座城鎮沒問題嗎？』

大叔的內心閃過一抹不安。

亞特等人似乎也想著同樣的事情，所有人都非常頭痛。

儘管是遊戲裡常見的道具，在現實世界中卻會惹出許多問題，看來得發出警告，勸他們不要像這樣在戰場上使用才行。

「傑羅斯先生，差不多該請你出手協助攻擊了……畢竟那些人的魔法威力沒有多強，現在又是那副德性。」

包含搬運弩砲用箭過來的阿雷夫在內，騎士們看到防衛牆上的慘狀都不禁苦笑。

雖然阿雷夫是有說過「他們有點嗨起來了」，但這會妨礙作戰吧。

如果硬要趕人，他們又很有可能會仗著醉意，纏上來找麻煩。

醉鬼就是這麼難應付。

「阿雷夫先生……一般來說會避免去使用香甜藥水類的道具吧？魔導士們全都喝到茫了耶……？」

「我也沒想到配給下來的回復藥水會是加了香甜酒的。上層似乎是優先把快過期的回復藥水拿出來用，但真沒料到會變成這樣。」

「好歹平均分配吧。為什麼拿了這麼多香甜魔力藥水來啊？那邊的木箱裡面幾乎全都是這個吧。」

「這就要請你去向這座城鎮的執政官反應了。我們參加作戰的時候，他們就已經喝得醉醺醺了。」

『『『『戰場是個～好地方～大家都該來一次～一鼓作氣嘿～！哎呀，雖然旁邊的女人稱不上美女就是了！』』』』

『『『你們在說什麼～～～！想找碴是不是？你們啊，要不要先死一遍看看？如果要打我們可是不會客氣的！』』』

有如不知道哪裡來的漁夫在召開宴會般的景象。

然後分成男女兩方勢力的慘烈互毆就這樣開始了。

「我好像想起了酒還是溫泉旅館的廣告呢……」

「醉到那種程度，可能會從天國回來呢。話說這些人能算得上是戰力嗎？」

「你們是不是忘了現在正在戰鬥啊？不過……似乎得在『香甜魔力藥水』上面貼上不得飲用過量的警告標籤呢～」

眼前完全是一場令人傻眼到不知道該說些什麼的悽慘宴會。男女痛毆彼此，而且是女方占上風。真的是非常愉快又沒常識的戰場。

光是沒人裸奔就已經很不錯了。

「那麼去讓他們清醒一點吧。傑羅斯先生，要用什麼魔法啊？」

「爆炸系造成的損害太大了，用冰凍系凍結魔物比較好吧？等到要善後時再放火燒掉就行了。」

「了解，那麼就～……」

「「『嘆息之河』！」」

亞特和傑羅斯同時施放冰凍系魔法「嘆息之河」。

這個魔法在分類上屬於範圍魔法，但是被這兩個超乎常理的魔導士施放又不一樣了，會變得具有足以將位於防衛牆正下方的一大片廣闊土地化為凍土的威力。

魔物們瞬間結凍粉碎，空氣中的水分也因此凍結，引起了鑽石星塵現象，甚至將視線所及的範圍全改寫成了銀白色的世界。

「喔？還有活跳跳的魔物呢。」

「這個解凍之後會不會有嚴重的腐臭味啊？畢竟這些碎片也全都是血肉吧？」

魔物們沒有同伴意識，只是依循著本能，把逃跑視為優先事項，不斷地前進著。

牠們不把腳下的凍土放在眼裡，也不在乎凍傷，拚命地在結凍的大地上前進。

發自本能的恐懼與危機感，讓魔物化為了只會暴衝的存在。「強大巨蟑」對魔物而言就是如此地具有威脅性吧。

如同化為暴徒的人類無法分辨善惡，只會大鬧一樣。

「莉莎和夏克緹也來幫忙啊。都靠我們攻擊，魔力只會一直被消耗掉吧？畢竟等級高的人魔力的回復得比較慢啊。」

「真沒辦法……我就來幫忙吧。『冰結槍刀』！」

「我覺得靠亞特先生你們就可以輕鬆搞定了啊……『冰結槍刀』！」

拚命逃跑過來的魔物在抵達防衛牆之前，就被土槍或冰槍從正下方貫穿，丟了性命。以某種意義上來說，這魔法比傑羅斯他們用的更為殘忍。

「這……要是成功存活下來，善後工作應該很辛苦吧。雖然可以減少箭的消耗數量……」

「想省事也是可以啦，但那樣做的話，這一帶的地形會變得亂七八糟喔？喔，『暴風雪』！」

因為傑羅斯等人的加入，使得戰況一時之間變得有利，稍微放寬心的阿雷夫便開始煩惱起防衛戰結束之後的善後工作了。

雖然魔物的素材是寶貴的收入來源，可是數量太多也會造成價格暴跌，難以處理。

「呼哈哈哈哈！看啊～魔物像垃圾一樣～！」

「亞特先生……這時候不能說這種話啦。實際上我們可是一面倒地解決了牠們……」

「是啊，我覺得說這話有欠思慮耶？畢竟魔物也有生命，我們做的事正是所謂的大屠殺。身為一個人，說這種玩弄生命的話，實在有點……」

「抱歉……可是不這麼說的話，實在做不下去耶？最現實的問題就是如果魔物突破了這裡，城鎮將化為地獄，但不管怎麼攻擊都看不到終點在哪裡啊。」

多到足以覆蓋大地的大量魔物不斷襲來，靠著魔法攻擊化為空地的地方，也會立刻被魔物填滿。數量是不到無窮無盡的程度，卻也確實多到讓他們沒有時間休息。

在這種情況下，盡量不要使用箭一類的消耗品，用魔法攻擊是最有效率的做法。

這和人類之間的戰爭不同，一直以來都是魔導士的攻擊最有效。

魔物並沒有戰術的概念，只會一直線地往這邊衝過來，所以應對起來很輕鬆。

「啊……小強們來了呢。」

「「「咦？」」」

黑色軍團自遠方飛來。

暴食的體現隨著獨特的振翅聲逐漸逼近，以高速接近斯萊斯特城塞都市。

那身影簡直像是要對戰艦發動自殺式攻擊的戰鬥機部隊，速度絲毫未減。

「設個陷阱好了。『火炎地雷』。」

「喔？那麼我也……『爆破地雷』！」

「火炎地雷」和「爆破地雷」是一種會停留在空中或地面，攻擊經過該處的敵人的魔法。通常大多會用在設陷阱、迎敵、埋伏等狀況下。

因為魔法術式經過改良，魔法陣在一定時間內並不會變回魔力，會漂浮在空氣中。

由於魔法陣被風吹走也很困擾，所以得多費點功夫，另外用風系魔法把魔法陣吹向敵人，但是威力強大，可以一口氣將密集的敵人捲入高熱量的火焰之中。

設置在視野遼闊的位置，效果會非常卓越。

——轟隆隆隆隆隆隆隆隆隆隆隆隆隆隆隆隆隆隆隆隆隆！

平原上接連響起轟然巨響。

高速飛行過來的成群小強，瞬間被強大的爆炸給吞沒。

後方的小強們也跟著衝進突如其來的爆炸與高溫火焰之中，一邊燃燒一邊墜落在地。

小強的翅膀怕火，在空中迎戰將是絕佳的狩獵場。

「不是吧～有那麼多？只靠我們的話人手不夠啊！」

「嗯……我們跟傑羅斯先生和亞特先生不同，沒有開外掛啊……」

「地面上的防衛變弱了呢。」

「真的耶～魔導士軍團在做什麼啊？」

他們移動視線看向魔導士軍團的魔導士們，只見魔導士們個個都一臉憨傻的樣子。

傑羅斯等人的魔法太過強大，徹底折損了他們至今為止都以菁英自居的自信心。畢竟這是他們第一次看到高等級的魔導士，也是難免的事。

由於實力差距實在太大，過度震驚的他們酒全醒了。

「怎、怎麼可能……怎會有這等威力……」

「為什麼那麼強大的魔導士會去當傭兵……就連宮廷魔導士都沒這麼強啊！」

「無名魔導士中竟然有那樣的人物，那我們至今所做的事情究竟是……」

隸屬於魔導士軍團的魔導士們幾乎都出自貴族或富裕的商人家庭。

不用說，這些家庭大多有聘用出名的魔導士當家庭教師或是拜師學藝，藉此讓子弟獲得今天的地位，但這些都只是個人的無聊參數罷了。

他們過去一直利用貴族特權當後盾，用傲慢的態度對待那些獨自學習成為魔導士的市井小民，然而這等於主動表明了自己的目光有多麼地狹隘。

一旦知道有人並未拜師學藝，卻具有高階魔導士的實力，上層自然會優待這些能夠使用強大魔法的魔導士。這麼一來便沒有他們的容身之處了。

魔道士軍團的魔導士們，現在就像是站在危險的懸崖邊緣。

不過這些事情跟傑羅斯等人無關。

「看來該稍微拿出一點真本事。」

「喔？傑羅斯先生，你終於提起幹勁了嗎？」

「一直看這些噁心的生物實在有點……我想說還是趕快燒光牠們吧。」

「我同意。畢竟還有『強大巨蟑』在，一口氣解決牠們，之後會比較輕鬆吧。」

傑羅斯和亞特抽出配備在腰際的小刀。

這把小刀具有可以事先儲存數個魔法的功能。

身為製作者的大叔和亞特解放了封存於其中的魔法，同時以無詠唱的方式展開並發動了多重魔法。

「「解放魔力，啟動所有延遲術式！」」

「『歸向導引·火炎爆破』×7、『歸向導引·火燄之矛』×10。」

「『重力爆破』×3、『極大爆裂』×4。」

「「全都給我炸飛吧————————————!」」

兩人施放出無數追蹤型魔法，襲向逼近而來的小強。

順利閃過的小強也難逃被重力崩解力場與高熱量的爆炸魔法吞噬的命運。

亞特迎戰前鋒加以擾亂，傑羅斯則封鎖後路予以殲滅。長時間搭檔所培養出的團隊默契消滅了飛翔的小強軍團。

要用一句話形容的話就是「一面倒」吧，毫不留情的殲滅攻擊。

「這些人太強了啦。我們只能削減地面上的魔物……」

「我們在這裡有意義嗎？只要有你們兩個在，就能輕鬆搞定這場戰鬥了吧？」

「呵……如果讓這一帶變得滿是隕石坑也無所謂的話，我們確實是辦得到喔？我不幹就是了。」

「過於強大的力量要是用錯，也會傷害到自己……而且要是全都由我們來收拾，其他人是不會有所成長的。」

兩個人這話就像是拐著彎在說自己可以輕鬆地解決這個失控事件。

然而眼前的狀況顯示了他們絕對不是在吹牛。

魔導士軍團那些喝香甜藥水喝到醉醺醺的魔導士們簡直沒臉見人。

「地面上的魔物也變少了呢。差不多是我們上場的時候了……從第三小隊開始，依序執行討滅任務！趁現在盡可能地減少魔物的數量！」

阿雷夫大聲下令，聽到這聲音的部下開始布達命令。

騎士與傭兵們接連聚集在正下方的門前。

「騎士團要上陣了嗎？傭兵們應該也都摩拳擦掌，急著想出戰了吧。」

「現在是賺錢的大好時機，讓傭兵們好好發揮吧。畢竟不先確保一定分量的食物，進入長期抗戰時對我方不利啊。」

「長期抗戰……食物是指魔物嗎？要直接把打倒的魔物當成食材嗎？」

「畢竟大家本來就會狩獵『大魔豬』或『巨人角牛』之類的魔物當成食材。如果有好好放血，吃起來更是美味喔。而且角和皮這些素材也多少能夠增加收入，足以讓傭兵們提起幹勁了。」

雖然處於失控狀況，魔物們也不會連續攻過來。

因為牠們不是有統率的集團，只要魔物群在途中散開，失控的狀況便自然會趨緩。

麻煩的是會使生態系混亂，而且只要強大的魔物沒有消失，魔物在各地造成的損害只會一味增加。

所以為了將損害降至最低，必須盡可能地趁現在減少魔物的數量。

同時也得讓傭兵們賺到錢才行。騎士的工作也包含了看準「失控」情形比較緩和的時間，提供讓傭兵賺錢的地方。既然僱用了傭兵作為防衛的戰力，若沒讓他們賺到至少能支付住宿費的酬勞，他們就不會再來協助防衛戰了。

對騎士而言防衛是工作，但對傭兵來說可是關乎生計的問題，所以必須視戰況讓傭兵們出擊。

若沒有能看清局勢的眼光，便無法勝任指揮官的工作。

「小子們，上陣啦————！現在正是賺錢的好時機啊！」

「「「「咿～呀！哈————————————！」」」」

城塞都市大多設有兩道城門。

內門與外門之間設有盤查用的廣場，待命中的前鋒是組成方陣陣形的長槍隊，後面則是列隊等著上場的傭兵們。

當城門緩緩開啟，長槍隊便氣勢如虹地拿著較長的騎士槍對著入侵的魔物展開突擊。

從左右攻來的魔物則是由魔導士軍團負責掩護，出現破綻時傭兵們便抓準機會一舉湧上。反蹂躪戰就此展開。

「喔喔～這下應該能輕鬆取勝吧。」

「是啊，因為沒有像大深綠地帶那種難纏的魔物，依照目前群聚在外的魔物水準，應該可以輕鬆解決吧。」

「阿雷夫先生……聽你的口氣……你該不會又跑去那座森林鍛鍊了吧？」

「嗯。如果沒辦法打倒棲息在那裡的魔物，我們便保衛不了國家吧。我們現在還會參考在那邊的訓練狀況，安排更有效率的訓練內容喔。還是多少有些無謂之處就是了。」

在傑羅斯沒見到他的這段時間裡，阿雷夫已經變成魔鬼班長了。

傑羅斯沒想到接受過大深綠地帶洗禮的騎士們，竟然會想在那塊危險地帶做訓練。

難怪這些騎士的行動看起來異常地有規律。因為訓練已經徹底地去除了他們原有的天真心態。

阿雷夫看著騎士團的動作，滿意地點了點頭。

「喔，騎士團的陣形改變了耶？」

「那是『鋒箭陣形』呢。」

「夏克緹小姐……妳為什麼這麼熟悉戰術？」

如同亞特所言，騎士們配合戰況改變了陣形。

部隊一分為三，組成了有如箭鏃的陣形。

「『長槍衝刺』，擺好架式！」

「「「「『音速強化』！」」」」

風系的身體強化魔法「音速強化」。先以「體能強化」提升身體強度後，再利用風魔法加速，進行突擊。雖然效力僅有一次，這魔法卻能瞬間讓架起長槍的重裝騎士們化為疾如迅雷的子彈。

這些經過強化，架著盾牌與長槍、全副武裝的重裝騎士，藉由音速強化魔法，以超加速衝刺突擊。蘊含在這一擊之中的威力可不是普通的長槍衝刺所能比擬的。

成群的魔物被重騎士團給撞飛了出去。

「……我又重新體會到奇幻世界有多恐怖了。這個世界的人類都是超人嘛。」

「只要等級上升就可以無限變強，也能和凶惡的大型魔物戰鬥。真的很不正常。」

「不過啊，最不正常的是我們吧。明明沒做什麼訓練，卻從一開始就很強了。」

「可是大型魔物也會隨著等級強化。就算有『極限突破』，貝西摩斯或龍王級的敵人還是很難應付。種族之間的強弱也有固定的法則在呢。」

「……但你沒說會輪呢。啊，那個不正常的正在開心地大鬧喔？」

在夏克緹用手指著的方向，被魔物包圍的傭兵集團正在奮戰。

只見其中有一個人單方面地蹂躪著魔物。

「喂……那武器……該不會是……」

「我才想說那個武器有點眼熟，原來是岩鐵先生製造的鋼釘發射器啊。」

在那裡的是一位格外高大壯碩、肌肉發達的戰士，他拿著既不是巨大盾牌，也不像護手的武器，與魔物正面對決。

那個像盾的武器裡面藏有極粗的鋼釘，在毆打敵人的瞬間便會隨著巨響擊出鋼釘，毫不留情地貫穿魔物，使其爆裂四散。

「咦？我好像看過那個人。」

「我也是……我記得他是東北出口職業摔角的……」

「那不是『炸彈內藤』嗎……難道那個人也有玩『Sword and Sorcery』？」

「是啊，玩家名好像是『文藝復興蒙面俠』吧？是個除了胸部以外的部分全都穿著板甲，半裸的格鬥型騎士。別名是……『狂戰士』。我以前曾跟岩鐵先生一起接下幫他製造武器的委託，為了準備素材而東奔西走呢。」

「「為什麼明明是騎士卻不選大劍，而選了鋼釘發射器啊！」」

「好像是因為用拳頭揍比較符合他的個性，而且他的格鬥技能好像都練到頂了喔？看到那把鋼釘發射器『破壞者．岡格尼爾』的瞬間，他可是高興得手舞足蹈呢。」

「唉，他本來是摔角手嘛。當然很擅長格鬥戰吧……」

傑羅斯雖然有出手幫忙製作鋼釘發射器，但真正動手打造這把武器的是「藍之殲滅者」岩鐵。而岩鐵因為有著極其麻煩的嗜好而聞名。

「岩鐵先生打造的武器？等一下！那個上面有自爆裝置嗎……？」

「很遺憾地沒有。似乎是在結構設計上不管怎樣都騰不出空間來裝。」

「炸彈內藤真是撿回一條命了。畢竟岩鐵先生對於自爆這件事可是賭上了性命呢～……」

「岩鐵先生歷經百般煩惱，了解到不可能在上面加上自爆裝置時……他真的哭了喔。哎呀呀，真令人懷念啊。」

聽到傑羅斯這麼說的亞特瞬間鬆了口氣。

然而他馬上又想到了一件事。

真要說起來，他壓根不認為「殲滅者」會做出什麼正經的武器。那把「破壞者．岡格尼爾」很有可能附帶了什麼負面效果。

在這個層面上「殲滅者」是個完全無法信任的團體。

「傑羅斯先生……那把武器有還什麼其他功效嗎？」

「亞特你真敏銳呢～它有著『提升身體能力』與『極大魔法抗性』。在進行格鬥戰時還有『提升戰鬥力』、『提升戰意』與『狂戰士化』的效果。協助製作的是泰德就是了。」

「『泰德．提德』……是他啊。所以炸彈內藤才會變成那樣的狂戰士嗎……」

「那根本是受詛咒的裝備吧！」

「渴求敵人，擅自隻身衝鋒。照這樣下去，我想他總有一天會沒命的……」

「綠之殲滅者」泰德．提德。

他是個熱愛詛咒道具的怪人，曾充滿自信地發下豪語，表示奇幻世界裡一定要有詛咒裝備。因為他的裝備而陷入不幸的玩家可是不計其數。

裝備使用者有可能會因為他賦予的「狂戰士化」技能等級，而招致毀滅。

「不趕快拿走那個裝備的話，炸彈內藤先生會死掉吧！」

「我覺得還是算了吧。想隨便拿走那個裝備的話，說不定會變成鋼釘發射器下的亡魂喔？我聽說那上頭附加的『狂戰士化』的技能等級很高。」

「有多高啊？那到底是會影響精神到什麼程度的玩意啊。」

「這個嘛～詳細的部分我就不清楚了……我那個時候在幫卡儂蒐集魔法藥的素材，又因為隨後發生的生化危機事件而沒機會去了解清楚……她到底做了什麼啊。」

不管到了哪裡，性格扭曲的玩家打造出的裝備都是會給他人添麻煩的危險物品。「殲滅者」裡頭沒有半個像樣的傢伙。

裝上最凶惡的裝備而興奮無比的前玩家，將會持續戰到沒有還能動的敵人，將大地染成一片鮮紅為止。

就這樣，炸彈內藤的別名「狂戰士」也傳遍了這個異世界。

死屍遍野，斯萊斯特城塞都市今天也迎來了日落時分。

——唔喔喔喔喔喔喔喔喔喔喔喔喔喔喔喔喔喔喔喔喔喔喔喔喔喔喔！

伴隨著「狂戰士」的怒吼——

第三話　大叔做了缺德的事

隸屬於「強大巨蟑」的小強們正餓著肚子。

牠們為了尋找獵物而移動著，然而途中有許多的同類死去了。

儘管吃了伙伴的屍體充飢，因為缺乏糧食而餓死的仍不在少數，集團的規模逐漸地縮小。

死去的多半是未能長成成蟲的個體，而活著的個體便聚集在屍骸旁邊，啃食著那些屍骸。

如果換成是人類，一定是十分駭人的景象吧。

這是從太古時期延續至今的弱肉強食法則，生物為求生存而習得的道理。活著並留下後代是生物的本能。

在這個世界被稱作「蟑螂」的魔物，雌性會把卵產在雄性的身體上，卵會在移動途中孵化，增加群體的數量。從卵中誕生的新生命會以雄性為食成長，最後長成能夠產卵繁殖的個體並獨立。

可是一般情況下不會大量群聚的這種生物，因為出現了高階的個體而組成了一個繁殖集團，集團變大，糧食需求也會隨之提升。就算在廣大的原始森林，能夠當成糧食的生物也瞬間就不夠了。

既然這樣，魔物便會為了留下子嗣而開始大遷徙，四處尋找糧食。

光是如此對人類來說就已經是很大的威脅了，這次的「失控」現象甚至還有「強大巨蟑」這種難纏的魔物在。

說起這隻強大巨蟑，牠正一邊捕食同胞填飽肚子，一邊感受到自己的力量正急速地成長壯大。

根據過去的經驗，牠直覺理解到自己變化為不同生物的時機就快要來臨了。

不知這之中有著巨大的陷阱在。

真要說起來，自然界中是不可能出現生物體內的魔力急速增長這種事情的。

如果是等級迅速提升的情形，會產生嚴重的倦怠感，甚至有可能會陷入昏睡，所以必須讓身體休息，使魔力穩定下來。

強大巨蟑並未認為現在發生在自己身上的變化屬於異常狀況。不，這種生物打從一開始就不具備足以理解狀況的智能。

所以一直到最後，牠都沒發現自己「受到了外來的干涉」這件事。

◇◇◇◇◇◇

斯萊斯特城塞都市的防衛戰經過了一晚，又到了作戰的時刻。

雖然前一天已和大規模的魔物群交戰，然而戰鬥仍持續著。只是魔物的攻勢比前一天趨緩了些，只靠騎士和傭兵也有辦法迎戰。

魔導士團的魔導士們從昨天開始就不斷輪替上場，持續戰鬥，所以比騎士們更為疲憊。

他們至今為止從未經歷過這麼大規模的戰鬥，由於不熟悉防衛戰而連續施放了許多無謂的魔法，還因為喝「香甜魔力藥水」喝醉到情緒整個嗨了起來，又消耗了不少體力。

如果這是人類之間的戰爭，還可以事前準備對策，然而魔物失控是突發性的自然災害，無法事先預測。

和地震或颱風一樣，難以做好萬全的準備。

儘管大致上算是有做好軍備了，以防衛戰來說物資還是不夠多。

結果只能用現有的備品及裝備來撐過眼下的狀況，要是城鎮被孤立好幾天，居民便會欠缺糧食，長期的守城戰對他們不利。

為了突破這個困境，必須打倒造成魔物失控的原因「強大巨蟑」，然而這段期間內也得解決其他失控的魔物才行。

反過來說，讓魔物闖入城鎮的話也是個大問題。

「……所以說，正因為如此，亞特，我們這就動身去打倒小強們的首領吧。」

「不是，傑羅斯先生……你忽然跟我說這種話，我也很困擾啊？我是可以理解要處理掉罪魁禍首這件事，可是以戰力來看辦不到吧？」

「就算不合理，只要硬幹下去就對了。不趁現在打倒那玩意，等牠進化成魔王就完蛋了。」

「只是魔王級的話，傑羅斯先生一個人也打得倒吧？我才剛『極限突破』，等級有段差距耶……」

「不要緊，你只要稍微幫忙掩護，剩下的我會搞定啦。」

「你這話根本不可信……這是我絕對會被拖下水的情況吧？」

絕對不能相信「殲滅者」說的「稍微幫個忙」。

在玩「Sword and Sorcery」的時候，亞特就曾經被這句話騙過，數度遊走在死亡邊緣。

實際上他有過好幾次心想著「啊，這會死……真的會死」，沒有真的死掉重生還比較不可思議的體驗。

傑羅斯還算是好的了，跟在「凱摩・拉斐恩」後頭的時候才是最慘的。

那時的恐懼真的是難以用言語形容，是讓他不知道自己在途中大喊了多少次「乾脆殺了我吧！」的超級麻煩事。

「亞特……你不想騎騎看『漂浮機車』嗎？」

「你、你說……什麼？」

「是在『Sword and Sorcery』中絕對得不到的『漂浮機車』喔。你難道不想騎騎看嗎？」

「唔……這是多麼甜美誘人的提議。我想騎……要是可以騎上那個美妙的道具，要我下地獄我都願意吧。」

「這才是我認識的亞特。事不宜遲，我們立刻去搞定這件事吧。」

亞特完全聽從了惡魔的低語。

他也是個重度的遊戲廢人，非常熱愛稀有道具。

有人垂下了美味的誘餌在眼前，他便直接上鉤了。

亞特的本性十分單純。

「……亞特先生好像輕易地被攻陷了呢。」

「對方很清楚他的個性啊。被梅菲斯特慫恿的浮士德，說不定就像那個樣子吧？因為亞特先生本質上是個愛作夢的少年啊。」

「那了解這一點而誆騙他的傑羅斯先生，不就是大壞蛋了？」

「他不是壞人喔。他只是把利益稍微秀給對方看，當成談判的籌碼而已。要是對方真的不情願，他會收手的。還是有這種程度的分別在。」

「……這話是指亞特先生還是小朋友嗎？」

「也可以說傑羅斯先生是個大人。雖然前面要加上『惡劣的』就是了……」

一邊是個即將奉子成婚的前大學生，另一邊是可以在工作現場負責下令，擁有豐富實戰經驗的前上班族。

儘管亞特太老實也是原因之一，但是傑羅斯明知如此，還故意把利益放到亞特面前誘導他，以某方面而言，說傑羅斯是惡魔也不為過。

說穿了，他就是個懂得如何去計算自己的利益與他人的利益的人。

而且大叔的利益和亞特的利益絕對不是對等的。

「亞特先生被騙了……」

「他沒被騙喔。只是傑羅斯先生和亞特先生的價值觀不是等值的而已。傑羅斯先生知道這一點，所以把事情導向了對自己有利的方向。」

「正因為如此，他根本是個惡魔吧？手法相當惡劣耶……」

「所謂的商務往來就是這樣喔？雖然我不清楚傑羅斯先生能得到什麼好處，但亞特先生能得到的好處就是未婚妻的所在位置，還有『漂浮機車』。傑羅斯先生不過就是透露了一些必要的情報和對方有興趣的事情，想以此僱用亞特先生當戰力。至於這些利益有多少價值，就要看亞特先生的判斷了。只能說亞特先生當場做出決定，就算是在這場談判中落敗了吧。」

「那算是談判嗎？不過能夠理解這個狀況的夏克緹小姐，思考方式也真是無情呢。」

「畢竟我以前的目標是當上律師，會刻意用客觀的角度來思考。傑羅斯先生就是因為讓人摸不透他在想什麼，所以很難應付呢。」

傑羅斯藉由刻意控管情報以及誘導掌握了決定權，讓亞特輕易地中了他的話術。

而且大叔是自然而然地就做出了這種事，所以才說他很惡劣。

在亞特沒發現到這點的時候，就已經註定會落敗了。

更何況這段對話感覺只是普通的閒聊，實在不像是在談判。

「……真是邪惡的大人。」

「是嗎？有辦法在必要的時候展開行動，表示他是個相當沉著的大人喔。是我們不該被他那個亂來的言行給騙了。」

不管怎樣，在亞特敗給慾望，答應去迎戰「巨蟑」時，就已經太遲了。

亞特的視線移向「漂浮機車」，一副興奮的樣子。傑羅斯一邊看著亞特，一邊露出了燦爛的笑容。

說那是惡魔的笑容也不為過。

◇◇◇◇◇◇◇

兩位等級超過１０００的魔導士。

在這個世界，這已經是足以與國家為敵的戰力了。

傑羅斯和亞特是「大賢者」和「賢者」。可說是光是被世人知道他們的存在，就會引起大騷動程度的重要人物。儘管當事人沒有自覺，但他們擁有世人絕對無法忽視的強大力量。

而這兩位魔導士正悠哉地走在北門外的廣闊平原上。

「唔哇……還是充滿了血腥味～」

「畢竟才過了一天，沒那麼容易消失的。魔物的屍體好像已經燒掉了，不過這個味道應該會殘留好一陣子吧……」

「跟在遊戲裡大不相同呢。打多人共鬥戰的時候也沒這麼慘啊。」

「因為打倒的怪物不會消失啊。現實就是這麼一回事。」

走著走著就會在各處看見小強們正在吃殘留下來的烤得半熟的魔物部位。

不過數量感覺遠比昨天襲擊過來時少了許多。

「大小超過一公尺的蟑螂光看就噁心耶。」

「小隻的就讓人很不舒服了，為什麼變大了感覺上又變得更噁心了啊。換成大隻的螳螂或獨角仙就沒問題，偏偏就只有小強不行呢。」

「真的，明明一樣是昆蟲……為什麼只有小強不行呢……」

人類真的很不可思議，就算一樣是昆蟲，碰到蝴蝶或獨角仙就無所謂，換成是蛾或蟑螂就會產生強烈的厭惡感。

儘管在分類上都屬於昆蟲，外觀給人的印象卻造成了極大的差異。

「唉，也是有會怕蝴蝶的人啦。」

「某些學習手冊也因為很多人覺得昆蟲噁心，最近的封面大多是用植物的照片呢～」

「也是有讓人看了會覺得不舒服的植物就是了。像是大王花，或是補蠅草啊。」

「冬蟲夏草呢？」

「那個是菌類吧。雖然好像被視為重要的中藥材，可是實際上有效嗎？」

「海馬也是吧？那個吃了是不是真的有效這件事實在很可疑耶？」

在中藥或高級食材中，有很多實際上吃了不知道到底有沒有效的東西。

就算是有如不明黏菌般的物體，也有人相信吃了能長生不老而吃下肚。

這雖然也和當地培養的文化與風俗習慣有關，不過問題在於，在沒有科學驗證方法的時代，應該有很多其實沒有任何藥效的植物被當成是重要的藥材吧。

「可是在奇幻世界又是如何呢？會產生什麼效果嗎？」

「這個嘛～是有種類似冬蟲夏草，叫做『寄生蘑菇』的菇類可以拿來製作強化體能的藥啦。」

「那當成中藥也有效吧。」

「在這個世界也算是一種重要的中藥材呢。我用高價賣給專門買賣素材的店家了喔。」

「伊薩拉斯王國沒有那種店家啊～我也沒有空去調查這些事。那裡就算是低階的回復藥水，價格也是索利斯提亞的兩倍啊……」

「那個國家到底多貧乏啊……既然物流狀況這麼糟糕，經濟應該也很慘吧？」

「糟透了。貧困的人自然會去偷東西，也有一堆無業遊民。要是沒有『波爾特』的話，有一半的人會餓死吧。」

「『波爾特』是……啊～那個岩石芋啊。」

亞特等人會被伊薩拉斯王國當成英雄，理由正是因為他們碰巧抵達了某個村莊，並改善了那裡欠缺糧食的情況。

他們告訴貧困的農村村民們，可以將類似馬鈴薯的植物「波爾特」當成糧食，成功地確保了貴重的蛋白質來源，也連帶改善了整個國家的糧食狀況。

這雖然是題外話，不過「波爾特」正確來說並非馬鈴薯。這種植物的莖一整年都不會枯死，可以用根部長出的塊根來繁殖。

「說起『波爾特』，把那種植物的莖拿去熬煮，可以製成砂糖喔？因為高山上很冷，所以才會自行產生糖分，避免結凍吧。可說是植物的奧妙呢。」

「咦？我第一次聽說這件事耶，真的假的？」

「唉，雖然量不多，但算是高級的砂糖喔～大大的葉片也可以用來製成紙張，很適合當成魔法紙的材料。是種整株都很有用，非常理想的植物。」

「傑羅斯先生……你為什麼這麼清楚啊。」

「『Sword and Sorcery II』。遊戲在第二次改版時，高等級的玩家得從條件較差，位於高山的村子當起點。我那時候為了賺取資金，做了一堆砂糖和紙來賣。真懷念啊～」

「這裡居然有個真正的顧問！傑羅斯先生，你要不要到伊薩拉斯王國來？畢竟我覺得那個國家應該還會維持在不妙的狀態下一段時間啊！」

「咦～？山區國家很冷耶，而且接下來可以靠開採礦山賺錢了，所以不要緊吧？」

大叔不想去空氣稀薄的寒冷地區。

更何況他好不容易有了自己的房子，幹嘛要這麼可憐地跑去生活困苦的國家。心裡這樣想的大叔露出了非常不情願的表情。

他很清楚自己是個偽善的人，所以就算會贊助募款活動，也完全沒打算要在當地幫忙。

本來就不該期望這個大叔有會主動去當義工的服務精神。

「真要說起來啊～我覺得只因為對方是『賢者』就帶著各種麻煩事找上門來，實在是很不可取耶～一點都沒有想要靠自己努力一下嗎？」

「不，你這話說得是沒錯，可是那個地方的人們也很拚命啊……」

以亞特的立場來說，他也覺得自己沒辦法再繼續協助伊薩拉斯王國了。

強硬派現在雖然安分下來了，但經過一段時間後，說不定又會再展開行動。得趁他們行動前提升穩健派的權勢。

「這很難說呢，以前這一帶還是其他國家的時候，伊薩拉斯王國曾經從上游搭船攻過來吧。他們其實是獨裁軍事國家吧？就是那種會說『沒土地的話，只要去搶就好了』，由軍事派系掌權的國家。」

「唔！唉……那個國家確實給人那種感覺，不過還是有像樣的人在喔？」

「我很難相信你的話啊。我之前在歐拉斯大河建造了可以減緩水流的柱子，要是沒有那些柱子，他們應該會進攻這裡吧？我還差點被殺……」

「啊……那些柱子是傑羅斯先生做的啊。強硬派的將軍超不爽的。我記得他徹底展現出敵意，氣得跳腳呢。」

「………亞特……這種事我覺得你還是不要說出來比較好。不小心說溜嘴會出人命的喔？唉，雖然這個國家的公爵大人應該已經做好對策了。」

在不知不覺間便能得到地下組織情報的作弊級公爵。既然掌握了那麼廣大的情報網，要得到其他國家的情報想必也是輕而易舉的事……

不過比起那個，傑羅斯更在意亞特說話前停頓了一下的事。

「唉，算了……比起那些事，我們差不多該走了。」

閒聊才剛結束，傑羅斯便從道具欄內拿出了「響尾蛇號」，也就是「漂浮機車」。

類似速克達，帶有近未來感的外型，在這個時代顯得相當格格不入。

基本上要雙載也沒問題吧。

看著漂浮機車的亞特像個孩子似地，雙眼閃閃發光。

「『漂浮機車』。所有重度玩家都想要的夢幻道具。沒想到我有一天能夠騎上這東西……」

「呵……小哥，要騎看看嗎？」

「什麼！可、可以嗎？真的？不是在跟我開玩笑？」

「我們都老交情了～只是騎一下的話當然可以啊？雖然根據我的計算，接上備用的魔力槽，頂多只能飛上五小時吧……」

傑羅斯用可疑的語氣在誘導亞特。

大叔就是沒辦法老實地說出「我讓你騎」，又很想炫耀。

「跟普通的機車一樣，催動油門就會前進了。腳踏板踩下會上升，鬆開會下降。唯一的缺點就是很耗燃料。」

「只要方便好騎就好了吧？不過這東西是靠怎樣的系統在運作的啊？」

「不知道。我有研究過，不過搞不懂黑盒子到底是什麼，沒辦法拆解呢～」

「以重量來考量，這東西應該會消耗掉大量的魔力吧？」

飛行魔法，以傑羅斯的「闇鴉之翼」為例，這種違反自然法則的魔法，通常都比較耗費魔力。

包含發動反重力的斥力場、上升下降、前進後退、調整速度，在各方面都要用上許多的魔法術式，還要加上控制用的術式。

光是單一魔法術式就要用掉大量的魔力了，更何況是重疊這些魔法術式組成的系統。完全不是一個人的魔力能夠應付的量。

「漂浮機車」運作的原理也一樣，自然需要耗費大量的魔力。

除此之外還有將魔力轉換為能源的消費量以及重量帶來的負擔，加速時會隨之提升的魔力消費率，需要的魔力實在是太多了，來不及補充。

不用說，要是魔力槽內的魔力用光了，漂浮機車便會因為缺乏燃料而停止運轉。

「唉，我是有準備對策當作魔力用盡時的保險手段啦，不過我不是很想用上那招。左邊的握把那裡有個連著電源線，像手環的東西對吧？」

「啊啊～藉由這個把駕駛人的魔力當成動力來源嗎？魔導士就是活的電池嘛。」

「只有緊急狀況下才能使用就是了。如果是普通的魔導士，我想馬上就會耗盡魔力墜落吧。」

「我們有開外掛所以不要緊嗎？真虧你能加裝這種東西耶。」

「因為除了黑盒子之外，整體構造很單純易懂啊。簡單修理一下就可以正常運作了。」

「普及化的話應該可以大賺一筆吧？」

「儘管這充滿了男人的浪漫，但無法弄清等同於本體的黑盒子構造的話就辦不到呢……」

男人是種可悲的生物。

在擁有將夢想化為現實的力量的瞬間，便會順著那股熱情行動，容易得意忘形。

像是去冒險、開後宮、建國，或是製造巨大機器人。

跟嚮往超級英雄而在公園模仿的小孩子一樣，男人們會順從靈魂的渴望，朝著夢想奔馳。雖然也有在途中受挫的人，但那是去追求超出自身能力的夢想所造成的結果吧。

然而那若是微不足道的夢想，大多數的情況下都能經由努力實現。特別是開發交通工具這方面。

傑羅斯和亞特製作出「哈里．雷霆十三世」以及「輕型高頂旅行車」時，就已經算是惹出禍端了。

他們雖然是基於個人使用需要才製造這些交通工具的，但是只要準備好生產線，就是能普及到全國的方便工具。能為經濟帶來極大的貢獻吧。

可是在發展經濟的同時，也必須要做好交通網等基礎建設，並且配合各式各樣能夠避免發生交通意外的政策。儘管商人可以因販售這些交通工具獲得莫大的利益，可是在達到這個目標前會突顯出許多的問題，而這些問題都是需要以國家為單位來對應的。

現在其實也有很多馬車造成的交通事故，但由於貴族或商人等有一定財力的人備受禮遇，大多會將責任歸咎在受交通事故牽連的人身上。

在現今的情勢下，反而不會向意外身故者的親屬致歉或給予補償。要是把交通工具從馬車換成汽機車，也會得到同樣的結果吧。

更何況這個世界尚未出現保險制度。既然沒有紅綠燈等號誌，當然也沒有斑馬線。

在這樣的世界裡，時速可以達到八十以上的交通工具太危險了。簡直是會移動的凶器。

兩人製作的工具對這個世界來說還太早了。

「啊啊～……那麼蒸氣車怎麼樣？我想那個應該開不了太快。」

「是啦，那個的速度大概和早年的耕耘機差不多吧。燃燒就靠魔石，供水也……等做出試做品之後才會發現問題吧。但是追根究柢，沒有先做好基礎建設和採行駕照制度的話可不妙啊。」

「愈是方便的東西，愈是需要受到規範啊～不按部就班地進行感覺會遭人怨恨呢～」

「試著製作看看好了……剩下的就全都交給那個公爵大人去處理吧。」

真要動手的話，別說耕耘機了，傑羅斯連飛機都做得出來，但他沒打算主動販售這些東西。

然而某位公爵大人私下準備了專利申請書，所以其他人無權販售經傑羅斯改良的魔法。

不愧是做事周到的德魯薩西斯公爵。

「比起那些事，你不趕快騎上去嗎？還是我來騎？」

「唔……我不想去小強那裡。可是我想騎『漂浮機車』。可惡，我做好覺悟了啦！」

亞特跨上「響尾蛇號」的座墊，插入並轉動啟動機車的鑰匙。

機車傳出些許「嗡嗡嗡……」的震動聲，空氣推進器內部的風扇開始旋轉。

傑羅斯也急忙坐到亞特身後，準備起飛。

「和傑羅斯先生共乘啊……可以的話真希望對象是唯香——唯……」

「光是她有孕在身這就沒辦法了吧。你還是死心，動身去打倒小強啦。解決這件事情之後你就能去見她了……這麼說來，你好像是個路痴喔。」

「回程可要請你自己想辦法喔？畢竟我也還有很多事情要忙。」

「拜託你了。請你幫我帶路，帶我到唯那裡去……」

為什麼只能兩個大男人可悲地共乘一輛機車呢。

而且要去的還不是什麼觀光景點，而是充滿小強的大平原。

亞特無奈地嘆出一口氣，還是踩下了腳下的踏板。

儘管只有一瞬間，但一股搭電梯時會感受到的漂浮感竄過他的背脊。

「喔？喔喔！飛起來了……真的假的！真的耶！」

「你很興奮耶～」

離開地面的「響尾蛇號」令亞特興奮不已。開心得像個小孩子。

「可別搞錯操作方法嘍？叔叔我可不想跟男人殉情。」

「我也不想啊。哇哈哈哈♪我現在……飛在空中！」

接著亞特便在興奮的狀態下一鼓作氣地轉動機車的握把。

機車自然因此加速，大叔和笨蛋青年便以上半身後仰的姿勢朝著天空衝刺。

「唔喔喔喔喔喔喔喔喔喔喔！」

「趕、趕快穩住身體……唔喔！要摔下去了，真的要摔下去了！」

加速的「響尾蛇號」簡直像是要把騎在自己背上的兩個男人甩下去的失控馬匹，一邊蛇行一邊奔馳於空中。

第四話　小強殲滅戰

傑羅斯他們兩個大男人可悲地共乘著「響尾蛇號」穿越天空，往北方奔馳而去。

失控的魔物數量變少了，相對地在地面上蠢動的黑影變得更為醒目。

仔細一看，那是正在處理因失足翻倒在地而被踩爛的魔物屍體的巨大蟑螂。

但是傑羅斯望著為數眾多的小強，仍覺得狀況不太對勁。

「奇怪……都是些幼蟲，而且姬蜚蠊和大和巨蟑的數量明顯地不多。我之前看到的時候，量應該多到足以掩蓋整片大地的啊……」

「真的假的，現在這數量就很多了耶？」

「的確是很多，可是這個程度光靠『斯萊斯特城塞都市』的守備隊就能應付了吧。而且沒看到那傢伙，都這時候了，就算已經來到這附近了也不奇怪啊……」

「那玩意還沒進化吧？那動作可能會變慢喔？畢竟跟遊戲裡不一樣，在現實中進化，身體可能會出現某些異常變化。」

「嗯……確實有這個可能性。既然這樣，『巨蟑』就在前面……」

奇妙的是愈往小強們過來的方向前進，蠢動的小強數量就愈少。

完全沒看到傑羅斯之前目擊到的大規模群體。

「喂，真的有巨蟑嗎？總覺得數量好像愈來愈少了耶……」

「牠要是死了那就再好不過了，畢竟要應付牠也很累人吶～」

「以地圖來看，再往前一點就是梅提斯聖法神國的國境了喔？」

「再稍微調查一下吧，雖然說已經進化的話就完蛋了，哈哈哈哈哈。」

「這一點都不好笑吧。」

他們回過神來才發現眼前的大地裸露在外，寸草不生。

原本的草原被眾多飢餓的蟑螂啃食殆盡，成了一片荒蕪的土地。

也就是說，這片土地上已經沒有任何植物了。

「我是聽說過牠們的暴食習性，但沒想到這麼嚴重啊～也難怪足以毀滅國家了。」

「真慘啊，簡直像是邊境開墾中的土地……再怎麼雜食也該有個限度吧，難道牠們是一邊啃光雜草一邊前進的嗎？」

「該說是破壞自然嗎，牠們應該是在飢餓狀態下把眼前所見的東西全吃了吧，連死去的同伴屍體也不放過……」

「地獄軍團」的可怕之處，就在於處在飢餓狀態下的壓倒性群體數。

然而動物不進食就無法生存是大自然的法則，既然是整個群體一起移動，無論如何都會出現脫隊的個體。

這點正是與「失控」現象的不同之處，因為移動途中會連倒下的同伴都吃掉，所以「地獄軍團」發生時魔物的數量會更劇烈地減少。

但也很難說這算是好事，因為隨著時間過去，強大的個體數量會不斷減少，可是相對的，殘存下來的個體強度也會隨之上升。而且因為會沿路產卵，所以小嘍囉的數量不會減少。

即便如此，現在小強集團的個體數量偏少一事仍屬異常。

「說不定是分成了好幾群，分散到各處去了。不對，或許是被巨蟑吃掉了？」

「如果是這樣，麻煩事就變少了，很好啊～可惜事情看來沒這麼簡單呢。」

「哎呀，這……」

正好飛到山區附近的時候，他們看見了身體幾乎完全褪成白色的「強大巨蟑」。

較大的小強軍團圍繞在巨蟑周遭，保護著王。

仔細一看，那隻「強大巨蟑」已經失去了所有的腳，巨大的翅膀也變得破破爛爛的，不斷崩落，乍看之下感覺快死了——

「真的假的……這不是馬上就要進化了嗎。」

「啊啊～……這個最好趕快處理掉呢，感覺狀況只會隨著時間經過變得愈來愈麻煩。」

「小嘍囉聚集的範圍很廣喔，光靠範圍魔法沒辦法解決吧，怎麼辦？要用上危險的魔法嗎？」

「只能用上『闇之審判』了吧……不過要在巨蟑的正上方使用。」

「偏偏要用那招啊……唉，反正這附近是梅提斯聖法神國的領地，是無所謂啦……」

「——所以說，請飛到牠的正上方吧，使出全力！啊，會飛的成蟲會攻過來喔，要小心。」

「真的假的～？可惡，抽到下下籤了！」

「亞特你本來就沒得選擇喔？」

「去你的——————————！」

他們騎車鑽過飛行的小強群中，移動到目標「強大巨蟑」上方。

為了一舉解決小嘍囉們，他們要在發動「闇之審判」後迅速逃離現場，如果只是像這樣敘述需要做的事，聽來是個極為單純的作戰。

不過這敘述中並不包含要衝進駭人的大群小強中的恐怖，以及無時無刻暴露在生理性厭惡下的精神性痛楚。

以某種意義上而言，沒有比這更嚴苛的精神修行了吧。

而且是相當亂來的做法。

乘載兩位魔導士的「響尾蛇號」來到巨蟑上空時，身為防衛軍隊的姬蜚蠊和大和巨蟑便目露凶光。

長長的觸角察覺到敵人的入侵，準備迎戰。

只見牠們「嗡嗡嗡……」地鼓動翅膀，一群體型約一到三公尺大的小強們一舉飛起。

成群的小強朝著「響尾蛇號」飛來。

「Oh　My　God！Oh　My　God！被牠們發現了，牠們整群殺過來了啊！」

「……真糟糕。牠們的身體雖大，速度卻很快。那麼大的身體，到底是怎樣才能有那種速度啊？牠們擺明無視了物理法則吧？」

「是因為有魔力吧！你為什麼可以這麼冷靜啊！」

「我從以前就很好奇了啊。可以強化身體、可以輕易地無視物理法則，甚至可以無中生有。魔力究竟是什麼啊？」

「現在那種事情怎樣都好吧！你之後再去問什麼了不起的學者啦！不行～我們絕對甩不開牠們啦～！」

平均三公尺級的小強有如追殺獵物的猛禽，抱著要用身體撞擊響尾蛇號的覺悟衝了過來。不，牠們本來就打算用衝撞的方式擊落響尾蛇號吧。

若把「Sword and Sorcery」的知識套到這個世界上，小強們其實沒有什麼值得一提的特殊能力，但相對地擁有昆蟲特有的強大防禦力。

牠們捨身衝撞過來的話，就算是傑羅斯他們也無法全身而退。起碼會受到一些跌打損傷吧。

「『火炎燒夷彈』！」

「『電漿地雷』！」

即使受了爆燄與雷電地雷的攻擊，小強仍未停止追擊。

小強一邊穿過烈焰、彈開雷擊，一邊猛烈逼向傑羅斯等人。

「不是吧？牠們居然衝過了那片烈焰！」

「電擊無效啊……即使直接命中也不當一回事呢。電擊抗性高得不像樣……」

「『暴風雪』！」

「冰……呃？喔喔！」

才驚險地閃過幾乎要撞上來的姬蜚蠊後，這次換大和巨蟑從正下方猛衝上來。

那閃耀的深紅色眼睛，有如某部動畫作品。

「回去腐海森林啦！」

「不，牠們又不是哪來的王蟲，只要掉進水裡就會死了。」

「原來那不是鼠婦……現在不是說這些的時候啦！我光是躲就用盡全力了，這樣會離那傢伙愈來愈遠喔？」

穿過魔法攻擊的小強們立刻找到了傑羅斯他們，並修正了軌道。

小強的數量太多，所以即使勉強能夠閃過，也不可能全數擊落。

「響尾蛇號」的飛行速度也只比小強快一點，如果小強們直接從正下方一舉衝上來，無論怎麼用魔法擊落，最終仍會因數量差距而被逼上絕路吧。

他們必須盡快解決這些小嘍囉。

「要不要賭一把看看？」

「要怎麼辦啊？數量這麼多，真的要有危險了，再躲也是有極限的。」

「一舉掃除前方敵人，再一口氣從中央突破。」

「辦得到嗎？儲備的魔法差不多要見底了耶……」

「也只能做了吧。應該說，要上了喔。『爆破颱風』！」

「突然說上就上喔！」

風系魔法「爆破颱風」。

可以在前方產生強力的橫向龍捲風，一舉掃除敵人的魔法。

儘管效果時間不長，但可以任意移動龍捲風，在處理小嘍囉時是很好用的魔法。

於是他們在前方產生強大龍捲風，並衝進龍捲風裡頭。

這作戰原則上看起來是成功了。

「喔喔……成功了。這麼一來就輕鬆了。打飛那些姬蜚蠊吧！」

「如果能這樣順利地抵達巨蟑上方就好了呢。『爆破颱風』！」

「傑羅斯先生真愛操心呢，在龍捲風裡頭就不會受到攻擊了。根本輕鬆愜意吧。」

「真是這樣就好了，畢竟這個世界往奇怪方向進化的生物很多啊。巨蟑之中出現了這樣的個體也不奇怪……」

「……你這話應該不是在插旗吧？」

知道敵人在龍捲風內而無法接近的小強們，開始繞到他們後方。小強們看見傑羅斯兩人在龍捲風的中心前進，因此學到了只要做出同樣行動，就不會出現損傷。

然而事情不僅是如此。

從地面上飛起的援軍之中，有無視龍捲風高高飛起，背部長有尖銳刺角的特殊個體。

「……沒見過那種個體呢。『Sword and Sorcery』裡有這種玩意嗎？」

「我有股不祥的預感。後面好像也有追兵追上來了……」

只見飛上天的「帶角種」先懸浮在高空中，再朝著「響尾蛇號」高速俯衝。而且還像鑽頭一樣快速旋轉著。

「螺、『螺旋俯衝』？」

「真的假的？那些傢伙打算衝進龍捲風裡！都是傑羅斯先生你插旗了啦！」

「我也無從得知未確認個體的能力啊。總之油門催到底！衝啦！」

「螺旋俯衝」是大型的鳥型魔物或某些龍種會使用的強襲衝刺攻擊。用魔力防壁保護自身，且因為加上了高速旋轉，能夠彈開物理和魔法攻擊。

沒想到小強居然會使出這種攻擊。

「帶角種」體長約四公尺。雖然數量不多，仍以驚異的力量強行攻過來。這些傢伙恐怕就是「強大巨蟑」的保鑣吧。

而這招「螺旋俯衝」藉著數量帶來的猛攻，撕裂了「爆破颱風」產生的龍捲風，襲向在龍捲風內部的傑羅斯他們。

「NO、NO！NO————————o！」

「那已經不是蟑螂，完全是不一樣的昆蟲了。」

「你為什麼這麼冷靜啊，一般來說被那玩意直接撞到是會死的耶！」

「還好因為牠在高速旋轉，很難瞄準目標，只要冷靜地躲開就沒問題了。」

「在那之前我的精神就會先撐不住啦！會因為操作失誤而死啦！」

亞特已經半是哭出來了。

從他的角度來看，他沒有保護索利斯提亞魔法王國的道義。

可是亞特的未婚妻唯在這個國家，而且處於身懷六甲的重要時期。雖然也可以讓她搭上「輕型高頂旅行車」逃走，但是只有傑羅斯知道她身在何處。

雖然亞特確實也想騎看看「漂浮機車」，可是他原本會答應要協助傑羅斯的理由是為了再見到唯。

然而他很快地便受到挫折，想打消這個念頭了。

畢竟敵我雙方的數量差距大到可以不把魔法攻擊當一回事，起死回生的計策也輕易地被破解了。

而現在巨大昆蟲正以猛烈的攻勢撕裂龍捲風，毫不留情地攻向亞特他們。

這是他至今從未感受過的恐懼。

「啊？」

「咦？」

亞特因傑羅斯這呆愣的聲音而稍微恢復了冷靜，想辦法將視線移向前方，仔細一看，只見三隻昆蟲像是要擋住他們的去路，往這邊飛了過來。

而且全是「帶角種」。

「「有種討厭～的預感……」」

這預感完全沒錯。

阻撓在前方的「帶角種」邊飛邊收起翅膀，接著一邊橫向旋轉，一邊快速地提高速度。

「只是短時間飛行的話，那些傢伙甚至不需要用上翅膀嗎……真是不得了啊。」

「所以說你為什麼那麼冷靜啊！牠們來了！」

「帶角種」就像某合體機器人使用的必殺技，使出了凶殘的招式衝撞過來，而且還是三隻同時發動攻擊，更是棘手。

「爆破颶風」內部狹窄，很難閃避。

他們連思考的時間都沒有，一隻「帶角種」便已經殺到眼前。

「嘖！」

傑羅斯邊咂嘴邊把身體向左傾，試著強行偏移重心。

雖然勉強躲過了第一隻，可是第二隻馬上跟著衝了過來，這樣下去肯定會直接命中。

『要躲開的話空間不夠。這下只好……』

在第二隻「帶角種」逼近時，傑羅斯緊急探身到亞特前方，扳下設置在龍頭前方的拉桿。

這是他後來才加裝，能夠暫時中斷魔力的裝置。這麼一來「響尾蛇號」便會失去照射出斥力場的魔法陣，無法維持飛行狀態而急速墜落。

「等等，你在幹什麼啊！」

「把重心挪到前面！牠們來了！」

「來、來了！」

在地心引力的引導下，「響尾蛇號」朝著地面急速下降。

在此同時，亞特把身體往前彎，傑羅斯也用後仰的姿勢來避開「帶角種」。

「帶角種」一邊高速旋轉一邊掠過了亞特的背部與傑羅斯的鼻尖，往正下方衝去。

「……喂，傑羅斯先生？剛剛好像有什麼東西掠過我的背部……」

「真巧，我的鼻尖也剛好有什麼東西擦過去呢。」

「要是……我們的高度再高了一點點？」

「那我倆現在就已經變成絞肉了吧。該慶幸我們運氣好。是說你能不能趕快把拉桿拉回來啊？這樣繼續往下墜的話，我們會用力撞上地面的喔？」

「喔啊啊啊啊！」

亞特慌張地扳回拉桿，啟動動力展開魔法陣。重新產生斥力場使浮力穩定下來後，總算是免除了從高空墜落的下場。

「真危險～……為什麼我得做這種玩命特攻啊？」

「因為你正值年少輕狂啊，會莫名地騎上偷來的摩托車去兜風吶。」

「跟年齡無關吧！話說有沒有什麼武器啊？」

「沒有！正確來說是有密技啦，但用了很有可能會墜落。事情就是這樣，所以只能靠魔法攻擊了。傷腦筋呢～哈哈哈。」

「這一點都不好笑吧！我們可是被包圍了耶？」

「……朝天狼星飛過去，我們要衝進龍之巢穴。」

「這個世界哪來的天狼星啦！衝什麼龍之巢穴，應該要吐槽你啦！」

「吐槽得好～要不要跟我一起往搞笑藝人的世界發展啊？」

「現在不是說這種事的時候吧？唔喔！」

再次從前方衝進龍捲風內的「帶角種」，這次施放了雷擊。

這個個體也讓傑羅斯他們吃了一驚。

「『Sword and Sorcery』裡面有會使用這種攻擊的蟑螂嗎？」

「不，真要說起來，蟑螂根本沒有特殊能力喔？有也頂多是衝撞或是振翅發出的衝擊波罷了。這個世界似乎有進化到了一定程度的個體。」

「如果是這樣，那或許已經是別種生物了。尤其是『帶角種』，先不論那對觸角，外觀看起來簡直跟獨角仙沒兩樣。」

「哎呀，長在背上的角雖然很特別，但看翅膀就知道那是蟑螂喔？」

因為外觀與其他小強相去甚遠，感覺實在不像是蟑螂。

但既然隸屬於「強大巨蟑」，以種族來說，牠們毫無疑問地是同類。

也或者是處於共生關係的別種魔物，不過昆蟲型魔物很多都有進化的變異，從第三次進化開始，就很容易出現外觀大幅改變的個體，所以很難判別。

真要說起來，這也是傑羅斯第一次看到進化到這種程度的個體——

「我們快衝出龍捲風了喔？」

「再施放一次『爆破颱風』……呃！」

穿出以魔法打造的龍捲風後，就發現大量的巨蟑像是埋伏已久，擺出防衛陣形擋住了他們的去路。

傑羅斯他們將「爆破颱風」的內側當成通路，卻也因為這樣，被成群小強的數量與攻擊奪走了注意力，忽略了其他小強的動向。

「難道我們被誘導了？不是吧，這些傢伙哪有這種智商……」

「蟑螂們恐怕是成群一同狩獵的生物吧。螞蟻在進行團體戰時都懂得分工合作了，蟑螂會做一樣的事情也沒什麼好奇怪的。」

同屬昆蟲種的「巨蟻」或「殺手蜂」都是以團體方式狩獵。多半會分為負責作戰與負責搬運獵物的角色，並進化成適合該角色的型態。

就連螞蟻都有這種程度的變化了，要是蟑螂也達成了同樣的進化，那也絕對不是什麼怪事。

事實上就是有大量沒在「Sword and Sorcery」中看過，實在不像是蟑螂的肥胖昆蟲交錯飛舞著，阻擋了傑羅斯他們的去路。

「牠們的習性可能接近白蟻吧。這不僅是集團，同時也是牠們的巢穴。性質上或許類似行軍蟻。好像分別有發展成專門負責防衛或攻擊的個體。」

「原來還藏了這一手啊……該說不愧是異世界，還是有很多我們不知道的法則或習性嗎。該怎麼辦呢？傑羅斯先生……」

「只能從正中央突破了吧。雖然不知道那種肥胖的蟑螂有什麼能力，但我們的行進路線已經被牠們影響得偏離不少了。」

「那怎麼看都不是蟑螂吧，你不覺得比較像日銅鑼花金龜嗎？」

「事到如今再討論這些也沒意義。沒辦法了，現在只能以攻擊為主，衝進去了。」

「我本來還想保留點魔力的～這下只能認了……」

「都到這步田地了，你還沒下定決心啊？亞特，我們可是在打一場賭上生存的戰役喔？」

「Sword and Sorcery」的知識在這個世界頂多只能當作參考。

雖然大致上相同，可是細節上無論如何都多少會有些差異，已知的知識並不全是正確的。囫圇吞棗十分危險，必須親自用雙眼確認，修正自己的認知。

「從中央突破，從『強大巨蟑』正上方使用『闇之審判』，作戰內容還是一樣的。」

「難度往上翻了好幾倍就是了。要用忽視防禦，以攻擊為主的方式殺進去嗎？」

「使用『闇之審判』後，立刻脫離戰線，只要按下油門旁邊的紅色按鈕就可以了。」

「這應該不是自爆按鈕吧？」

「簡單說是助推器。雖然得消耗大量魔力，但應該能瞬間推出接近音速的速度。」

「意思是不需要介意燃料槽裡的魔力殘量嗎？看樣子回程只能走路了……」

亞特一邊嘮叨一邊催動油門。

「響尾蛇號」回應他的動作加速，朝向「強大巨蟑」衝去。傑羅斯他們的舉動讓大量的蟑螂們起了反應，為了阻擋他們的去路，開始做出了更鞏固防衛陣形的行動。超乎想像的有組織性。

「少來礙事——『火炎騎槍』、『超量射擊』！」

「『電漿騎槍』、『過量射擊』！」

魔導技能「超量射擊」。

這是可以提升原本設定好的魔法威力與效果的魔導士專用技能。

舉例來說，原本「火炎騎槍」是會從火球射出二十支火炎長槍飛向敵人的魔法，但是藉由「超量射擊」的效果，可以再提升攻擊次數，或是強化貫穿力。

因為傑羅斯的魔導士技能已經把「魔導賢神」給練滿了，亞特則是「魔導賢帝」。所以提升的攻擊次數多得嚇人。

算是中級魔法的「火炎騎槍」與「電漿騎槍」雖然能在單次攻擊中建構出二十支槍，可是到了這兩人的等級，根本就是射出了無數的飛彈。

儘管這幾乎是未鎖定目標的隨機攻擊，但周遭全是敵人，也沒什麼好顧慮的，心情上就跟某位魔法少女一樣。只不過傑羅斯他們的凶殘程度還是略勝一籌。

原本生息在法芙蘭大深綠地帶的蟑螂們是一般魔導士或騎士都很難應付的對手，傑羅斯他們卻單方面地蹂躪著蟑螂們。

「可惡！數量太多了……」

「那種『胖小強』很難打呢～牠們好像用魔力提升了防禦力，沒辦法單靠一擊就擊倒，只能想辦法找縫隙穿過去了。『帶角種』的衝刺也很棘手呢。」

「『帶角種』煩死了！不要靠過來啦！」

「胖小強」超乎想像的強韌，就連亞特的「火炎騎槍」攻擊也無法輕易擊倒。正在迎戰突襲而來的「帶角種」的傑羅斯也因為敵人難纏的猛攻，露出了焦躁的神情。

「螺旋俯衝」可以彈開來自正面的攻擊，所以附帶的爆炸無法造成多大傷害，而且對手根本是做好了會受傷的覺悟在突擊，可說是難纏到了極點。

「還差一點……只要能夠進入『胖小強』的集團裡面……」

「增加攻擊次數會使得威力降低，所以無法造成致命傷嗎……我們撐得過去嗎？」

一方是增加攻擊次數，另一方則是以壓倒性的數量衝撞過來，雙方持續進行著一進一退的攻防戰。

只要稍稍估錯攻擊次數，傑羅斯兩人就會成為「螺旋俯衝」下的犧牲者了吧。

然而「螺旋俯衝」也是有缺陷的。

這招必須先占據敵人的正面或背後位置，若要使出效果卓越的一擊，則是從上方攻擊最佳，但要從上方攻擊，自然必須爬升到比目標更高的位置，而爬升的途中將會毫無防備。

所以群體必須分工合作，並交替負責攔阻對手前進和給予致命一擊這兩項工作。但是傑羅斯兩人的魔法攻擊使得牠們無法順暢輪替。

來自全方位的砲火讓「帶角種」無法靠近兩人。

即使勉強逼近了傑羅斯兩人，也會因他們的魔法攻擊而偏離攻擊位置，只能擦過他們身旁。

即便如此，保護「王」仍是士兵的職責，無論多少次牠們都會重整態勢，勇猛地使出同樣的攻擊，其中當然也有一些個體慘遭擊墜。

這是一場人與魔物之間，想退也退不得的戰爭。

「再一點點……只要能穿過『胖小強』的防壁……」

「一舉打散牠們吧，『光輝射線』。」

傑羅斯施放的光屬性魔法「光輝射線」。

簡單來說就是朝敵人射出極粗雷射光束的魔法，但是由高等級的人施放，威力可不是範圍魔法所能比擬的。原本只會牽連幾隻魔物的魔法，將化為能夠一舉掃除成群魔物的兵器。

「胖小強」的翅膀被燒毀，墜往地面，「響尾蛇號」則趁機高速穿過空出來的缺口。

「好！傑羅斯先生，要通過『強大巨蟑』正上方了喔！」

「那麼開始殲滅吧，『闇之審判』。」

來到變成白色的「強大巨蟑」的正上方同時，傑羅斯扔下用左手發動的「闇之審判」。接下來只需要全力逃走就好了。

「啟動助推器！」

「唔喔！」

亞特按下油門旁的按鈕後，「響尾蛇號」以至今無法比擬的超快速度加速衝刺。速度快得要不是他們有作弊級的體能，早就飛出去了。

儘管面對著強大的壓力，身體快被風壓給推向後方，大叔仍在前方展開了「白銀神壁」，形成一道圓錐形的護盾，迅速脫離戰場。

「闇之審判」在這瞬間完全發動。

巨大的超重力球吞噬大量的小強，從中分裂出的小型重力場以逃竄的小強為媒介，形成了同質性的重力球。小強們被捲入超重力壓潰帶來的連鎖內爆中而消滅。

「傑羅斯先生……」

「怎麼了？」

「這是哪來的諸神黃昏？」

「戰爭創造不出任何事物，留下的只有莫大的錯誤……」

「我們失去了很重要的東西，沒錯，那就是身為人類的良心……我們已經成為毀滅世界的恐怖分子了。」

「即使必須毀滅世界，人還是得活下去，歷史已經證明了這一點。在地球上，戰爭帶來的環境破壞也是很嚴重的問題……這就是名為生存競爭的戰爭啊。」

「一切的原因都是賭上種族延續的戰爭嗎……即使會毀壞世界，仍執著地要活下去。人類真是罪孽深重的生物啊……」

不僅該打倒的魔物，甚至在地表上刻下了暴虐的爪痕。

傑羅斯他們只能待在安全範圍內，茫然地看著這過於凶殘的魔法有多威猛。

同時被壓在背上，名為破壞環境的罪惡感苛責著……

第五話　大叔與四神碰面（雖然少了一個）

「聖域」，那是過去隸屬於創世神（觀測者）的諸神，為了管理世界而創造的拓樸世界。

在有無限多的世界的星球上，都一定有一個彷彿鄰接於世界旁的這個領域。只是在沒有生物的星球上，也不會有負責管理星球的神。

諸神的工作為維持次元的穩定和管理生命，管理靈魂這件事尤其重要，所以諸神總是在監視著世界。雖然不知道諸神為什麼要這麼做，但被稱為「神」的存在，從誕生的瞬間便會本能性地了解到自身的使命，並以既定的流程為基準，採取行動。

無論那是單一世界，還是大千世界，管理者都會忠實地執行自己的任務，進行觀測，在幾乎可說是無限漫長的時間中持續工作，處理發生的異常狀況。

「好閒……真的好閒。」

有氣無力地嘀咕著的，是有著一頭蒼藍秀髮，身材格外肉感的女神「阿奎娜塔」。

與其說是女神，不如說她是個暴露女。儘管身上穿著薄紗洋裝，身材曲線仍是一覽無遺。

她躺在奢華過了頭的沙發上，伸手拿取放在桌上的餅乾。

「……再閒也無可奈何。畢竟……已經去不了異世界了。」

「『溫蒂雅』……我們說好不提這件事的吧？真是的，只是在鐵軌上面放石頭就被禁止進入，那邊的傢伙有夠心胸狹隘。」

「就是說咰～拜此所賜，害我們閒得發慌咰～……啊啊～好想吃武寺屋的蛋糕啊～！」

「……打破聖約的是我們。現在說這些也無濟於事……」

出聲回應阿奎娜塔碎念的，是一位有著綠色頭髮，呆呆的，看起來跟國中生差不多年紀的水手服女神「溫蒂雅」。以及一頭紅髮，做歌德蘿莉風打扮的幼齡女神「弗雷勒絲」。

她們旁邊還有個睡到嘴邊掛著口水，一頭金髮也翹得亂七八糟，身材曼妙的睡衣女神。她名叫「蓋拉涅絲」，是一位非常喜愛睡覺的家裡蹲女神。

雖然她們被許多民眾尊為「四神」崇拜，實際上卻頹廢又任性，完全沒打算管理世界的凡夫俗子。

「我們都把這個世界的情報交出去了，稍微通融一下又不會死。真是有夠小氣的。」

「不過就是死了大概一百五十個人而已，又沒有什麼關係咰！屁眼有夠小的咰～無聊、無聊、無聊死了～～～！」

事情的開端是以她們的時間來算的十七年前，某個世界的管理神來請求她們提供這個世界的情報。

對方的說法是：「因為在漫長的時光中只能監視實在太無聊了，所以我想創造一個遊樂場，讓我能和自己管理的世界裡的孩子們一起玩呢～」

然而阿奎娜塔等人無法交出自己所管理的世界的情報。正確來說，是她們無法行使身為神的力量。

真要說起來，她們只能夠行使被創世神一分為四，並分別賜予她們的部分管理權限，甚至無法完全活用創世神賦予的力量。說是女神，實際上卻比缺陷品還不如。

要交出情報，就得藉助高階存在的力量。

擁有這個管理權限的「神」當時被封印在地底深處。

祂一旦覺醒，絕對會執拗地追殺四神，將四神徹底消滅。

這時候提出的就是「聖約」。

阿奎娜塔她們和其他世界的管理神訂下聖約，共享彼此尋求的利益。

其他世界的神想要的是「阿奎娜塔她們所管理的世界的情報，以及獲得情報所需的管理系統存取權限」。相對的，阿奎娜塔她們想要的，則是「能夠自由前往對方世界的權利」。

其中當然還有更精細的約定事項。

簡單來說，其他世界的神必須同意「可以獲取情報，但不能在收集情報的基礎上進一步干涉此世界」這項條件。阿奎娜塔她們則是同意了「可以前往異世界觀光，但不得在該世界使用力量」。

於是雙方在溝通之後，締結了這項「聖約」。

對勇者們的世界充滿興趣的她們，透過其他世界的神創造的「箱庭」，盡情地在異世界觀光。

她們簡直興奮到失去控制，還帶了許多異世界的物品回到這個世界。

但是自我中心的她們怎麼可能遵守約定，當然引發了問題。

這件事情就發生在某個市中心，因碰上尖峰時間而擁擠不堪的電車上。

她們在滿載的電車裡面覺得不耐煩，最後冒出了「喂，這列車要是現在出事了，應該很好玩吧？」

這種危險到了極點的妄想。

她們原本就是以四大元素的妖精種為基礎創造出的亞種神，喜愛惡作劇的習性深植在其本性裡。

而她們所做的，就是強行使列車加速，並讓列車脫軌的糟糕事件。

意外就這樣發生了。成了一樁正確死亡人數為一百五十七人，輕重傷患總計三百三十一人，前所未有的大慘案。加上事故發生在人口密集的地區，更是擴大了損害。

因為這異常的干涉事象行為，導致當地與其他世界的諸神為了改寫時間軸的歷史而疲於奔命。

由於諸神的努力，這場意外最後被修改成了「沒發生過」的事情，但涉及相關事項處理的諸神皆抱怨連連。

而打破了「聖約」的阿奎娜塔她們也失去了前往其他世界的權限，再也無法前往其他世界了。

「……自作自受……當初弗雷勒絲沒有跟著瞎起鬨的話，我們現在……」

「阿奎娜塔也贊成咆～！只責備我這樣不公平咆！」

「溫蒂雅也提出了讓列車加速就能擴大受害範圍的方案吧？不是我的錯。」

然後她們便開始互相推卸責任，實在是醜陋不堪。

這件事讓她們起了很多次爭執。

次數多到連計算都令人感到愚蠢的程度。唯一留有前往其他世界權限的只有蓋拉涅絲，可惜的是她是個家裡蹲。

獲得了愛用的枕頭與睡衣之後，她便盡情地享受著頹廢的生活。

儘管另外三位女神拚命想叫她去採買其他世界的商品，但是身為家裡蹲的蓋拉涅絲根本沒打算回應她們的需求。似乎是因為「感覺很麻煩」。

在這樣的情況下，出現了邪神復活的徵兆。

於是四神便利用蓋拉涅絲僅存的權限，把即將復活的邪神丟棄在「箱庭」，也因為這樣，身為她們最後希望的蓋拉涅絲也失去了前往異世界的權限。

與其說她們自作自受，不如說她們就是些笨蛋。

「別說了……再說下去也沒有意義。」

「都是勇者們派不上用場啦㖿～明明希望可以快點進入高度文明期的～」

「……已經不能再召喚了，我們用光了創世神的道具。」

「「「這都是轉生者的錯。」」」

推卸責任推得有夠過分。

完全不提自己到底幹了些什麼好事，永遠只往對自己有利的方向思考。

正因為她們是這樣的個性，才絕對想像不到，這個狀況其實是其他世界的諸神所策劃的……

「嗯……出現異常重力震動……這是……邪神？」

「「克拉拉站起來了！」」

「克拉拉……是誰啊？」

睡在床上的美女一邊揉著惺忪睡眼，一邊起身。

頭髮還是翹得亂七八糟。

接著蓋拉涅絲一臉愛睏的環顧周圍，看看右邊、看看左邊，用不知道在想些什麼的空洞表情看看上面……

「晚安……」

——睡起了回籠覺。

「不准睡！妳為什麼這麼貪睡啊，一天睡三小時不就夠了啊！」

「弗雷勒絲……妳別說話！我說蓋拉涅絲……妳剛剛是不是說了很重要的事情？邪神什麼的……」

「……是誰……將我從亙久的沉眠中喚醒…………罪該萬死……」

「蓋拉涅絲……妳的角色形象毀壞了。這是在模仿誰啊？」

「……無名的法老。」

「『那誰啊？』」

蓋拉涅絲的回籠覺被打斷，令她非常不悅的樣子。

雖然她用格外香豔的姿勢起身，但頭髮乾澀又亂翹一通，搭配身上敞開的熊熊睡衣與怪獸拖鞋，只能說非常地遺憾。

明明好好整理一下頭髮就會是個美女的，一對略下垂的愛睏眼睛的眼頭處卻留有眼屎，她現在的模樣實在是不像樣。

即使如此，她散發出的殺意可是貨真價實的。

「事情說完隨妳要怎麼睡都可以，快點說！邪神怎麼了？」

「呼啊啊～～～唔呣唔呣……嗯～～我感應到強大的重力波震動。我想應該……是邪神……晚安～～～……呼～」

「……還是老樣子很好睡啊。別說這個了，妳說邪神是指……難道那傢伙復活了嗎？我們得快點逃命啊～～～～！」

「冷靜點！從這裡無法得知究竟是不是邪神，不過蓋拉涅絲的感應能力是很可靠的。」

掌管大地的蓋拉涅絲，擁有能感應到這個世界異變的能力。

遺憾的是她從未活用過這項能力，因為她平常總是在呼呼大睡。

「我去……調查……詳細狀況……」

「那就拜託妳了，溫蒂雅。要是現在邪神大鬧起來，我們根本無法應對，畢竟沒有創世神留下的武器了……」

「創世神是大笨蛋啲！居然做出這種三兩下就壞的東西啲！做點更堅固耐用的武器不就好了～～這都是勇者太沒用害的啲～～～～～！」

四神非常懼怕邪神。

而最重要的理由，是因為邪神才是管理這個世界的創世神的繼承者，也是憑她們的力量絕對無法應對的至高存在。

邪神曾為了取回正當的管理權限而追殺四神，結果差點毀了這個世界，當時的恐懼仍是四神的心理創傷。

邪神是能輕易摧毀擁有壓倒性攻擊力的舊時代兵器，撕裂大地、沸騰大海，將世界染上一片混沌，使之崩毀的怪物。

她們就像不斷從捕食者手中逃竄的老鼠，心驚膽戰地逃跑了很長一段時間。

到基於勇者的犧牲，再次封印邪神為止，這段期間她們也是被逼上了絕路。

被抓到的話，她們會被邪神吸收，擁有的管理權限也會一點也不剩地被奪走。雖然她們是以妖精種為基礎創造出來的，但還是怕死。

「找到了……不過不是邪神。」

「不是邪神喃？那到底發生什麼事了喃～？」

「既然不是邪神，就很有可能是轉生者了。那麼只要趁現在收拾掉他們……」

「我們就……安穩了。我想強大的轉生者應該不多。」

「是啊，這樣一來，或許光靠我們就能解決了，麻煩的對象就該早點收拾掉。」

邪神的存在固然是很大的威脅，但對她們而言，轉生者的存在也是個麻煩。

她們不記得到底有多少擁有強大實力的轉生者，但趁現在減少數量可以摒除後患，畢竟她們再怎麼糟也還算是神，實力絕對不差。

除了蓋拉涅絲以外的三位女神立刻轉移，前往發生重力波的地點。

不知道那裡有著會徹底破壞她們打的如意算盤的存在——

而被留下來的蓋拉涅絲，一個人幸福墜入了睡夢之中。

◇◇◇◇◇◇

傑羅斯和亞特看著「闇之審判」帶來的暴虐破壞光景，說不出話來。

他們不後悔使用了廣範圍殲滅魔法——「闇之審判」。

也充分了解這是必要的行為。

可是就算了解，也不代表內心能夠全盤接受。

因為人類就是一種會後悔的生物。

為了阻止「地獄軍團」，使用壓倒性的破壞魔法的確是很有效的手段。

即使如此，實際使用並看到這暴力的破壞景象後，要人怎麼能不後悔。

每個人都會對自己的行為有疑問、罪惡感，或是感到焦慮。

如果是自己決定要這麼做的，更是如此。

比方說某個坐擁核彈的國家，在戰爭中即將落敗，為了保護國民而按下了發射核彈的開關。結果雖然保護了國民，卻也同時害死了敵國眾多無辜的人民。

以當下的狀況而言，這或許是一個正確的選擇，但按下開關的人將會受強烈的罪惡感苛責，將來也有可能遭輿論譴責。

即使是做好覺悟才採取的行動，也有可能會讓自身的良心背上罪過。

有時也會碰上不得不行使武力的情況，但這個決定將伴隨著切身之痛，以及必須對生命負責的沉重壓力。

傑羅斯和亞特感受到的正是這類情緒，既然還會受到這種情緒苛責，表示他們還保有人類的心。

「太慘了……我可以理解決定按下核彈開關的總統的心情了。」

「……我也是啊，罪惡感好重啊……老實說我快吐了。」

超重力場崩壞帶來的破壞風暴，現在仍未停歇。

在徹底消滅敵人之前都不會停下的「闇之審判」，是威力勝過核彈的壓倒性暴力。

即使這攻擊拯救了許多人命，他們仍無法忘記發生在眼前的這片象徵著罪惡的景象。

正因為是人，才會背負起這沉重的十字架。

「我以前用過『暴食之深淵』，後來有好一段時間都吃不下飯……雖然做好了覺悟，實際背負的罪孽之重還是讓人難以承受。」

「要是忘記扣下扳機的罪惡與生命的重量，那就不是人了。無論是做好覺悟還是情急之下的判斷，我想都會感到痛苦吧……」

大叔以顫抖的手拿起香菸叼住後，使用「火炬」的魔法點燃了香菸。

儘管對是魔物使用「闇之審判」，實際看到眼前的景象，還是讓他體認到自己太小看自己該要背負的事物有多沉重了。魔法是一種武力，行使魔法伴隨著與使用兵器同等的責任。

「在法芙蘭大深綠地帶使用的時候，我滿腦子只想著要逃跑，根本沒有餘力沉浸在感傷之中，然而實際看到這個景象，只覺得人類擁有感情真是件痛苦的事……」

「畢竟這不是你死我亡的爭鬥，而是單方面的屠殺啊～……這讓我體認到，我必須做好超乎自己所想像的重大覺悟才行。」

「光是擁有強大的力量就很危險了，可是因此委身於國家也很不負責任，實在不想被人當成兵器看待吶。」

對於實力超乎常理的魔導士來說，使用強大的破壞魔法，必須擔負相對的責任。

如果成為國家魔導士，把決定權交給他人，一個不小心便有可能會成為引發戰爭的契機。對掌權者來說，強力魔導士光是存在，便像是充滿魅力的禁忌果實。

所有人都會渴求並盤算著要怎麼獲得這份力量吧。

他們數度忘記自己有多麼脫離常軌，引發這種事態後才又重新體會到這件事。

「我們會不會被這個世界敵視啊？這不太妙吧？」

「『賢者』是孤獨的，所以只能走在自己的道路上……出事的話逃跑就是了。」

「不，傑羅斯先生是『大賢者』吧。你幹嘛自己降級啊？」

「我不想承認自己那凶殘的魔法所產生的破壞力啊……」

「我不會吐槽你的喔？」

雖然想藉由說笑來調適心情，現實卻是殘酷的。

兩人應該身處在安全範圍內，卻偶爾還是會有被爆炸風吹來的小強肢體飛來。想想這換成是人的話，那還真是讓人笑不出來的慘狀。

「你覺得……我們打倒『強大巨蟑』了嗎？」

「很難說呢，畢竟那可是三十公尺級的特異魔物喔？想必有著非比尋常的防禦力，更重要的是牠已經快要進化成『魔王』了。要是牠還活著……」

「那就得跟『巨蟑領主』交手了……只有我們兩個能獲勝嗎？」

在「Sword and Sorcery」裡，以負面評價而言引發了極大迴響的大型多人共鬥活動「強大巨蟑的進擊」（俗稱「小強的戰慄」）。

因為參戰的玩家很少，導致數座城鎮毀滅，是個以慘劇聞名的活動。其中最大的原因便是「巨蟑領主」。

牠能輕易打飛高等且配備成套傳說級稀有裝備的重裝騎士，施放出的魔法讓許多玩家死亡重生，並以非比尋常的速度恣意玩弄包含「殲滅者」在內的高階玩家。

更可怕的是那壓倒性的防禦力。即使是用上了大量稀有素材打造而成的裝備，也只能勉強對牠造成一點傷害，完全是個有BUG的敵人。作為完全忽視遊戲平衡性的災厄化身而聲名遠播。

這是「殲滅者」全員參加的大型多人共鬥活動中，唯一沒能打倒的頭目，在某種意義上算是獲得了最高榮譽的魔物。作為怪物的頂點君臨天下，是出了名的最強敵人。

如果這種莫名其妙的強大怪物並非出現在遊戲裡而是現實之中，現在的傑羅斯他們當然無法阻止。所以才要使用「闇之審判」，在魔王誕生前打倒牠。

「亞特……你覺得打得贏那玩意嗎？」

「絕對不可能，我敢保證…………呃，什麼？」

對話中突然感受到強大的魔力反應。

察覺到這股魔力的兩人仰望天空，發現共有三組魔法陣出現在空中。而且那不是用魔法文字構成的魔法陣，是至今從未見過的未知存在。

「魔法陣？不，可是……」

「是沒見過的魔法術式呢，無法解讀。這莫非是……」

從魔法陣中現身的是頂著一頭藍髮，穿著引人注目的薄紗洋裝的女性。紅髮，做歌德蘿莉風打扮的幼齡少女，以及一位綠髮，身穿水手服的女國中生。

乍看之下很有衝擊性，但可以從她們身上感受到足以令人忘記這點的龐大魔力。

「傑羅斯先生……那是……」

「是四神吧～雖然少了一個，但她們有何貴幹呢～」

從肌膚感受到的魔力氣息可以得知她們明顯地抱有敵意。

「找到了响～～～～～轉生者！我們現在就要打倒你們，覺悟——」

「『限突爆裂』。」

——轟隆隆隆隆隆隆隆隆隆隆隆隆隆隆隆隆隆隆隆隆隆隆隆隆隆隆！

傑羅斯一臉沒興趣的樣子，突然使出「爆破」的改造魔法先發制人。

強化到極限的範圍魔法，用最強大的威力吞噬了三位女神。

「你、你突然做什麼啊！就是這樣我才討厭人——」

「『暗黑新星』。」

——砰轟隆隆隆隆隆隆隆隆隆隆隆隆隆隆隆隆隆隆隆隆隆隆隆隆隆隆隆隆隆隆隆隆隆隆！

亞特毫不留情地追加攻擊。

雖然威力不及「暴食之深淵」，但足以與「限突爆裂」匹敵的重力崩壞魔法砸了過去。

先下手為強，惡即斬，飛蛾撲火。

他們的字典裡沒有猶豫這兩個字。

既然對手是四神，就不需要慈悲、寬容與溝通這些詞彙。

「這、這些傢伙……想殺了我們耶！」

「……完全沒在客氣。」

「你們哟——————！到底把神當成什麼了哟！」

「「啥～？不就是陀屎嗎！居然還有臉出現啊。現在就收拾掉妳們，乖乖受死吧！」」

兩人異口同聲地口吐惡言，怒氣表露無疑。

看到該抹除的對象現身，便喜孜孜地攻擊對方。

「你們哟～～～對女神沒有半點敬畏之心嗎！我們可是你們的救命恩人耶！」

「妳還真好意思說這種話啊！去死吧，臭婊子！『光輝新星』！」

「把難搞的大型垃圾硬塞給我們處理，現在還想以神自居？這次該輪到妳們去死了。『黑雷連彈』亂射。」

而且數量多到足以封住所有她們能逃的地方，更是從對手的死角發出，毫不留情的攻擊。

傑羅斯發出有追蹤功能的「黑雷連彈」，襲向逃過「光輝新星」造成的重力爆縮的三神。

「「『爆華繚亂』！」」

瞬間溫度超過一萬度的傑羅斯原創爆炸魔法，「爆華繚亂」。

引發性質變化，半化為電漿的高溫魔法，輕鬆地穿透了火之女神弗雷勒絲的防禦力。因為變化成了不同屬性，所以無法完全防下。

即便如此，外表上看起來還是沒什麼效果，是因為四神近乎於純粹的高能量聚合體吧。

但她們受到損傷的當下便會立即重組，所以攻擊確實地消耗了她們自身的魔力。

「炸得好。」

「炸得好。」

傑羅斯和亞特互相給對方比了個讚。

而三位女神則是對確實地對自己造成了損傷的兩位轉生者感到恐懼。

原本以為難搞的敵人只有邪神，沒想到人類卻毫不留情地使出不容小覷的攻擊。

她們發現繼續打下去自己真的會被殺。

「這些傢伙也太恩將仇報了吶——————！」

「你們啊，要是我們沒有接受你們，你們可是死定了喔？不覺得這樣對待恩人太過分了嗎？」

弗雷勒絲和阿奎娜塔猛烈抗議。

「夢話等睡著再說啦。」

「妳們不僅把收拾善後的工作全推給我們世界的神，還把轉生者們胡亂傳送各地對吧？這妳是要我們怎麼感恩來著？再要我說的話，妳們根本沒負任何責任。無論是對我們，還是對勇者們……像妳們這種邪神啊，就該徹底殲滅喔。哼哼哼……」

「……真不該來這裡。全都……曝光了……」

即使是不完整的情報，只要收集得多了，就足以了解四神是怎樣的存在。

更何況傑羅斯對四神抱有強烈的恨意。

「妳們毀了我的幸福家庭計畫，就讓我好好抒發一下這股恨意吧？」

「妳們就以死來償還我喝不到期待已久的美酒的恨意吧。哼哼哼……真是～愉快呢～」

「「「前面那個先不提，我們要因為沒喝到酒的怨氣就被殺嗎？」」」

「現實是很沒道理又殘酷的喔。就像妳們幹得好事一樣啊～？因果輪迴，申冤在我、我必報應。好了，準備好踏上前往地獄的旅途了嗎？帶好單程車票了嗎？」

「賢者」和「大賢者」的魔力因憤怒與復仇心更加高漲。

兩人的魔力量已經超越四神。

她們原本是想要排除邪神這個威脅的，卻把更強大的威脅招來了這個世界。這就是不經大腦行動的後果。

「你、你們真的打算要殺害這麼可愛的少女嗎？」

「妳在說什麼？算起年紀，妳們都是些比我們活了更久的蘿莉老太婆吧。」

「你爸媽沒教你要愛護女性嗎？」

「很遺憾，我家就有個爛女人。現在我可不會為了要收拾跟她同類的婊子而猶豫。妳們想說的話只有這些嗎？」

「……我要求律師同行。」

「無論是人權、請律師的權利，還是留下遺言的權利，都不屬於妳們！判決，死刑！」

「「「太蠻橫了吧──────！」」」

對話根本沒有意義。

神會蠻橫地亂來，人當然也會，弱肉強食的法則道盡了這個世界的一切。

被整了就整回去。只有吃人或者被吃，不然就是弱者打倒強者的以下剋上。

阿奎娜塔她們瞧不起人類，卻因為人類的可能性這種不明的力量而陷入了絕境。

畢竟她們只是代理神，不是真正的觀測者。

她們絕對不是全能的存在。

「好了……宴會要開始啦～唔嘿嘿嘿嘿嘿嘿♪」

「對妳們沒什麼好慈悲的。妳們就儘管對自身的愚蠢感到懊悔，消失在黑暗中吧。我想也沒人會幫妳們上香吧～呼呼呼……」

俗話說人的心中住著惡魔，不過傑羅斯他們簡直是惡魔的化身。

手中凝聚了龐大的魔力，臉上正帶著邪惡的笑容，準備對女神們施以名為抹殺的制裁。

他們可是抱著度日如年的心情等待著這一天到來。

兩人用無詠唱的方式，如怒濤般毫不留情地接擊出充滿怒氣的魔法。為了抹殺阿奎娜塔她們，沒有半點躊躇，徹底地連續施放出凶狠的魔法。

傑羅斯他們已經在心中確定了，這些傢伙是只有逃跑速度一流的小嘍囉……

現場只有被充滿憎恨的龐大魔力波動攻擊，陷入恐慌的三神，以及化為惡魔的兩位轉生者。這裡沒有正義那一類的天真話語。

只有無慈悲的制裁。

「暴食之……」

「深……什麼？」

正當兩人打算下最後殺手時，遠方突然出現了龐大的魔力反應。

出現反應的方向正好是「強大巨蟑」所在的位置。

「是、是怎樣啊？這魔力是……」

「勝過我們的魔力反應……難道是邪神！」

「不是……是更不一樣的……」

傑羅斯兩人因這超乎常理的魔力而驚愕不已。

被徹底破壞到體無完膚的「強大巨蟑」的龐大身軀滾落在離他們有段距離的隕石坑群裡。

在勉強維持著原樣的屍骸之中，「那個」覺醒了。

深紅的光芒在被硬化的身體組織包覆的黑暗之中閃耀著。

無法抑制的龐大魔力竄過四肢，如同火焰般向外放射，把已經沒用的過去軀殼炸飛之後，「那個」高高地飛上天空。

動了動從頭部長出的長長觸角，迅速地察覺到目標的存在，便為了完成既定的使命而開始行動。

帶著猛烈狂捲的魔力，劇烈地拍打長在背上的雙翅，以極快的速度飛行。

為了與刻劃在本能上的「敵人」交手——

第六話　大叔果然還是很不正經

突然發生的強大魔力反應中斷了名為制裁的死刑判決。

這也是當然的。因為他們感受到的魔力反應，大到了過往的經驗無法比擬的程度。

放出這股魔力的「某個東西」，正以超高速度接近這裡。

在場的傑羅斯他們與三位女神都因這離譜的狀況而僵住了。

「我、我說傑羅斯先生……我想這個……該不會是……」

「沒能徹底打倒『強大巨蟑』啊。不過這股魔力反應……感覺不是『巨蟑領主』。魔力的感受強到了這種程度……是邪神級嗎。」

「這可不是鬧著玩的吧。」

對傑羅斯而言，這股至今從未感受過的龐大魔力，讓他無法想像持有者是怎樣的魔物。

但是從釋放出的魔力大小，可以推測正在往這邊過來的對象即使不到「邪神」的程度，也絕對是強度接近邪神的強大怪物。

沒想到大自然居然會孕育出足以與邪神匹敵的魔物。

「與『邪神』同等級啊……這可不妙耶～光靠我們應該贏不了。」

「等等，跟『邪神』同等級是什麼意思啊？為什麼會有這種怪物存在啊？」

「我哪知道。因為召喚勇者，導致世界上有魔力濃度低和魔力濃度異常高的區域，恐怕是囤積了大量的高濃度魔力吧～然後那個對象碰巧是『強大巨蟑』？」

「為什麼召喚勇者會使魔力濃度產生變化啊，世界上的魔力不是會維持在固定的量嗎？你這話很奇怪耶。」

「妳好歹也是個『神』吧，連這都不知道？愈是凝聚召喚勇者所需的魔力，距離召喚魔法陣愈遠的地區，魔力濃度就會漸漸降低，相反的，愈靠近的地區濃度就愈會提升。看看法芙蘭大深綠地帶就知道這是一種異常現象了吧。這個世界大概再過一千五百年就會毀滅了耶？」

「「「……」」」

這瞬間可以了解到，女神們到底有多不關心這個世界。

看到傑羅斯他們用白眼瞪著自己，為了掩飾自身幹出的好事，三位女神紛紛撇頭看向其他地方。

姑且不論邪神級的魔物誕生的緣由是真是假，被人說這個世界快要毀滅了，她們確實無言以對。

畢竟原因就出在她們身上。

「……來了。」

在溫蒂雅低語的同時，藍天中閃耀著不祥光芒的一個黑點正以超快速度逼近。

該怎麼形容那個外型呢——身長約一百七十五公分，以「魔王」而言體型算小，但身體卻被異常厚實的甲殼給包覆著。

兩對翅膀劇烈地鼓動。在有凹凸起伏的堅固頭部裝甲上，從唯一一片比較單薄的甲殼中，可以看見一對閃著紅光的眼睛。

雖然從牠頭上那兩根長長的觸角，勉強能夠看出牠屬於蟑螂體系，可是這魔物的模樣顯然不正常。

硬要說的話──

「那個……不是蛹〇嗎？」

「雖然很像，但蟑螂是藉由反覆脫皮的方式成長的……不會化蛹喔？」

「照外觀給人的印象，感覺是第二型態……」

「很有可能呢。就像閃〇人那樣……」

感覺比較像是老派的變身英雄。

那個像是懷舊老英雄的玩意睥睨地瞪視著傑羅斯他們後，迅速壓抑並逐漸收縮凝聚起龐大的魔力。

『Jo Jo Jo Jo Jo。』

「『說話了！牠是哪來的火星蟑螂啊？』」

雖然聽不懂牠說什麼，但牠明顯地具有智慧。

謎樣生物將兩隻手臂在胸前比成十字形狀，並將收縮的魔力集中於手臂，然後──

『Jowatch！』

──嗶唰啊啊啊啊啊啊啊啊啊啊啊啊啊啊啊啊啊啊啊啊啊啊啊！

發射出可疑的神祕光線。

傑羅斯他們雖然躲開了那道光線，光線卻不幸地直接擊中了弗雷勒絲。

「啊叭叭叭叭叭叭叭叭叭叭叭叭叭叭叭叭叭叭叭叭叭！」

「真漂亮啊～」

「這攻擊真棒呢。充滿了令人熱血沸騰的浪漫感。彷彿找回了童心。」

「……真過分……明明可以出手幫忙的。」

「『為什麼我們非得幫忙不可？妳們去死一死就好了啊。』」

「這些人……爛透了。」

以阿奎娜塔為首的女神們翻了翻白眼。

可是傑羅斯等人根本沒道理要幫助她們。

追根究柢，她們可是來收拾轉生者的，傑羅斯他們兩人也對四神懷恨在心，沒有任何理由要和她們共同作戰，不如說傑羅斯他們還想利用這神祕生物來抹殺四神。

明明從一開始就處於敵對狀態，卻還是一直強調自身有多偉大的女神們真的很煩人。

傑羅斯他們因此決定要盡快做個了斷。

「『雷電射手』。」

「『黑雷連彈』。」

導出結論的傑羅斯兩人動作飛快。

他們立刻開始朝阿奎娜塔她們發動攻擊。

「等等！你們這是在幹什麼啊！」

「……危險。」

「我們從一開始就是敵對關係啊。為什麼我們得跟妳們攜手作戰啊？」

「難道妳們真的以為增加了一個敵人，我們就會跟妳們聯手？這種不知何時會被背叛的關係，我們可是敬謝不敏呢。哼哼哼……」

「嘖！這些傢伙到底多不正常啊……」

阿奎娜塔本來是想把神祕生物丟給傑羅斯他們處理，趁機溜走的。

然而因為原本就沒打算跟她們聯手的兩人先發制人的關係，她打的如意算盤馬上就被推翻了。

從頭到尾態度都很囂張的女神們，是真心認為人類應該要好好膜拜她們，也絲毫不認為這有哪裡不對。

「Jowa！」

神祕小強生命體彷彿某個來自宇宙的特攝英雄，一邊吶喊一邊高高飛起，從高空朝著阿奎娜塔使出飛踢。

「呀啊！」

「「喔哇啊？」」

她在危急之際閃開，「小強生物」便直接高速衝向傑羅斯兩人。

地面上升起了高大的土柱，大量的土沙撒向了傑羅斯他們的身上。

「這樣很危險耶，要直接命中她們啊！『電漿騎槍』！」

「咿！少在那邊亂說話啦！你是想叫我們去死嗎？」

「去死一死最好啦。『颶風』！」

「唷哇啊啊啊啊啊啊啊啊啊啊啊啊啊啊啊啊啊啊啊！」

可惜朝著阿奎娜塔放出的風屬性魔法「颶風」被她躲開了，然而卻相對地直接擊中了在她身後的弗雷勒絲。

遭受無妄之災的弗雷勒絲被颶風捲到了高空中。

「看起來真好玩，雖然我一點都不想模仿。」

「我有同感，要是這樣能弄她就好了。」

「不可……左顧右盼。」

「「唔喔喔喔喔喔喔喔喔喔喔喔喔喔喔喔喔喔喔喔喔？」」

不知不覺地來到他們身後的溫蒂雅使出了強力旋風，困住了傑羅斯他們。他們認為三女神不習慣作戰而輕忽大意，因此被抓到了空檔。

「啊嗚！」

就在溫蒂雅準備給他們最後一擊時，「小強生物」以驚異速度衝了過來，賞了溫蒂雅一記右直拳。

「JoJoJoJo，Jowa！」

把溫蒂雅打飛的「小強生物」再次交叉雙臂，開始凝聚魔力。

「「啊，糟了……」」

「Jowa！」

神祕光線發射。

傑羅斯兩人在情急之下，用反射屏障魔法「反射鏡射」反彈了光線，使得這道神祕光線又朝弗雷勒絲射了過去。

「啊呸呸呸呸呸呸呸呸呸呸呸呸呸呸呸呸……」

可憐哪，弗雷勒絲就這樣進化成爆炸頭歌德蘿莉風女神了。

炎之女神完美地轉職，成了搞笑女神。

「你們喲～……是不是從剛剛開始就一直想要趁機幹掉我！」

「……妳、妳多慮了……噗嗤！」

「沒錯，我們怎麼可能會做這種……噗呼！」

「我們本來就是打算要收拾妳們……噗哈！」

「妳太自戀了吧？……失禮了，噗哈哈哈哈哈哈哈！」

「Jo？…………Jo Jo Jo Jo Jo！」

在場所有人都被這地圖兵器「笑穴」給命中要害。

不愧是搞笑女神，在這充滿殺意的大亂鬥中突然投下的笑點，超出了在場所有人的預料，使大家無法忍住湧上的笑意而爆笑出聲。

所有人都順著這股衝動笑翻了。

「你們……感情還真好喲……每個人……每個人都給我變成爆炸頭啦喲！」

「「「發飆了？」」」

弗雷勒絲在怒氣的驅使之下，創造出巨大火球，扔了過來。

被當成目標的所有人一同迴避時，只有「小強生物」仍笑翻在地，承受了名副其實的怒火。

威力足以輕易地勝過範圍魔法的煉獄之火，顯示她身為女神並非浪得虛名。

「先收拾一隻……你們全都給我烤熟啦啲～」

「噗……弗雷勒絲，敵人在那邊喔？為什麼我也變成妳的目標了啊……」

「嘲笑他人不幸的傢伙，最好全都被燒死啲……」

「妳也讓他人不幸過啊。事到如今，就算變成了爆炸頭……噗呼！也不代表能夠減輕……妳的罪孽喔？咯咯……啊，肚子好痛……」

「人類陷入不幸這種事情，我才不管啲……爆炸頭還太小意思了，我要把你變成黑人頭啲～……」

「想透過增加同類來減輕自己的不幸嗎？真是無可救藥啊，明明是個爆炸頭還這麼囂張……」

「我又不是自願變成爆炸頭的！為什麼說得好像我一開始就是爆炸頭啲！」

「……爆炸頭女神，爆炸頭女神是爆、炸、頭……噗嗤！」

「溫蒂雅！我什麼時候被認定是爆炸頭了啲！」

在場所有人都認定弗雷勒絲是爆炸頭了。

她沒有發現，自己成了爆炸頭這件事，讓現場所有人的心凝聚為一體……

除了弗雷勒絲以外的人，都跨越了憤怒與對抗的高牆，一次性地和解了。

搞笑之神或許能將世界導向和平，然而她卻變得愈來愈欠缺思慮，一股腦地想要增加同類，執拗地接連發動攻擊。

「喂，傑羅斯先生……那個……」

「怎麼了，亞特，我們正處於要被歌德蘿莉風打扮的爆炸頭變成黑人頭的最大危機中耶？這樣下去大家都會變得很FUNK喔。」

「不，那片火海中……是不是，有什麼東西在動？」

「……咦？」

傑羅斯將目光移向火海，確實有道人影在火焰中動著。

那道人影緩緩站了起來，在高溫的烈火中如入無人之境地悠然邁步而出，身上散發出一股非比尋常的氣勢。

「這怎麼可能啊，在那麼大的火裡面卻平安無事？那層外裝甲是有針對火屬性的抗性嗎……」

「除了順應特定環境的種類之外，昆蟲型的魔物應該都怕火才對啊……我記得蟑螂系的弱點就是火對吧？」

「應該是這樣沒錯……那個果然不是『巨蟑領主』嗎？難道真的是蛹○？」

神祕的「小強生物」在火焰中釋放出龐大的魔力，颳起風暴吹散火焰後，突然炸開了那身厚重的裝甲，粉碎的裝甲破片化為散彈襲擊傑羅斯他們。

這可不是去除裝甲這麼簡單的事，被那威力直擊的人想必無法全身而退。帶有一個不小心就有可能會致死的殺傷力。

「嘎噗？」

「呀啊啊啊啊啊啊啊啊！」

「……緊急迴避。」

「居、居然脫裝了？唔喔喔喔喔喔喔喔喔喔喔！」

「果然有第二型態嗎……這到底是哪來的假面英雄啊？好痛！」

弗雷勒絲再次遭到直擊。

阿奎娜塔和溫蒂雅則是立刻逃離，傑羅斯和亞特也張開了魔法屏障彈開破片，拚命地逃離餘波的衝擊。

平原悽慘得像是被徹底轟炸過。

周遭被帶有熱氣的沙塵給包圍，甚至看不清前方。

「這什麼威力，那傢伙的存在本身就是兵器嗎！」

「大自然有時也會孕育出那樣的生物嗎……唔？」

在滾滾沙塵之中，唯一醒目的深紅色光芒。

然後——

「漆・黑・流・星，巨蟑！」

——轟隆隆隆隆隆隆隆隆隆隆隆隆隆隆隆隆隆隆隆隆隆隆隆！

牠用流暢到甚至能撕裂沙塵的動作擺出了姿勢。

身後的爆炸特效也氣勢十足。

「「不僅會說人話了，還是正義之士嗎？」」

如同精心打磨過的黑曜石般美麗閃耀的裝甲，強悍得足以撼動靈魂卻又極為洗練的造型。

還有讓人無法想像牠原本是蟑螂，令人著迷的帥氣程度。

絕對的正義之士就此誕生。

牠用閃著紅光的雙眼盯著傑羅斯等人後，維持有著完美比例的站姿，伸出指尖。

兩位阿宅心中萌生而出的是——

「…………帥、帥翻了。」

「明明是小強……牠原本明明是隻小強的，我的心卻……唔！」

「不行……我不想跟牠戰鬥。」

「是啊，跟牠交手的話，好像會失去什麼重要的東西。」

在胸中炙熱燃燒的東西。只要是男人都憧憬過的正義之士，喚醒了幼小的少年之心。

每個人都曾經嚮往過，成為大人後便忘卻了的重要之心……

「破壞大自然的邪神們，還有人類啊！只要有我在，將這美麗世界逼向滅亡的邪惡壞事就到此為止了！」

「誰是邪神啦吶！」

「別開玩笑了！不過是隻魔物還敢說這種話。」

「……非我所願。」

「咦？我們也是邪惡的嗎？」

「哎呀，人類的歷史就是創造與破壞嘛，以某種意義上而言，應該沒有比人類更邪惡的生物了～」

正義之士的說詞基本上也不算有錯。

人類的文明是破壞自然，並花上漫長時光發展起來的，這點乃是事實。

剷平了許多森林、山地，破壞了生息於該處生物的生態系，開發出各式各樣的技術，期望能有更進一步的發展。

這同時也可說是戰爭的歷史，與自然界那種弱肉強食的法則無關，是以某種意識型態來操弄著許多生命。

不論謊稱是為了正義而戰，或起因於宗教與文化的差異，又或是執政者的野心，在在使得大地染上一片血腥。

如果世界本身有意志，或許會認為有智慧的存在才是邪惡。

「漆黑流星巨蟑」可能就是源自大自然的憤怒吧。

「唉，說歸說，我也沒打算接受制裁就是了。」

「嗯，畢竟我們還活著，也總是在第一線感受著文明的發展與衰退。不過我不想跟牠打呢～」

「我同意。唉，人類滅亡也是自然的法則，只是要花費漫長時間回歸大自然罷了，只要沒有徹底毀滅世界，就還有救。」

所謂的生存，就是持續不斷地戰鬥。

即使世界打算毀掉文明，生物還是能強韌地適應環境生存下去。

這就是居於生物頂點的人類。即使正義之士說了「滅絕吧」，也不可能用一句「好喔，就這樣吧」便接受這個安排。

「嗯。人類的確是完成了複雜進化的生物。好吧，關於人類，我不打算在此下定論。畢竟人類發展出來的技術依據使用方式，是有可能和自然共存的。但是邪神們，妳們不一樣！」

「為什麼啊咰！」

「你是這個世界孕育出的生物吧！那就該服從我們，解決那邊的轉生者！」

「……偏袒？」

「不，不不不，絕不！妳們為了自身的慾望強行執行了多次異世界召喚，是意圖毀滅這個世界的大罪人。不過是區區代理神，卻以為自己等同於全能存在，實在太過傲慢了。」

好歹也算是神的存在，竟被完成了神祕進化的生物戳中了痛處。

不過這個正義之士很在狀況內。

『牠莫名地了解現況呢。這是來自外界的干涉造成嗎？然而這生物是從「強大巨蟑」進化而來的，所以算是大自然的自清作用嗎……搞不懂。』

正義之士的存在令人費解。

雖是從魔物進化而來，卻格外清楚目前的狀況，關於四神的事更像是親眼見識過般地了解。就連傑羅斯他們花了點時間才調查出的事情，感覺牠在出現時就已經知道了。

不管傑羅斯的疑問，在一旁的正義之士與邪惡組織幹部的阿奎娜塔等人，已經不由分說地展開毫無仁義之戰了。

一邊是大自然孕育出的正義之士。

另一邊則是隨心所欲且任性地持續破壞世界的神。兩者自然是水火不容。

「我要代替大自然懲罰妳們！『巨蟑劍』！」

「吃我這招吧！」

阿奎娜塔創造出的超高壓縮水球，擁有高達數十噸的質量。

她用高速擲出水球，但是巨蟑用從手臂裝甲延伸出來的劍輕易地砍去了水球，並順勢快速逼近阿奎娜塔，使出迴旋踢一腳踢飛了她。

巨蟑緊接著一個翻身，朝牠的下一個目標歌德蘿莉風爆炸頭，打開了胸部的裝甲。

相對的弗雷勒絲再次創造出極大的火球，正準備擊向巨蟑。

雙方的攻擊路徑重疊。

「蟲子就是該被燒死啦咰！」

「『巨蟑粉碎擊』！」

兩道高熱量攻擊正面衝撞。

強烈的衝擊波與熱量襲向傑羅斯他們。

「唔喔啊啊啊啊啊啊啊啊啊啊啊！」

「唔！『靜謐之冰封世界』！」

傑羅斯發動抗火系防禦魔法，擋下了衝擊波與爆焰。

「靜謐之冰封世界」是以絕對零度的冰之屏障與結界的雙重構造形成的改造魔法。在以會使用火焰吐息的龍為對手時非常好用，可是因為太耗魔力了，實在稱不上是效率佳的魔法，結果成了沒機會用上的廢魔法。

事物真的很難說會在什麼時候派上用場呢。

「拜託，你們可不可以換個地方打啊……」

「爆炸頭女神好像失速墜落了呢。是說這讓我想起，我國中時也有個頭髮相當爆炸的太妹女同學。

她的妝也很誇張呢～」

大叔們已經變成觀眾了。

在知道「漆黑流星巨蟑」並未仇視他們的時候，戰鬥便已經失去了意義，既然敵意向著萬惡的根源，兩人便開始欣賞從大自然中誕生的英雄奮戰的英姿。

以現在進行式展開的寫實視覺特效場景，實在令人雀躍不已。

「這樣一來，真想看看機器人之類的祕密武器呢。」

「傑羅斯先生，不可以在孤傲的英雄身上追求那種東西。要我退一步的話，我覺得摩托車還可以。可是那種莫名其妙的合體機器人或是無視物理法則的巨大兵器就太不識趣了。我認為男人果然還是要靠肉體戰鬥。」

「那互相傳球做出最後一擊的聯手武器，或者每次都要組合才能使用，用起來不方便，形狀又怪的巴祖卡火箭筒也很不識趣吧？我也不喜歡最後要結合所有機械的最終型態合體機器人，造型太累贅了。我覺得沒有強化過的巨大機器人就該由孤傲的英雄來操作。」

「我很喜歡那種喔？是說從外星來的三分鐘英雄呢？」

「那個因為敵人本來就很巨大，所以沒差。雖然裡頭也有可以自由伸縮的外星人……」

「我搞不懂傑羅斯先生喜歡英雄的標準在哪裡……」

兩人邊觀戰，邊聊起了特攝英雄。

自稱女神的一幫人就在這兩位觀眾面前被漆黑英雄追著跑。

「……啊，莫非那些笨女神們也會巨大化？」

「我是很想看看，但不知道她們做不做得到。來問一下好了。喂～兩位啊。妳們可以巨大化嗎？如果可以，拜託做給我們看一下～！」

「「怎麼可能會啊（響）！嗚呀啊啊啊啊啊啊啊啊啊啊啊！」」

阿奎娜塔和弗雷勒絲乖巧地回答了傑羅斯的問題，卻被敵人抓到她們失去專注力的瞬間產生的破綻，直接吃下了一記巨蟑從觸角射出的高壓電攻擊。

傑羅斯他們看到即使如此仍命大地活了下來的兩位女神，不禁異口同聲地吐出「「嘖，活下來了啊。可惜！」」這句話。

簡單來說只要阿奎娜塔她們遭到悽慘的對待，他們不介意一定要親自下手。

在此同時，弗雷勒絲也由於遭逢慘劇，察覺了兩人的盤算。

「那些傢伙～竟然仗著自己沒被盯上的優勢，打算妨礙並殺掉我們響！」

「溫蒂雅！妳也來幫一下忙……不見了？」

兩神這才赫然發現，在激烈的攻防戰中，出手攻擊的只有阿奎娜塔和弗雷勒絲，風之女神根本沒有加入。

她們環顧四周，發現身穿水手服的女神早已不見人影。

「嗚嘎啊啊～～～～～溫蒂雅逃走了響！」

「蓋拉涅絲也是，這妹子也是……真的很自我中心呢。這下不妙，我們也得想辦法逃走……」

然而沒有正義之士會放過這微小的破綻。

藏有太古神力的正義英雄「漆黑流星巨蟑」高高飛起，張開雙翅，並打開身上的裝甲，開始凝聚陽光。

「那個……難道是！」

「『大十字勳章攻擊』？」

兩個阿宅馬上起了反應。

眼睛像個純真的少年一樣閃閃發光。

「巨蟑———．新星爆————————！」

位於英雄胸部、雙肩、雙膝的蒼藍寶玉發出耀眼的光芒，吞沒了兩位女神。

那威力未因擊中目標而減弱，直擊地面後引發大規模爆炸，炸飛了周遭的一切。

這一招具有足以與「闇之審判」匹敵的威力。

「呀呼———————！這威力真不得了！」

「我這一把年紀還是感到熱血沸騰了呢。英雄就是該這樣啦————————！」

儘管遭受爆炸波及，亞特和大叔仍不知為何十分開心。

尚未失去少年之心的兩人，一邊品味著「看到好東西了」的滿足感，一邊被爆風炸飛到了相當遠的距離之外。

但他們絲毫不後悔。

阿宅之魂也是無藥可救的玩意。

「惡滅！」

打出了一個巨大隕石坑的巨蟑，在現場做出了帥氣姿勢的收尾。

這個攻擊破壞了通往梅提斯聖法神國的道路，使得國家的復興之路變得更加漫長。

結果使得民眾與神殿方產生了嫌隙，最後發展成了大規模的抗議行動。

而抗議行動最終導致國內迅速地爆發內亂，不過那又是與眼下的情況無關的事情了。

「我們被炸飛得真遠呢……」

「真虧我們還活著呢～……一般人應該早就死了吧。」

「我又重新感受到自己有多強韌了，根本是超人吶。」

暴露在正常來說死上一百次也不奇怪的攻擊下卻還活著，所以他們的感想已經超越吃驚，來到傻眼的層次了。習得「極限突破」的人，似乎已經脫離人類這種生物的範疇了。

體驗過太多次超乎常理的狀況，他們甚至產生了「乾脆不要去思考這件事好了」這種放棄的念頭。在等級就是一切的世界裡，去思考何謂常識感覺是一件很沒意義的事情。

因為實際上，他們不合理的體能和魔力都已經是兵器等級了。

「畢竟這個世界的一般人也能靠簡單的升級方式，達到足以輕易拿下奧運金牌的水準啊。我們的強度想必堪比核武了吧。一般魔導士大概是神盾級艦艇？」

「我搞不懂基準。是哪來的魔法老師啊？奇幻世界的人類整體來說都是怪物嗎？」

「哎呀，畢竟也有能正面和龍對決的種族，的確不能把地球上的常識套用到這邊來。這個世界的騎士就算在地球上面對一國的軍隊，也可以大開無雙吧。」

「如果套用了地球的物理法則，魔法的威力不就可以無限上綱了嗎？感覺用大魔法互炸會變成末日之戰。」

「嗯，攻擊魔法那種可以瞬間改變性質的魔法很危險呢。尤其是在爆炸中加上核爆術式的話，那威力應該很不得了。不過得消耗掉異常多的魔力，不具實用性吧。比起持續型的魔法，這種魔法在轉換效率上確實會碰到一些困難。」

「是這樣嗎？」

攻擊魔法的威力主要是看魔法術式的精良程度，以及施術者的魔力量。若要達到核爆等級的威力，消耗的魔力量非同小可。到底有沒有辦法靠個人的魔力量發動都是個問號。

沒有人擁有這種程度魔力量，假設要舉出能夠使用這類魔法的生物，大概也只有龍王等級的龍吧。

而且因為魔法術式的規模之大，會占用掉大量的潛意識領域，導致使用者無法學習其他魔法，變成專精威力的極端魔導士。

即使利用自然界的魔力，也不是這個世界的人類能夠使用的魔法。所以將能夠使用這類魔法的傑羅斯等人視為異常比較合理吧。

所謂的持續型魔法，主要是設置在諸如城寨、要塞等防衛據點的魔法，藉由讓自然界的魔力循環的方式來啟動。

雖然能半永久性地使用，但要在建築物上設置這類魔法非常費力，剛開始啟用的階段也需要用上大量的魔力。可是光靠人類的魔力量仍然不足以啟動，所以只會在舊時代的遺跡上看見這種魔法。

舉例來說，想加上防壁與強化魔法來加強防守要塞的話，在建設要塞的階段就得把這些持續型魔法規劃進去，而要啟動則必須有人為——或者機械的輔助。

在現在這個時代，已經幾乎不可能再設置這種持續型魔法術式了。儘管魔法術式的研究有所進展，但至今仍無法掌握全貌。畢竟他們已經喪失了運用自然界魔力的術式。

過去惠斯勒派的魔導士傾注了整個派系的力量來研究的廣範圍殲滅魔法也屬於這一類，那個魔法術式有一座競技場那麼大。

光憑人類之力，當然無法啟動這種東西。

「等一下！傑羅斯先生……我們使用的『暴食之深淵』是殲滅魔法吧？如果這個世界的人類無法使用殲滅魔法，我們為什麼可以用？」

「這個啊～當然因為我們不是人啊。用奇幻風的說法，我們扮演的角色應該是使徒吧？畢竟是跟這個世界不同的世界的諸神送我們過來的。」

「唉，這樣說也沒錯啦。不知是不是錯覺，我總覺得來到這個世界之後，頭腦有變得比較好。」

「不是錯覺喔。你有看過自己現在的ＩＮＴ數值有多高嗎？我到現在還是怕得不敢看，如果在『Sword and Sorcery』裡的能力參數會直接轉換成我們的能力，那可是會讓天才哭著跑走的等級喔？」

「可是我不覺得自己有變得那麼天才耶？」

「嗯，畢竟在遊戲裡ＩＮＴ只是用來當作能夠記憶且操控龐大魔法術式的參考數字，其中的規則或許也適用於這個異世界吧。光是這點就足以讓我們成為非常要命的存在了。」

「真的假的……」

「魔力量超多，又有超常的體能……呵呵呵……隨時都能成神成魔啊。」

傑羅斯雖然確認過HP、MP、技能等項目，卻沒有確認過身體的各項參數。

不，應該說身為人的良知讓他拒絕去確認吧。

不僅擁有數量多到誇張的高階技能，還處在很難說他可以完全掌握這些技能的狀態下。光是體力就多到用不完了。

他沒有要和這個世界的人比較參數，但光是普通地生活，都能充分感受到自己是多麼的異常。如果真的拿參數出來比較，他肯定會再也無法振作起來。

大叔還想當個人。

「……我沒想這麼多呢。」

「亞特你啊，沒有製作過人造遺物級的魔導具吧？做了的話很危險喔。有可能會徹底改變這個世界的戰爭模式。」

「…………………唔！我會小心的。」

實際上亞特的確製作了很不妙的魔導具和危險物品，不過他當然不能讓傑羅斯知道這件事。

他甚至還一度想要殺了傑羅斯，要是事跡敗露了，他肯定會遭受生不如死的嚴酷制裁。所以他已經做好覺悟要保密到底，把這件事情帶進棺材裡。

「我、我們差不多該回去了吧。一直待在這片荒野上也不是辦法，莉莎她們還在等我們呢。」

「……說得也是。巨蟑已經不見蹤影，女神們……雖然這只是我的直覺，不過她們應該還活著吧。儘管事情結束得有點草率，但也算是完成委託了，趕快打道回府吧。」

「啊，你一定要告訴我唯在哪裡喔？我都來幫忙了。」

「我會遵守約定的啦。」

因為有意想不到的傢伙跑來攪局，「強大巨蟑」的討伐戰就這樣莫名其妙地結束了。

無論結果如何，總之危機已經解除，兩人決定返回斯萊斯特城塞都市。

並且在道具欄內裝滿了大量的魔石……

◇◇◇◇◇◇

被「漆黑流星巨蟑」的「巨蟑粉碎機」打穿的隕石坑底部，被高溫加熱後結晶化的地表上湧出了小小的火焰與水流。

最後兩者逐漸幻化成形，變化成女童的樣子。

「真夠慘的呴……」

「溫蒂雅……沒想到她竟然會拋下我們逃走。之後得好好教訓她才行。」

弗雷勒絲和阿奎娜塔成功地復活了。可是因為耗費了大量的力量，她們現在的模樣看起來真的是滿悽慘的。現在這個樣子，說她們是女神也沒人會相信吧。

「可是呴～先不論那個怪東西～我們好像連轉生者都打不贏耶？不管怎麼想，他們的強度都跟邪神相當呴？」

「只要慫恿人類去幹掉他們就好了吧！我不想再跟轉生者有任何瓜葛了。」

因為她們的構成基礎是妖精種，所以只要核心還在，就能輕易地重生。

不知道她們這樣到底能不能稱為是生物，不過確實是種很不像話的存在。

「總覺得不想再當女神了……怎麼老是碰到那種危險的傢伙啊……」

「這話去對那些傢伙說吧！我們的世界被他們亂搞一通耶，妳都不會覺得不甘心嗎！」

「可是敵人比我們強啊！根本沒有獲勝的可能性嘛！」

「嗚……」

轉生者和神祕生物都具有壓倒性的實力。

她們明明是神，力量卻不足以與對手匹敵，甚至還被對手超越。

「算了，先不說了。因為這次的事，可以知道之前看到的破壞痕跡是轉生者造成的，光是知道不會威脅到我們的存在這點，就算是不幸中的大幸了。」

「我覺得已經夠有威脅了耶？而且他們明明感覺超恨我們的，不知道為什麼會放過我們咧。」

「……大概是因為那個神祕生物的攻擊，讓他們看漏了吧。是說那傢伙竟然因為自己的攻擊而看漏了我們，也真夠蠢的。」

「總覺得好像被瞧不起了，有夠不爽的咧！是說阿奎娜塔妳能打贏他們嗎？」

「要戰勝轉生者……說實話，我只覺得有困難。」

阿奎娜塔也不覺得自己能戰勝轉生者。

他們明顯是不屬於常識範圍內的個體，完全偏離了這個世界的法則。

女神們因為在其他世界做錯事在先，才不得不答應該世界的諸神所提出的不合理要求，沒想到這結果居然造成了超乎預期的麻煩事態。

而且轉生者明顯地帶有敵意，甚至想率先解決掉四神。

不過人類活不了太久。

至少在一百年之後，轉生者也全都會踏進棺材裡。

「不過沒問題。反正人類活不了那麼久，我們什麼都不做，他們也會自行消失。」

「那個世界的傢伙們或許有給他們什麼庇佑啲？感覺他們是群樂於實踐輕小說內容的傢伙們。」

「他們沒辦法干涉到這種程度啦。我們畢竟擁有創世神直接賦予的管理權限，我想他們應該沒辦法直接出手干涉神的領域……大概是這樣吧。」

「嗯～～……可是我們也去不了位於高次元世界的『神域』吧？那些傢伙畢竟是同類，我覺得他們可能有什麼手段啲。」

「弗雷勒絲，妳腦筋轉得比平常快耶？平時明明是個笨蛋的，是撞到頭了嗎？沒有發燒吧？還是說明天就是世界末日了？」

「妳很沒禮貌啲！」

只會盡全力來享樂的四神。

完全不做管理世界、維持生態系、使環境穩定之類的工作，只會為了玩樂而動腦筋。

然而偶爾會意外地抓到重點。

「不能一直待在這裡。難保那個奇怪的生物不會再次來襲，我們快點回去吧。」

「是啊。回去得好好教訓溫蒂雅啲……一個人逃跑實在太狡猾了啦啲！」

兩位女神親身感受到了這世上有麻煩的天敵存在。

變小的女神們逃命似地回到了她們的據點。

難得討論了一些正經事的兩位女神完全沒發現自己的外表變成了很不得了的樣子，一直到回到聖域被狠狠嘲笑之前，兩神都維持著這樣的姿態。

正義之士身上似乎有著會讓對手變成爆炸頭的詛咒。

第七話　大叔起了疑心～在不正經的背後～

「漆黑流星巨蟑」位於衛星軌道上。

一般的生物在真空的宇宙空間是無法生存的。

然而這神祕的生物在宇宙空間內仍然活著。

由於目前的情況已處理完畢，即將進入新的階段，牠便移動到下一個活動地點，也就是宇宙空間。

『轉移並執行下一個情況程序，於此時間點解除偽裝。確認熾天使核心正常運作。於此時間點捨棄個人形象程式。』

牠的情緒和之前在地上說出各種熱血台詞時截然不同，語氣中不帶任何情感。

現在的巨蟑宛如機械。

『確認已脫離聖域管理領域。開始捨棄擬態。將今後的任務轉交熾天使核心，解除使徒「路希菲爾」的封鎖。』

正義之士的外殼龜裂，崩裂的碎片化為粒子消失。

從逐漸消滅的身體中出現了一個被複雜的迴路包覆著的閃耀球體。

硬要形容的話，就像是以球體為中心，外側包著好幾十層的魔法陣吧。魔法陣必須執行指定的命令，正忙碌地運轉著。

球體迅速地聚集宇宙塵埃，構成物質，開始變化為既定的下一個姿態。

『開始形成身體。完全未受守衛程式干擾。亦完全未受反抗程式干擾。推測管理系統正處於休眠狀態。已滿足第三級異界干涉造成的告發事項，將透過「觀測者」暫時干涉管理權限。同時開始消除擬態。』

正義之士其實是異世界送來的系統。

是可以在特定的條件下干涉異世界，為了達成某個任務，在經過偽裝後被送進來的程式。

既定系統開始正常運作，在球體中心形成某個物體。

藉由反覆吸收各式物質，並重新架構出應有的形狀的程序，球體的周圍總算形成了透明的人形。

那是一位擁有六對，共計十二隻翅膀的少女。

儘管面容留有幾分稚氣，外型卻給人一種不同於人類的印象。

長長的波浪捲金髮在無風的環境下仍飄逸舞動著。臉上則帶著彷彿沉睡著的平穩表情。

俗稱天使的這位少女在偌大的宇宙空間中緩緩地睜開了眼。

『這裡是……原來如此，平安抵達異界了嗎。』

她因為順利來到外界神管轄外的世界而露出安心的表情，接著便為了執行下一個使命而採取行動。

『打開通往神域之門……看來沒辦法呢。管理權限處在被封鎖的狀態下，這樣就連這世界的管理者們也無法造訪神域吧。『觀測者』的管理代碼是……似乎勉強可用，不過還仍無法進入神域呢。』

她轉而進行下一個程序。

她基於背棄聖約一事造成對外界神的不信任案，以及行使並列世界的「觀測者」們給予的權限，從阿卡西記錄中取出情報。

『這個世界變得很奇怪呢。三級管理者似乎都是以當地生命體為基礎構成的，而且沒有二級以上的高階管理者。管理系統徹底脫離管理者們了嗎？不，應該說獨立出來了？』

一手管理數十萬個世界的「觀測者」，一定會在每一個世界留下自己的分身來管理各種現象。藉此建構出跨次元的網路。

為了協助「觀測者」而創造出的諸神與使徒，分別被賦予了特定的職責。

簡單來說，就像火神負責掌管跟火有關的事情，管理權限是事先就決定好的。

當然有的諸神或使徒擁有複數管理權限，但這種管理者會以負責統領各管理者的身分來執行任務。

她在原本的世界也是擁有這種權限的管理者之一。

『管理系統看來比我們的世界更先進，管理者卻隨性得嚇人呢。一個不小心真的有可能會毀滅世界。這也是其中一種可能性嗎？可是刻意為之仍屬異常。雖然正因如此，她們才會若無其事地進行異界召喚這種行為，但是從其他管理世界的角度來看，這種行為等同於是來自外界的干涉。這個世界的「觀測者」到底在想什麼？真是難以理解啊。』

這裡雖然使用了比她自己的世界更為先進的系統，在管理上卻是隨便到了極點。

在她的世界是不可能發生這種事的。

根據情報指出，這個世界的「觀測者」因為位階上升，將調動到更廣大的管理世界去，所以打算配合職務調動來更新整個管理系統。

雖說系統本身也很令她吃驚，但更吃驚的是系統以外的世界管理狀況實在是太隨便了。不僅管理者人數過少，這些管理者又過於隨性。

以她的常識來看，管理者是不能去干涉世界的。

然而在這個次元世界，管理者卻堂而皇之地干涉其他生命體，恣意妄為地招致混亂。

如果這些騷動僅限於這個世界也就罷了，但要是連帶影響到其他世界，問題便會一口氣升級為嚴重事態。

沒錯，「召喚勇者」便屬於這種干涉。

本來在召喚生存於不同法則世界下的生物時，在執行召喚與接受召喚的世界之間若是沒有進行審慎的溝通評估，便無法得知將會對世上的現象產生怎樣的影響。

受到召喚的生物靈魂，簡單來說是一種高密度的能源。而靈魂移動到現象不同的世界時，會帶來什麼不良影響仍是未知數。

只是管理系統出錯的話還算是小事，然而若是不斷累積這些錯誤，引發次元崩壞的危險性也會隨之提升。

也就是說，不難想像執行多次召喚會有什麼後果。

其他次元世界的「觀測者」當然不會袖手旁觀，但問題是這個世界並沒有「觀測者」。

不管怎樣抱怨，「觀測者」都無法傳達這些要求給管理者。

就像是老闆不在，只靠下層擅自營運的公司。

『唉……怎麼會演變成這麼麻煩的狀況啊？』

「觀測者」們基本上只關心自身管轄的世界。

即使遭受異界召喚，有其他「觀測者」前來商量，也只會用一句：「喔～這樣啊。真辛苦呢。」打發對方。

可是這次的狀況是除了她的世界以外，還有相當多的世界也接受了異界召喚，而且那些被召喚的對象都沒有回到原本的世界。

在各個次元世界中，所謂的靈魂並非同性質的東西。

被召喚的靈魂滯留在這個世界，並在管理系統內引發連鎖性錯誤的情況下，蘊含著極高的危險性，最慘的結果是連接受召喚的世界都會受到次元崩壞的波及而受害。

引發連鎖崩壞的話可就笑不出來了。

受害的「觀測者」們用盡各種手段，試圖干涉這個管理世界。

說穿了就是本想隔岸觀火，火苗卻飛到自己頭上，才不得不出面處理。

「觀測者」們沒辦法像過去那樣對此漠不關心了。

更重要的是，要是沒能回收被召喚的人們的靈魂，就無法修正遭到扭曲的現象。

即使只有一個人的魂魄，也不能留置在異世界不管。

『讓這個世界的管理者在異世界引起騷動，再反過來利用聖約把像我這樣的使徒送進這個世界。因為對方擅自進行異界召喚，所以也有正當的理由來干涉這些「管理者」。不過為什麼不在事情變成這樣之前就想辦法處理呢？漠不關心也該有個限度吧。』

從她的立場來看，這就是件麻煩事。

話雖如此，除了她以外，還有其他被送到這個世界的「使徒」。

如同大家所想的，那正是傑羅斯等人，雖然他們只是出於搞事心態而採取行動，然而實際上等於是在協助回收被固定在這個世界的靈魂。

也就是說，轉生者在無意間成了探測機，完成了搜尋異世界靈魂的工作。

而且幸運的是，他們在「箱庭」得到了「觀測者」的雛形。

接下來只要使其重生，再把管理權限轉讓給新的「觀測者」就好了。

雖然這才是最困難的工作——

『好了，大致上的情報都已經取出來了。總之先進行定期聯絡吧。』

她立刻試著聯絡原本的世界。

這個世界的防衛系統仍存在的話，便無法與其他世界聯絡，幸好這個世界上沒有「觀測者」。

正確來說是有，但尚未成熟。

螢幕出現在她眼前，她試著聯絡上司。

映出的影像是堆滿雜物的公寓房間，以及一位身穿學生服，不知為何背對著螢幕的少年。

少年一個轉身——

『嗨，我是凱摩先生唷。』

——那清爽陽光的模樣有如早期教育節目的主持人。

她的背上冒出冷汗。

「主人……您到底是從什麼時候開始就在待機了？」

『討厭啦～我哪有空做那種事情呢。妳在說什麼啊？路希菲爾。』

「不……這也不是主人第一次做出奇怪的舉動了，我沒什麼要說的。」

『妳好冷淡喔～還在為以前的事情生氣嗎？我因為妳罷工，一怒之下打飛妳的那件事，我不是已經道歉過好幾次了嗎？不過啊～那也是很久以前的事情了，妳也差不多該原諒我了吧～仔細想想我確實也有不對的地方……』

「我沒有生氣……只是死心了。」

自稱凱摩先生的少年不僅是「路希菲爾」的上司，也是她所知範圍內，在眾多「觀測者」之中力量最為強大的。

只是他的行為有些奇特。

像是在低水平文明期留下水晶骷髏頭或那時不可能出現的貴金屬裝飾品，或是在石造建築物上留下高科技文明的浮雕等等，總之就是會做出一些奇怪的舉動。

他會毫不在意地在當地留下後人稱之為歐帕茲的遺物。對管理者而言非常令人頭痛（註：Out-of-place artifacts，簡稱OOPARTS，即在不該出現的地方出土的加工物）。

當各種神祕學雜誌或漫畫提及這些歐帕茲時，他就會偷偷竊笑。是個惡劣的愉快犯。

雖然肩負了「觀測者」的職責，但他就是不惜跨越時間，也要做出這種惡作劇的行為。

就連路希菲爾等人都很為此生氣。

他也好幾度在不是很有影響力的範圍內，小幅度地竄改歷史，被迫善後的她們因此聯合起來罷工。

過去也曾經因為他留下的異物，造出了類似「因陀羅之箭」這種不符時代背景的兵器。

凱摩的行為引發了大規模的軍事衝突，甚至讓原本已經確定的歷史出現了分歧。需要管理的時間軸增加，便會加重管理者的負擔，工作也會變多。

唉，不過知道聖經或神話的內容的話，應該就會知道她們罷工的成果相當慘烈——

順帶一提，諸神的黃昏其實是包含凱摩在內的管理者們在飲酒聚會上大打出手，鬧事的過程遭到曲解後變成神話的結果。

「為什麼我們是惡魔啊。那都是主人不好吧？」

『我什麼都沒做喔？是其他管理者進行神託時，不小心把這邊發生的事情說出來了吧？我想就是那些內容遭到曲解，被寫進了聖經裡面。』

「我可以理解，但還是請您不要穿越時間玩些奇怪的遊戲。說實話，所有管理者都很困擾！」

『我是知道啦，但我管不住手嘛～』

「我回去之後可以揍人嗎？我可是在打工途中被綁架，又被強制送到這裡來的……」

『我、我開玩笑的啦……畢竟最近建好了遊樂場，其他「觀測者」也開始參加了，現在我不會想要做那種惡作劇了啦。』

「觀測者」基本上只會觀察現象並加以記錄。

儘管擁有強大的力量，但那是用來在自己負責的區域內建構、維持世界用的。不過也有不少觀測者偶爾會亂用這些力量，做些小惡作劇。

理由只是因為「太閒了」。

「觀測者」絕對不是人們所想的「神」。他們其實是些愛胡鬧，平常就閒到發慌的「偷窺狂」。

『……所以妳進得去神域嗎？前輩的系統設計得很巧妙，我想應該不容易。』

「看來勉強能進去，不過為此需要用上許多其他『觀測者』的管理規定碼。只有為了警告管理者管理不周這個理由不夠充分。系統太複雜，沒有直接輸入其他觀測者代碼的話，無法開啟神域之門。」

『畢竟前輩管理的世界比我多，而且位階更高啊。系統會很複雜這也不意外啦。既然這樣，我會發送包含我在內的三十八位「觀測者」的管理代碼過去。』

「麻煩了。我想趕快結束這種工作。」

即使面對上司，路希菲爾的態度還是很嚴苛。

唉，她畢竟是因為不滿工作內容而發起罷工，因此被稱為撒旦，成了惡魔代名詞的使徒，也難怪她會是這種態度了。凱摩先生作為賠罪，讓她放了很長的假。

所以從神話時代開始，路希菲爾就沒有在工作了。真的是一段長假。

『因為以前來的時候，只能在聖約的範圍內行動啊。所以我那時只能帶走現象的資料。這次因為可以使用「觀測者」的權限，我覺得應該會很輕鬆喔？』

「覺得……嗎？真是不可靠的推測呢。」

『這也沒辦法，因為前輩的權限比我大多了。一般來說根本想不到他會封印繼承者，又放任代理的管理者不管吧？』

「……畢竟是主人的前輩，這發展倒是不意外呢。」

『妳這話是什麼意思？就算是我也不會這麼不負責任啊。』

路希菲爾翻了翻白眼，凱摩先生則不知為何別過臉去。

儘管他有些不滿，不過這態度也證明了他很清楚自己有多不負責任吧。

「請盡快派遣其他支援成員過來。」

『別擔心，我已經準備好了。好了，那我要穿越時間去跟她告白了。這次一定要攻陷那個女孩，讓她穿上貓耳學校泳裝。即使失敗，只要反覆操作時間軸……』

「主人您果然早就在待機了對吧？請別以一秒為單位跨越世界線。您知道這會造成多大麻煩嗎！」

『只要她能穿上學校泳裝，戴上貓耳和尾巴，我願意成為惡人！要說為什麼，那就是因為我是閒到發慌，喜歡沒事找事的「觀測者」啊啊啊啊啊啊啊啊啊啊啊啊啊！』

「唔，主人嘴上說閒到發慌，還是確實地完成了所有工作，所以我也無話可說。畢竟出了什麼狀況，您也會主動去修正……」

凱摩是認真的。

也正因為這樣才更顯得惡劣。

雖然會為了個人嗜好惡整部下，但也不會忽略事後的補償。

『話說路希菲爾……』

「什麼事？」

『妳頭上的觸角是怎麼了？』

「咦？」

被主人這麼一說，路希菲爾立刻摸了摸自己的頭，發現那裡長了兩根黑黑長長的觸角。

她急忙檢查升上衛星軌道前的紀錄，找到了偽裝體以「強大巨蟑」為媒介，構成肉體的紀錄。而觸角就是她所吸收的資料殘渣。

而且那還是用格外帥氣熱血姿勢，執行正義的紀錄。

她一邊發抖一邊看向主人，只見凱摩正隔著螢幕賊笑。

這時路希菲爾察覺了一切。

「主人……是您陷害我的吧啊啊啊啊啊啊啊啊啊啊啊啊啊啊啊！」

可惜現在察覺已經太遲了。

在她覺醒之前，肉體是藉由凱摩審核過的模擬人格自主行動。

而那行動真是讓她丟臉到了極點——

凱摩則是看著她察覺這個事實的反應後竊笑不已。

這也是他表達愛情的一種方式吧。

萬惡根源不負責任地丟下一句『那麼，妳好好加油吧～』之後便關掉了螢幕。

被拋下的路希菲爾獨自在宇宙空間中啜泣。

因為這對觸角裡面藏了奇怪的程式。

無論人類還是使徒，都會被毫無道理又莫名其妙的「神」玩弄。

◇◇◇◇◇◇

傑羅斯他們返回斯萊斯特城塞都市時，已是太陽西沉，夜幕壟罩的時候了。

有許多男人正在「少風亭」一樓的酒吧裡大肆喧鬧著。

應該是慶祝斯萊斯特城塞都市防衛成功的慶功宴吧。傭兵們拿著酒瓶大口喝酒，幾乎都喝醉了。

「我們不會被醉鬼騷擾吧？」

「被騷擾的話報復回去就好了吧。畢竟傭兵是一種只能自己對自己負責的工作啊。」

「這工作跟流氓沒兩樣呢。」

雖然讓四神跑了，但他們也獲得了不少情報。可以作為今後與四神對峙時的參考吧。

然而他們唯獨不想與「漆黑流星巨蟑」為敵。

畢竟對方是正義之士。而且從牠攻擊四神的狀況來看，與牠為敵絕非上策。

真要說起來，牠令人在意的部分實在太多了。

「老闆，請給我兩杯麥酒。」

「喔！乳清蛋白對吧。等等，我馬上為你們準備。」

「不，我們不需要乳清蛋白喔？為什麼要強迫我們變成肌肉猛男啊！」

「身體是傭兵的資產吧！怎麼可以不鍛鍊肌肉呢！」

「「我們又不是傭兵。」」

亞特雖然擁有傭兵資格，可是沒在做傭兵的工作。

傑羅斯也是S級傭兵，不過基本上大多過著打工生活。兩人都處在要說是傭兵又不太對的立場上。

「莉莎她們不在嗎？」

「你覺得兩個女性會到這種禽獸的大本營來用餐嗎？」

「不會，絕對會被醉鬼搭訕。」

兩位女性獨自在城鎮的治安維護工作還不成熟的世界中行動，實在太危險了。

在這個擁有魔法這種麻煩力量的世界，有相當多針對女性下手的犯罪行為。為了自保，不在夜間外出行動是基本中的基本。

「拿去……你們點的麥酒。」

「『這個老闆……為什麼這麼失落啊？』」

用大酒杯送來麥酒的老闆一臉非常遺憾的樣子。

兩人很好奇他究竟想增加多少肌肉壯漢，卻又覺得不能開口問這個問題。想必是覺得如果問了，絕對會被拖下水吧。

因為這個老闆有一種跟他們同樣的「堅持」，在某種程度上散發出和他們是同類的氣息。

具有「堅持」的人，有時會無視他人的意願，強迫推銷自己的喜好。

「總之，今天辛苦啦！」

「不管是從哪種層面上來說都累死人了……沒想到『強大巨蟑』竟然會進化成那個樣子。」

「那個啊……雖然是很震撼靈魂的進化，可是現在一想，不覺得哪裡怪怪的嗎？」

「你果然也很在意這點啊……我也覺得很奇怪。」

在正義之士身上感受到的不協調感。

兩位賢者很介意這一點。

「畢竟牠突然就能流暢的說話了，到底是從哪裡得到語言資訊的啊？若說是從我們身上學習的，那也學得太快了，還有很多難以理解的地方……」

「的確……從魔物進化的角度來看，牠不可能辦得到這件事。在『Sword and Sorcery』裡，那傢伙學會說話也花了將近一個星期吧？」

雖然魔物在「Sword and Sorcery」裡一樣會進化，但冷靜思考後就會發現強大巨蟑的變化太不尋常了。

真要說起來，以現實狀況來考量，牠能在短時間內理解語言就是一件不合理的事情。

假設牠們能夠透過捕獵人類來吸收腦中的情報，小強也沒有足夠的智慧來理解這些情報。就算牠們是依循本能，從其他活著的生物那獲取理性思考的能力，也無論如何都需要一定的學習時間。

「巨蟑領主」是透過差遣一般大小的蟑螂去探索獵物的所在位置時，從居住於城鎮或村莊的人類那裡獲得了語言資訊，才能夠迅速地理解。

可是不管成長得多快，也不可能會產生這種瞬間便能夠說出人話的巨大變化。

「我也很在意牠率先攻擊四神這點。如果牠是『巨蟑領主』，應該會開始任意攻擊眼前的生物才對，總覺得牠的行動很不自然呢～」

「剛開始的時候的確是任意攻擊啊？」

「牠可是擺好了姿勢，明顯表現出『我現在要攻擊了喔～請你們躲開喔？』的樣子啊。來自地球……日本的人一看就知道了吧。」

「啊～這倒是沒錯……擺出那個姿勢實在太明顯了。」

某個來自宇宙的英雄會擺出的，準備發射光線的姿勢。

如果是這個世界的居民，很有可能會未多加防備而直接被命中，但來自異世界的人一看就知道了。

因為那就是英雄表演秀上會有的誇張動作。

「連四神都慌張成那樣，看來她們也不覺得會有那種生物存在，不管怎麼想都不正常。而且很明顯的充滿了個人喜好。」

「畢竟整個就是阿宅會喜歡的東西嘛。經你這樣一說，的確很可疑……所以呢？傑羅斯先生你怎麼看？你應該大致猜到了吧。」

「應該是其他世界的『神』派來找碴，或假裝成是那樣的偽裝行動。我想應該有什麼別的目的。」

「以找碴來說，牠的攻擊力強得誇張耶？破壞力甚至勝過『闇之審判』，一個沒弄好，我們就算被牠打死也不奇怪啊。」

「在等級就是一切的這個世界裡，我是不認為我們會那麼容易就死掉啦。從交手的感覺來看，光靠我們也能夠打倒四神喔。這樣一來，那玩意究竟是為了什麼而被送來的呢？」

「這問題再怎麼想也得不出答案吧。比起那個……我們是不是愈來愈不像人類了啊？」

能夠正面挑戰好歹也算是「神」的對象的人類。

這個世界的物理法則和傑羅斯等人原本所在的世界確實沒有不同。可是加上等級成長這個要素後，人類便能成長並變強到超越極限的程度。

雖然不知道這到底能不能稱為是成長，不過等級這個法則實在很危險。

「能將經驗化為數值，並立刻產生效果的世界也是個問題呢。雖然相對的，魔物也強得不像話就是了。」

「唉，用小刀還是沒辦法打倒龍嘛。我覺得這方面還是有掌握到一定的平衡性喔？對抗大型魔物，就必須使用相對應的武器才行啊～」

「在系統上是有抓到平衡，不過以自然來說太不合理了。面對龍等對手時，還是需要使用弩砲等攻城兵器。再來就是靠壓倒性的強大火力。」

「我覺得技能制度也是很有問題。尤其是附加在武器或防具上的特殊效果，那又不是想加什麼就能加上去的。」

「因為那個幾乎都是隨機的嘛。無法透過素材或製作過程得知會打造出什麼武器。製作魔劍還比較輕鬆咧～」

賦加了「技能效果」的武器，製作素材及過程等工序會讓武器上賦予的技能產生變化，不實際著手製作便無從得知武器上會不會有想要的技能。

隨機性高，有時甚至會賦予抵銷武器性能的效果。

要製作好幾次才能夠觀察出某種程度的法則，而且這法則還不是絕對的。

相反的，製作能夠使用封在魔石裡面的魔法的「魔劍」，就可以依據需求來賦予想要的效果，在製造過程上非常簡單易懂。

「即使用一樣的素材，也常常會出現不一樣的技能，同一把武器又會因為技能效果導致性能不同。就連我隨便打造出來的劍都會被當成名劍，所以也不能隨便做了就拿出去外面賣。」

「這我也親身體驗過。即使是簡單的武器，在這個世界好像也會被當成超凡的裝備，對方對我簡直是感激不盡啊～我都忍不住想說『咦，這種程度就可以了嗎？』，嚇了一大跳呢。」

「我們持有的武器，早已經是出現在神話中的聖劍等級了。我是很想把失敗作全都處理掉，可是性能太危險了，也不能拿去賣，該怎麼辦咧……」

傑羅斯和亞特雙方都是能夠勝任生產職業的萬能職業。但是他們打造出的武器或魔導具效果都強得嚇人，被用在戰爭上一定會造成莫大的損害。

正因為他們對此有所自覺，所以還沒有認真打造過武器。

如果是在「Sword and Sorcery」裡，強力的武器或道具會加上等級限制，等級不夠高的玩家便無法使用這些裝備。

可是在現實的奇幻世界中沒有出現這樣的法則，即使是等級低的人，也可以使用強力的裝備。

「問題在於依我們的等級，可以造出等級低的人也能使用的凶殘武器啊。我以前曾經把武器借給等級低的人用，結果對方只用一招就收拾掉高階魔物了。」

「這樣很不妙吧？」

「超不妙的～我們是該自制點，可是我們有時候就是會受到興趣驅使嘛～」

大叔以前曾經在阿哈恩礦山把武器借給某位低等級少女。

少女本身的等級不怎麼樣，但是她憑借武器的性能，僅用一擊就打倒了等級和她有一定差距的「戰蟻」。這很明顯的是異常狀況。

傑羅斯實際看到對方使用的狀況，就知道這和在「Sword and Sorcery」裡不同。

能夠弭平等級差距的武器危險到了極點，在由王侯貴族負責治理國家的社會，這想必會引出他們的野心吧。畢竟光靠一把武器就能成為英雄。

而能夠打造出這種武器的傑羅斯等人，當然會變成掌權者無法忽視的存在，一個不小心就有可能會被幽禁，被強迫過著只能打造武器，毫無自由可言的生活。

即使不到那種地步，但大叔也能預料到，即便他只是隨意賣掉失敗作，就足以讓世間陷入一片混亂了。

傑羅斯他們必須謹慎地處理不良品。

「真是麻煩……話說回來。」

「嗯？」

「你差不多該告訴我唯在哪裡了吧。我也很擔心孩子耶～……」

「喔，我都忘了。從桑特魯城往南走，有個叫哈薩姆的村子。她目前借住在那座村莊的村長家。」

「……我曾經路過那座村莊耶？在前往伊斯特魯魔法學院的圖書館的途中……」

「你就這樣路過了？」

「因為我搭到了一輛特別狂野的馬車啊……等我回過神來才發現馬車已經一路狂奔，經過村子了。是一輛由兩頭斯雷普尼爾拖動的馬車……」

「……是『急速．強納森』啊。他的活動範圍還真廣呢。」

狂野送貨專家，在傑羅斯不知道的地方大活躍。

從送貨到送人，馬車如某計程車般瘋狂暴衝的模樣浮現在大叔的腦海中。

完全無法估算究竟有多少受害者。

「那傢伙啊～只要馬車一跑就停不下來啊……我光是顧著抓好不要被甩下車就費盡全力了。甚至做好了會死的心理準備……」

「我懂……我還被他撞過呢……」

「車禍？虧你能活得下來……」

在這之後，由於共同的話題增加了，兩人愈喝愈多，一路喝到快天亮為止。

就連回到房間後，都還想著要來杯睡前酒，又從道具欄裡拿出了酒，結果大喝特喝，最後直接喝到睡著了。

本來在隔壁房間睡覺的莉莎和夏克緹被他們給吵醒，衝進房裡抱怨了一番，可是傑羅斯他們對這件事一點印象都沒有。

兩個大男人似乎喝得很嗨，可是失去記憶的大叔等人根本不記得自己說了些什麼，只是莉莎和夏克緹不知為何用冷眼看著他們。

總之他們算是對醉鬼只會給人添麻煩這件事有了自覺。

第八話　大叔搞定一件工作

「強大巨蟑」的威脅消失，引發失控現象的魔物們或許是基於野性的直覺察覺到了這點，開始逐漸往各地散開。

斯萊斯特城塞都市也確認到了這個現象，前所未有的重大事故正趨於平緩。

城鎮雖然沒受到多大的損害，但周遭的各個聚落都遭受了嚴重的打擊，復興得花上一點時間。

鎮上充滿了喜悅，許多避難民眾也鬆了口氣，可是現在仍處在不能太過樂觀的狀況下。

不為人知的與「強大巨蟑」對決歸來的兩位魔導士，也就是亞特和傑羅斯，為了報告而來到了傭兵公會。

對決的地點在從斯萊斯特城塞都市出發，沿著北邊的道路拓展開來的平原，對索利斯提亞魔法王國幾乎沒有造成任何人為損害。

可是梅提斯聖法神國領地內的道路完全中斷，因為關係到經濟，所以他們得去報告這件事才行。

儘管梅提斯聖法神國目前單方面地與索利斯提亞魔法王國斷交，可是對商人來說，商隊還是會使用到這些道路，所以希望能盡快修復道路。

可是這些破壞道路的隕石坑位在梅提斯聖法神國的國境內，要修復也是那個國家該進行的工程。

然而修復作業若是沒有索利斯提亞魔法王國支援，以梅提斯聖法神國的情勢來看，要修復幾乎是不可能的事。

不過這些事和兩位魔導士無關，他們一臉事不關己的樣子，只是去做事務性的報告。

「那麼這條延續到梅提斯聖法神國的道路，基本上已經無法通行了嗎？」

「是啊，畢竟別說是魔王級了，我完全沒想到現身的居然會是足以與邪神匹敵的玩意啊。唉，反正那傢伙視四神為敵，所以暫時是安全的吧。」

「那傢伙是魔物對吧？放著不管真的不要緊嗎？」

「我不能保證，不過應該沒問題吧。因為那傢伙執拗地追著四神……雖然只來了三神啦，完全無視我們的存在。看來是不把人類放在心上。」

「真是奇怪的魔物。而且居然通曉語言，我從沒聽說過有這種強大的魔物存在啊。」

阿雷夫聽了報告後，對關於謎樣的進化生物「漆黑流星巨蟑」的報告內容感到十分困惑。

追根究柢，他們從未想過這世上會有擁有接近人類智能的魔物存在。

就算曾在古老的傳承中聽說過，也沒親眼見過這樣的魔物。要他們理解這件事，他們也辦不到吧。

「唉，反正現在會利用那條道路的商人也不多，我想除非對方願意低頭拜託我們，不然陛下也不會採取任何行動吧。」

「聖法神國跟這裡的關係到底多差啊？也太受到厭惡了吧。」

「根據我聽來的情況，聖法神國好像打著神的名義，做了相當缺德的事情呢。光是用回復魔法治療小擦傷，都會要求對方支付不合理的治療費用。」

「搶錢啊～那自然會被怨恨了。他們沒有依據傷勢制定合理的收費標準喔？」

雖然聖法神國至今為止都宣稱只有神官可以使用神聖魔法（回復魔法），然而如今由於大眾已經知道魔導士也能使用回復魔法了，神官的價值便一落千丈。

近期則是新發展了名為「醫療魔導士」的職業，有許多鍊金術師開始轉職為這個職業。

這個職業的回復效果比神官差，可是在製作魔法藥時有加成效果，對魔導士來說簡直是謝天謝地。以某方面而言比神官職更受到重視。

更何況索利斯提亞魔法王國有多到不行的無業魔導士。這些人好不容易當上了魔導士，卻沒有地方能夠發揮所長，最後幾乎都過著與魔法無關的生活。

提供這些找不到工作的人以魔導士的身分活躍的機會，對經濟也有很大的影響。

「像是最近農民也開始在庭院裡栽種藥草了。畢竟接下來醫療魔導士的人數還會持續增加，藥草的需求量也會隨之提升，我建議最好舉國協力，一起栽種藥草等素材。」

「醫學也會有所進展吧。神官之前都獨占回復魔法了，現在也無權干涉其他國家的政策。是說這雖然不是重點，可是是誰把回復魔法的卷軸賣給國家的啊？」

「誰知道？聽說是各國共同開發的呢。」

大叔立刻裝傻。

儘管他就是找聖法神國麻煩的當事人，但他沒打算張揚這件事。

「不管怎樣，有會使用回復系魔法的魔導士在，騎士團也是感激不盡啊。」

「畢竟只靠回復藥水還是不安心啊。聽說『賦予魔導士』的人數也變多了？」

「負責支援的專職魔導士也藉由實戰提升魔法的效益了呢。我們採用了惠斯勒派的學生提出的改革方案，雖然只是實驗性的運用，但做出了成果呢。」

「啊啊～是茨維特他們吧？因為我教了他們很多事嘛～」

傑羅斯在當家庭教師時，把關於魔導士種類的事告訴了兩位學生。

魔導士可以分為三種，以使用攻擊魔法為主的「攻擊魔導士」、以使用專精防衛的賦予魔法為主的「支援魔導士」（也就是賦予魔導士）、用鍊金術生產魔導具或魔法藥的「生產魔導士」。

在魔導士團戰鬥時，「攻擊魔導士」和「支援魔導士」會扮演負責協助部隊的角色，「生產魔導士」則是完全排除在戰鬥外的職業。

到了近期由於回復魔法的卷軸開始在市面上流通販售，又新增了負責治療傷患的「醫療魔導士」。

傑羅斯和亞特則是屬於「萬能戰鬥型魔導士」，不過像他們這種可以一人勝任攻擊、支援、生產職業的魔導士非常稀有。

真要說起來，魔導士團中大多是攻擊魔導士，編隊時很容易編出不平衡的隊伍。

他們非常樂於擔任被騎士團守護，在緊要關頭時施放強力的攻擊魔法，宛如大砲般的角色。

而茨維特等人提出的報告，是要消除這種不平衡，藉由將專精某種類型且表現突出的魔導士加進各個部隊中，活用這些魔導士的能力，更有效率地運用部隊的戰術案。

簡單來說就是把傑羅斯教他們的遊戲戰鬥系統運用在現實中。

而且由於新增了可以治療傷患的「醫療魔導士」，使得這個戰術案變得更具有實用價值。

騎士團在前線奮戰，攻擊魔導士從後方攻擊。

支援魔導士用賦予魔法來援護騎士和魔導士。

生產魔導士則是在現場製作容易缺乏的道具，對應變化多端的戰況。醫療魔導士就負責治療受傷的同伴們。

專精「攻擊」、「支援」、「生產」、「治療」的魔導士部隊與騎士團的組合，在戰場上以非常理想的狀態發揮了效用。

這份報告送到了國王那邊，使國王對正忙於派系鬥爭的魔導士團的活動喊了卡。

位居魔導士團高層，執各派系之牛耳的魔導士們雖然對突然出現的組織改革方案提出了異議，卻被國王一句「本王能夠信任你們這些在國軍的組織內互扯後腿，進行派系鬥爭的人嗎？」給堵了回去。再加上提出軍務組織改革方案的是學生，國王甚至還說了「就連學校的年輕人們都如此憂心國家的未來，你們到底都在做什麼啊！」怒斥了他們一頓。

宮廷魔導士們雖然對提出改革方案的學生們非常不滿，然而對優秀的魔導士從下往上施壓這件事，讓他們產生了強烈的危機意識也是不爭的事實。

要是不進行組織改革，名聲和評價便會一落千丈，還是像過去那樣執著於利益與權勢的話，一定會被組織排除在外。最重要的是國王充滿幹勁地想著手進行改革，要是忤逆國王，說不定會以反叛的罪名遭受處罰。被逼入了毫無退路的狀況，讓宮廷魔導士們氣得半死。

最後表面上裝作順從國王的魔導士們，接受了被編入軍部這件事。

然而事情的發展完全不如魔導士們的預期，他們沒辦法像過去那樣拒絕騎士團的請求了。而且那些仍帶有過往執念、恣意妄為且態度囂張的魔導士們接連被解僱。其中被分配到阿雷夫他們那裡的魔導士們，儘管剛開始時強烈地反抗，最後還是參加了訓練。訓練過了幾週回來後，他們就像是變了一個人似地，變得非常順從自己的職務內容。

沒錯，他們接受了「大深綠地帶的洗禮」。

藉由這個過程，明確地分出了「派得上用場的魔導士」和「派不上用場的魔導士」，只有具有實力的魔導士能夠留任軍務。

盤算著表面上順從國王的命令，再趁機奪回原本權力的傢伙們，反而全被剔除掉了。

對此食髓知味的國王和騎士團，開始推薦把「大深綠地帶的洗禮」納入例行訓練中。舊魔導士團中期望維持原有組織架構的那派勢力便以驚人的速度衰退。

「多虧傑羅斯先生，我們成功地讓那些意見很多的魔導士團老人們閉嘴了呢。畢竟無法保衛國家的魔導士，根本沒必要存在嘛。」

「……傑羅斯先生，你……整治了國家的組織體制嗎！」

「我什麼都沒做喔。是說魔導士團的高層到底是多惹人厭啊……」

其實宮廷魔導士的老人們也去了大深綠地帶，卻都承受不了嚴苛環境下的戰鬥。

不只這樣，由於騎士團裡也有會使用魔法的人，他們只能承認要繼續維持過去的體制有其困難。

騎士團在嚴苛的訓練下提升實力時，魔導士怎能在安全的地方貪圖權勢。伴隨著和騎士們之間壓倒性的實力差距，魔導士們親身體驗到了時代的變化。欠缺戰鬥經驗的魔導士當場就脫隊了，只有為了生存用盡全力的魔導士提升了實力，被編入了騎士團中。

完全是弱肉強食的世界。騎士團駭人的訓練，甚至令貴族出身的任性魔導士們感到顫慄。

「畢竟沒有比實戰更好的訓練了。傑羅斯先生所做的訓練，對我們而言也是很好的經驗。我們正希望未來能有足以與飛龍對等戰鬥的實力呢。」

「好像自然而然的發展成很不得了的狀況了耶？」

「我只是想讓學生了解實戰的恐怖而已啊。根本沒料到這點子會被騎士團採用。出現傷亡的話該怎麼辦啊……」

「不斷有人因受傷而脫隊呢。而且全都是魔導士，只能說他們太欠缺鍛鍊了吧。不僅馬上耗盡魔力成了廢物，也完全不會近身戰鬥。不管是騎士團還是宮廷魔導士都不需要這種派不上用場的傢伙。」

「超嚴格！就算是實力主義，這也太嚴格了吧！」

魔導士團中大多是因成績而受到拔擢，從未體驗過實戰的魔導士。

就算多少能夠戰鬥，也完全不知道碰上危機時該如何對應。

這些魔導士在陷入混戰時，當然會擅自行動，自己跑到醫護班那裡去。

至今為止都很瞧不起騎士團的魔導士們，那份自傲令他們痛切的感受到己身實力的不足。其中甚至出現了因為害怕戰鬥而無法重新振作起來的人。

於是魔導士團裡只留下了從地獄生還的精銳之士。

這讓傑羅斯也驚訝得瞠目結舌。雖說是他自己舉行過的訓練，但他完全沒想到這會被軍方採用，用來培育精銳。

而且建議採用這種訓練方式的還是他的學生茨維特。

大叔一時興起順勢舉行的訓練，在他本人不知道的地方獨自發展茁壯了。

從兩種意義上來說，騎士和魔導士的水準都會提升吧。

「那麼，畢竟也做完事後報告了，我打算返回桑特魯城。」

「請幫我向克雷斯頓前公爵問好。這次也承蒙兩位協助了呢。」

「不會不會，這也是工作。」

阿雷夫他們的騎士團接下來有好一陣子得負責警備任務以及處理善後。

傑羅斯等人在他們目送下離開了傭兵公會，朝著斯萊斯特城塞都市的東門前進。

「喂，傑羅斯先生。我們接下來要去桑特魯城嗎？」

「這個嘛，先去哈薩姆村吧。畢竟亞特很擔心吧。」

「是啊。我也很在意唯的事……不過要是我被刺了，拜託幫我治療。」

「以會被刺為前提嗎？你到底是做了多悲壯的覺悟啊！」

「……唯她啊～真的很會吃醋喔。比起我，希望你能保護好莉莎和夏克緹。拜託你了。我是認真的……」

大叔試著回憶和唯碰面時的事，但不認為她是如此令人害怕的人物。

可是從很了解她的亞特的樣子看來，這話也不像是在說謊。

看來大叔命中註定會被捲入一些麻煩事裡。

「啊，終於來了。亞特先生，你很慢耶。」

「我們等了一下喔。報告是這麼花時間的事情嗎？」

「抱歉。稍微談得久了點。」

「你果然……是個現充啊。你最好真的被刺啦，呿！」

「等一下，你該不會很期待我被刺吧！」

大叔的心胸非常狹隘。

在東門和莉莎她們會合後，傑羅斯一行人離開了斯萊斯特城。

從城裡沿著道路走了一段路，到完全看不見城牆的距離後，傑羅斯和亞特從道具欄中取出了「哈里．雷霆十三世」和「輕型高頂旅行車」。

「喔喔，是『輕型高頂旅行車』啊。讓我想起了某家廠商呢……」

「哎呀，畢竟是我在地球上開過的車，忍不住就做了。」

「既然這樣，可以讓我家的咕咕搭個便車吧……」

「咕咕……是那種小嘍囉魔物對吧？你養了那種玩意嗎？」

「小看牠們可是會死的喔？我們家的咕咕很凶猛的。牠們是變異種，以牠們現在的實力，連飛龍都能打倒喔？」

「那個已經不是咕咕了吧！」

由於大叔必須在途中和烏凱牠們會合，所以一行人總之先以咕咕所在的村子為目標，在道路上前進著。幸好因為魔物失控帶來的影響，道路上沒有其他商隊往來。

傑羅斯等人一邊靠地圖確認目前的位置，一邊抵達了大叔從空中投下烏凱他們的村子。

他們在那邊看到的景象是——

「這、這是……」

「喂喂喂……神官們被人用草蓆綑起來了耶？還有被倒吊起來供眾人毆打的傢伙。」

「這景象……不能讓好孩子看見呢。人類醜惡的一面感覺會成為他們的心理陰影。」

「那些人為什麼會遭到這種對待啊？他們好歹是神職人員吧……」

這些以異端審問官為名的罪犯們被村人徹底痛揍一頓之後，不是被倒吊就是活埋，經過慘烈到不能將畫面播放出來的集體暴行，全都快沒命了。

這雖然是他們自作自受的結果，可是從初次造訪這個村子的人眼裡看來，只覺得這是個崇拜惡魔的村民成群襲擊善良神官的村子吧。

不知道背後緣由的亞特等人瞠目結舌，只能茫然地看著眼前殘酷的暴行現場。

只有傑羅斯若無其事地向其中一位村民搭話。

「不好意思，請問你有在這附近看到我們家的咕咕嗎？三隻都會變身成漆黑的雞蛇就是了。」

『『『等一下——他居然無視嗎？看到這種景象，他居然完全無視嗎！』』』

他向正在用木條對全身悽慘地腫起的一位神官施暴的村民搭話後，那位村民瞬間用凶狠的眼神看向傑羅斯。眼中明顯地帶有殺意。

然而當村民確認了傑羅斯此話的意義後，便露出了彷彿什麼事都沒發生過的爽朗笑容。「啊？你是咕咕大人的飼主嗎？」村民如此回答。

明明上一秒還在掀起暴力的旋風，前後的差距簡直判若兩人。

「你說咕咕大人……牠們做了什麼啊？」

「咕咕大人拯救了我們的村子。而且現在仍在守護這個村子。」

「哦～……」

就在他們因莫名地崇拜咕咕們的村民而有些愣住，碰巧將視線移往森林方向的瞬間，巨大的熊從森林裡飛上了空中。

八成是烏凱用自己擅長的攻擊打飛出來的吧。

咕咕們似乎充滿活力的在狩獵，以魔物為對手來確認己身招式的威力。

「那這些神官們是？」

「這些傢伙……是襲擊村子的賊人！受害者當中甚至有老人和小孩……要是沒有咕咕大人，我們也全都會被這些傢伙給殺害吧。」

男性村民帶著殺意，狠狠地踢起倒在地上的神官的頭。

了解村裡的狀況後，傑羅斯也鬆了一口氣。

就算是傑羅斯，看到這個景象也不禁想著「要是這裡是個有怪異習俗的不妙村子該怎麼辦」。現在知道原因出在神官們身上，他就放心了。

大叔的常識到底消失到哪裡去了呢？

「這些傢伙是披著神官皮的殺人魔！你該不會想要救他們吧？」

「我們之中也有人的孩子或家人受害！你們可別想做什麼多餘的事情喔？」

「妨礙我們的話，就算你是咕咕大人的飼主……」

「如果他們是基於自作自受才會遭到私下處刑，那我是不會阻止你們的。不過我建議你們最好狠狠教訓到他們還勉強保有一命的程度，再把他們交給衛兵。讓他們後悔自己誕生在這個世界上，再痛苦地死去吧。」

『『『他為什麼就接受了這個狀況啊！就算是罪犯，也有人權吧……』』』

大叔毫不猶豫地接受了滿身殺氣的村民們的想法。

儘管對象是罪犯，村民們總動員施暴的場景還是讓人看不下去。

可是村民們被強烈的殺意壟罩著，這種常識性的意見他們完全聽不進去。

要是隨便介入仲裁，村民們的矛頭說不定會轉而指向他們。

站在亞特等人的立場上，他們雖然認為集體施暴凌虐的對象就算是罪犯，這種行為也是有罪的，可是眼下的氣氛實在沒有他們介入的餘地。

對家人受害的村民來說，這些慘遭暴行的神官們正是他們復仇的對象。

在這種狀況下，亞特等人哪有勇氣對村民說這些符合常識的話。

「救、救命……」

「為什麼會有這麼多神官在這個國家，而且還是聚集在一個小農村裡？梅提斯聖法神國敵視這個國家吧？難道是你們把『強大巨蟑』引來這裡的嗎？」

「唔！」

「把襲擊自國的魔物推給鄰國，甚至殺害鄰國的國民……這些神官莫非是傳聞中提到的異端審問官？他們好像以殺人和拷問維生，所以人格也很扭曲。」

神官病急亂投醫地見人便開口求助，卻因為我方的惡行敗露而啞口無言。當然，傑羅斯這話也並非有十成的把握。

他只是根據眼前的情報做推論，不過對方的態度讓他確定了自己的猜測為真。

「也是你們孤立這個村子的吧？我想你們是以神的制裁為名，在此盡情地以殺人為樂吧？儘管只是我的推測，但我應該沒猜錯吧？」

「……」

「無話可說嗎……算了，不管是神官還是罪犯，既然你們打算殺害一般民眾，就得請你們贖罪嘍？雖然負責制裁你們的不是我啦～」

沉溺於快樂殺人行為的神官沒有救贖可言。神不會拯救犯下重罪的人。

這些神官終於親身體驗到，聖法神國給予他們的「免罪符」根本派不上用場。

然後村民們又開始集體施暴了。

「傑羅斯先生……真的不用阻止他們嗎？罪犯也有人權吧……」

「對啊。就算他們殺了人，也必須經過合理的流程來處理這些罪犯吧？」

「太過分了……再怎麼說，身為人類，做出這種程度的暴行實在是……」

「你們在說什麼啊？」

「「「咦？」」」

傑羅斯傻眼的語氣，讓亞特他們全愣住了。

雖然他們三個說得沒錯，罪犯也有接受法律制裁的權利，然而那僅止於被衛兵或懸賞金獵人抓到的情況。

實際上，沒遭到通緝，或是從其他國家流亡來的罪犯引發的犯罪事件層出不窮。

在這種情況下，只能作為現行犯將其逮捕歸案，不然就是得當場打倒對方。

「這個世界和日本不同，法律規範制定的還不夠完善喔。他們殺了這個村裡的居民，並作為現行犯被抓到了，可是你們覺得這樣就足以撫慰死者家屬的心靈了嗎？」

「可是做這種事，也救不回死者啊？而且既然都抓到了，交給衛兵才符合一般常理吧……」

「要叫衛兵來，得來回城裡一趟才行。步行得花上三天喔？這段期間有可能會被他們逃掉，而且死者家屬根本恨不得殺了他們。」

「儘管如此，我還是覺得必須遵守法律。要是依據村民的判斷私下處刑，國家的法律就失去意義了，這是不被允許的行為啊。」

「這話妳敢在死者家屬面前說嗎？他們的家人可是在他們的眼前遇害了喔？他們死去的家人的確是不會回來了，可是不洗刷這份恨意，他們便無法向前邁進。這個世界啊，法律的力量比我們想像得更弱喔。愈是邊境的地區國家愈管不到。結果只能交由當地的居民判斷。」

所謂的常識，會隨著當地居民的價值觀產生變化。

舉例而言，不管是宗教勢力強大的國家，還是奉行民主主義的法治國家，常識的內容都會根據地區而有極大的差異。在當地被視為是理所當然的事情，依據治理的國家不同，也有可能會用完全不同的觀點來看待這些事。更何況這裡是異世界，文明水平也比地球落後許多，雙方的價值觀和常識難免會存有巨大的落差。

先進國家的常識和邊境小國的常識完全不同，殺人復仇在這裡是合法的行為。

異端審問官們是鄰國派來的間諜，事實上也對索利斯提亞魔法王國造成了損害。而且還做出了殺害一般民眾取樂這種喪心病狂的事情。

要是沒有烏凱牠們，所有村民都會因此喪命吧。面對這種以殺人為樂的傢伙，還想用法律、人權這些詞彙來保護他們，只能說亞特等人實在是太天真了。

「你們有殺過盜賊嗎？」

「我……有殺過。雖然那罪惡感真不是蓋的……」

「我們……」

「都是亞特先生打倒的。我們還沒殺過半個人。」

「真是天真呢。要是不能為了保護自己而殺人，真的碰上危機時可是會死的喔？這是個純粹的暴力橫行的世界。請各位做好要在這個世界生存所需的覺悟。」

不管是轉生者還是勇者們，腦中都根深柢固地留著原有世界的常識。

這些常識雖然沒錯，可是對文明水平落後的異世界而言太過先進了。

就算可以成為修法時的參考依據，要實際反映在社會上，也需要教育和時間。這裡也不像地球上的日本那樣，在各地都設有警察機構來維護治安，就算要派兵駐守各地，光是維持這些兵力就得花上大筆的預算。

異世界也沒有所謂的科學搜查，或是能夠請律師上訴，要求減刑的法庭。

「根據我聽到的消息，被召喚來的勇者當中好像也有誤以為自己是主角，在各地屠殺民眾，最後遭到逮捕處刑的人在喔？那時他還主張說『我是勇者！我保護了你們吧，為什麼我非得要被處刑不可啊！』像這樣大吼大叫了一陣呢。」

「有這種笨蛋啊……」

「在異世界好死不死的可以看到自己的參數，所以誤以為這是遊戲了吧。覺得『死了也會復活』，或是想著『下次我要殲滅你們』，一直到臨死前都還用在玩遊戲的感覺在生活。」

「聽起來真慘啊……明明會感覺到痛，他們還是分不清這是現實嗎？」

「可能以為是虛擬實境吧？雖然不知道他是從哪個世界被召喚來的，但真是愚蠢呢……」

「勇者當中有幾成的人都抱著『我超強啦！』的想法。我認識的勇者當中也有類似這樣的人，不過被『勇者』這個稱呼給牽著鼻子走的感覺比較強烈就是了。」

莉莎等人和勇者的共通點。那就是沒有好好面對現實，或是把現實想得太簡單了。

就算知道是現實，思考時仍維持著在地球上的常識。

沒有明確的意識及體認到自己活在容許暴力行為的世界。

「比起那個，我們家的咕咕在哪裡啊……」

「傑羅斯先生感覺是最適應這個世界的人耶？他也太習慣暴力場面了吧。」

「……真強悍呢。不過我不想習慣這個環境。」

「我也是……但我也了解，真有什麼萬一時還是得殺人。雖然是希望永遠不要碰上這個萬一。」

和日本不同，這是個允許行使暴力的世界。要保護好自己，得要有防衛的能力，殺人也是家常便飯。為了生存下去，必須做好覺悟。

然而莉莎和夏克緹也跟伊莉絲一樣，很難說她們已經習慣了這個異世界的環境。

「我沒要你們習慣殺人這件事喔。只是不先做好覺悟的話，真碰上什麼狀況時，死去的或許就是自己了。你們把奇幻世界想成是戰國時代的日本比較好吧。這是個大意就會喪命的危險世界，我建議你們最好把這件事牢記在心上。」

「從惡劣的人類到魔物，這是個充滿危險的世界呢。能夠適應這個環境的，只有重度玩家吧？」

「說不定真是這樣吶～畢竟沒有確實理解，單純覺得這是個奇幻世界的話，絕對會有很多人做出愚蠢的行為。」

有多理解這個世界並接受現實，這些個人差距會讓人踏上不同的命運。

傑羅斯首先採取的行動就是蒐集情報。而亞特則是被當成國賓招攬入城，他利用城裡的書庫來蒐集情報。

會高喊著「是異世界耶～呀呼～！」的人，多半都把這個世界想得太簡單了吧。這種人實在不可能在異世界存活下來。

「想成是被派遣到位於紛爭地區的公司比較好吧？」

「啊啊～……夏克緹小姐的說法比較好理解呢。不知道哪裡藏有危險，一不小心就有可能會遭到恐怖分子綁架或是被射殺的感覺吧～？真可怕呢。」

「雖說不要接近危險的地方就好了，可是也不知道哪裡是危險的地方。以過慣了和平生活、精神鬆懈的日本人這點而言，勇者和轉生者也沒什麼不同呢。」

勇者是沒多加思考便囫圇吞棗地接受他人提供的情報，轉生者則是得花上一點時間才能適應這個異世界。

他們被丟到這個世界來也已經五個月了，也差不多可以篩選出在轉生者之中，哪些是能夠在這個世界裡生存的人，又有哪些是把這裡當成是遊戲世界的笨蛋了。

亞特和傑羅斯開始找四神及其信徒的麻煩，伊莉絲和好色村等人則是為了習慣這裡的生活而耗盡了心力。莎蘭娜則完全成了黑社會的一員。

而其他的轉生者會怎麼行動，這才是令人害怕的地方。

「就算一樣是轉生者，除了認識的人之外，感覺也不能信任呢。不知道那些素不相識的傢伙在盤算些什麼，還是會怕啊。」

「我的座右銘可是平穩度日喔？只是接到公爵家委託的一般民眾罷了。」

「「「哪裡一般了啊！」」」

儘管嘴上說了一堆，傑羅斯還是主動插手干涉了麻煩事。

在他心中某處可能還是很高興能過異世界生活吧。

「咕咕……（師傅，要回去了嗎？）」

「是桑凱嗎。烏凱牠們呢？」

「咕咕咕。（牠們應該差不多要回來了。）」

「我要先繞去一個地方再回去。是說你們擊退了這附近的魔物嗎？」

「咕咕咕咕，咕咕。（強大魔物大多都打倒了。剩下的都是些弱小魔物。）」

「那真是太好了。嗯～……這附近的魔物不成你們的對手啊……」

『『『他聽得懂咕咕在說什麼……是○正憲先生嗎？』』』（註：暗指日本的動物研究專家畑正憲先生。）

傑羅斯和桑凱不知道為什麼有辦法對話。

從亞特他們眼裡看來，大叔看起來就像在對咕咕自言自語一樣。

以旁人的角度來看這景象真是寂寞到不行。

在那之後，大叔讓回到村裡的烏凱牠們搭上亞特的「輕型高頂旅行車」，一行人出發朝著哈薩姆村前進。

順帶一提，這個一度被異端審問官占據的村子，後來便開始信仰聖獸，烏凱牠們也正式被視為是聖獸了。

◇　◇　◇　◇　◇　◇

道路是聯繫城鎮與城鎮之間交易的大動脈。

可是這個世界沒有做過縝密的都市開發計畫，有許多未經思考便開闢出來的道路。現在傑羅斯等人正在行駛的道路也是其中之一。

道路基本上皆以領主治理的城鎮為中心，為了聯繫其他城鎮，配合地形繞了一堆遠路開闢而成的。

就算比照地球上的常識，他們也不做任何鑿山或挖隧道這種以最短路線來鋪設道路的行為。

雖然會開闢一些沿著山間的細小通道，但商人多半視這些道路為危險之處。

特別是這些道路上有無數方便盜賊或強盜埋伏，在治安方面必須時刻警戒的地點存在。儘管為此建造了一些專門用來防範的城砦或城塞都市，但是和增加的犯罪者之間的拉鋸戰仍不斷持續著。

而鋪設在平原上的道路也絕非安全。

盜賊一類的犯罪者，就算組織被摧毀了，倖存的人還是會聚集起來，反覆做出同樣的事。

很難殲滅所有的盜賊，騎士和衛兵的人數也有限。

國家預算也並非無窮無盡，不能隨意增派人員。維護城砦的費用不可小覷，要保有一定的兵力，也得花上大筆金錢來支付食物方面的開銷和士兵的薪資。

除此之外還有裝備、修補城砦毀損處的維修費用等支出，光是用來防衛的資金就占了國家預算的三分之一。對於小國而言這些開銷可是相當沉痛。

簡單來說就是「就算為了交易往來而增設道路，也沒辦法安排防衛的人力。因為實在太花錢了。」這麼一回事。

「因為如此，我們所在的這條山道治安非常差。畢竟不知道山賊會躲在哪裡呢，魔物也一樣就是了……」

「「「等一下——————！」」」

亞特等人不禁開口吐槽，可是傑羅斯原本看地圖決定要選這條路的理由，就是「這是抵達哈薩姆村的最短路徑」。

再加上負責開「輕型高頂旅行車」的亞特是個超級重度的路痴。

他只能開車跟在負責帶路的傑羅斯騎的「哈里．雷霆十三世」後面，然而他壓根沒想到必須在建造於山道旁的休息處野營。

傑羅斯等人有能夠張設結界的魔導具，以及赤手空拳便能輕鬆打倒盜賊的實力。

可是這樣也不能保證一定安全。因為盜賊也有可能會從上風處施放麻痺型的毒氣，鎖定等級較低的女性們下手。

「要是真的有盜賊來了該怎麼辦啊！」

「解決他們啊？說不定有機會拿懸賞金喔。」

「假設來的是魔物……」

「如果是能吃的魔物就好了呢。」

「不行……傑羅斯先生完全適應這個世界了。你在地球上到底過著怎樣的生活啊？」

「基本上是自給自足呢。和獵友會的人一起去打獵，或是下田工作，是一般常見的無趣生活喔。」

傑羅斯所說的一般生活和他們所想的完全不同。

亞特在地球上是個打工仔。

發現唯懷孕後，他一邊找工作，一邊還是在四處打工賺零用錢，每天過著煩惱未來該如何是好的生活。跟亞特相比，大叔生活在被大自然包圍的農村裡。

因為找工作的狀況而忐忑不安的亞特，和偶爾會跟獵人們一起外出打獵的傑羅斯。

大叔的生活實在稱不上是一般的日常生活。

而且傑羅斯還是上班族時，就有在國外吃過各種珍奇料理，過著相當嚴苛的生活，在飲食方面除了少數極端的食物外，基本上不挑食。

那種連大叔都會說「這根本不是人吃的玩意——————！」的東西，他還是不會碰的，可是大型蜘蛛或是蜈蚣都還在他的接受範圍內。

或許不算太意外，不過在這個異世界，大家也會把昆蟲當成是一種珍貴的蛋白質來源來食用，只要好吃就不會介意外型。

可說大叔在地球上就已經培育出了足以適應野性生活的資質。和亞特他們相比，功力完全不同。

「你在地球上……也是靠吃野生動物過活的嗎？」

「你到底生活在多深山的地方啊？我們實在學不來。」

「我在旅行時有吃過鹿和山豬，但應該沒吃過白鼻心。」

「我也沒吃過白鼻心喔。唉，雖然夏天時有在倉庫裡發現過那玩意的屍體啦。都開始腐敗了，所以很臭呢～……」

而且那時適逢盂蘭盆節，衛生保健所沒開。

他只能把屍體拿去埋在山裡，可是在挖洞埋起來之前簡直是臭氣薰天。

再加上倉庫也有好一陣子都殘留著腐臭味，每當要下田工作時他就得努力按耐住反胃的感覺，難受得要命。

大叔感慨地說著往事，背影不知為何顯得有些哀愁。

「看到一隻大熊帶著小熊走在我家庭院前的時候，我嚇了一跳呢。哈哈哈哈哈。」

「那可不是普通的危險耶！一個不小心說不定會被攻擊喔？」

「不要緊，我手邊準備了十字弓跟彎刀，實際上也狩獵過鹿喔。」

「跟我們徹底不同啊！你不是有適應環境的能力，而是原本就過著跟這個世界類似的生活，所以才能乾脆地接受這個現實。」

「我也曾經用石窯烤過印度烤餅，也做過自家醃製的泡菜喔？生火腿和香腸也難不倒我啦！」

「亞特先生……我覺得不要做出背叛傑羅斯先生的事情比較好。因為他實在是太可靠了。」

更何況他還是最高等級的魔導士，擁有各個生產職業的技術。

「大賢者」這職業可不是浪得虛名，實際上他的個人能力就是高到足以擁有這個資格。

「根本無敵嘛……」

「比起那些事，不趕快準備晚餐好嗎？天黑之後要蒐集柴火也很麻煩喔？」

「說得也是……是說盜賊真的不要緊嗎？」

「根據使魔回傳的情報，這附近沒有人喔。不過有身上長了四隻手臂的熊。」

「那個不是『四臂灰熊』嗎？」

「以我的等級應該會陷入苦戰吧。就算打倒了也不會支解……」

「真不希望遭到攻擊啊～祈禱牠別來吧……」

「那麼來準備晚餐吧。」

傑羅斯一邊悠哉地說著，一邊從道具欄中取出飯盒和木炭。

該說他準備周到，還是有備無患呢，在亞特他們的眼中，大叔實在太強悍了。

而衝進山裡狩獵晚餐食材的咕咕們帶了大量的獵物回來。

在那之後過了一個小時——

「飛龍製成的生火腿真好吃。不過只有麵包還是無法果腹呢。」

「嗯，夏克緹小姐妳說得沒錯……我好懷念白飯喔～」

「真想大口大口的吃丼飯～……呃，咦？」

仔細一看，傑羅斯和咕咕們正吃著丼飯。

大叔用筷子把飯扒進嘴裡，咕咕們則是用鳥喙拚命地啄，以驚人的氣勢將丼飯納入腹中。

這些傢伙明明是雞，卻是群美食家。

唉，因為是雜食性的魔物，這說來也是理所當然……

「等等，傑羅斯先生！這個世界有米嗎？」

「真的假的！我想吃！我想吃熱呼呼的白飯～～！」

「真不愧是傑羅斯先生。沒想到你能在這麼短的時間內找到米……頂尖玩家真可怕。」

「咦？你們想吃嗎？是天婦羅丼就是了。」

「「「天婦羅丼！真的嗎？」」」

這個世界的文化類似中世紀的歐洲。不僅是以麵包為主食，而且主要吃的是法國麵包那種硬麵包。

對亞特他們這些吃慣日本麵包的人來說，下顎實在吃不消。

儘管沒有米，但這個世界也有類似燕麥片的麥粥，可是先不提營養價值，這種麥粥的味道很奇怪。

畢竟過去住在想吃什麼就能吃到什麼的日本，這三人實在提不起勁去吃麥粥。

「唉，我是不介意啦……」

早一步吃完飯的大叔開始用小鍋子炸起天婦羅。

美味的香氣伴隨著啪滋啪滋的油爆聲飄散而出。

可能是因為大叔的食量意外大吧，大飯盒裡還多裝了些煮好的白飯，足以做出三人份的天婦羅丼。

把甜甜的醬汁淋在溫熱的白飯和天婦羅上，大賢者特製天婦羅丼就完成了。大叔將大碗的丼飯端到三人面前。

「來，拿去吃吧。」

「「「喔，喔喔喔……」」」

許久未見的日本料理。

不僅有炸蝦、炸綜合蔬菜，還有像是把略大的螃蟹整隻丟下去炸的天婦羅，料多到溢出了飯碗邊緣，誘惑著三人的食慾與胃袋。

「是天婦羅丼……這毫無疑問的是天婦羅丼……」

「看、看起來好好吃……」

「我、我要開動了。」

他們雙手顫抖著，用隨意製成的筷子夾起白飯或是天婦羅，送入口中。

米飯與醬汁的甜味在口中擴散開來，再和配料的天婦羅共演出一段美妙的滋味，一口氣喚醒了亞特等人的感動與鄉愁。

「「「好、好好吃喔————！」」」

久違的天婦羅丼吃起來有如人間極品。

三人一邊流著眼淚，一邊將白飯與天婦羅扒入口中，沉醉在睽違許久的日本料理中。

「炸蝦的甜味太棒了！」

「好久沒有這樣飽餐一頓了呢～……活著真是太好了。」

「不過話說回來，真虧你能找到軟殼蟹耶？雖然收到道具欄裡了，但這樣不會傷到螃蟹嗎？」

「……咦？螃蟹？」

正在吃第二碗天婦羅丼的大叔用疑問句回答了夏克緹的提問。

這一瞬間，直覺敏銳的夏克緹停下了筷子。

她感受到了危險的氣息。

「傑羅斯先生？這個，不是螃蟹嗎？」

「……應該是……類似螃蟹的東西吧？別在意，就吃吧。呵……丼飯就是要什麼都不想的大口吃下去才好吃啊。」

「為什麼要用那種像百年老店的頑固店長會有的口氣矇混過去啊！這個螃蟹到底是什麼？而且仔細一看，這個炸蝦沒有尾巴吧？」

「我有做好事前處理，不然我是不敢端給客人吃的……」

「連客人的眼睛都不敢看，你好意思說這種話！夠了，快點從實招來！」

大叔不敢看著夏克緹的眼睛說話。

他的態度讓亞特和莉莎也停下了筷子。

「……只要好吃不就好了嗎。」

「你為什麼會吞吞吐吐的不敢說這是什麼食材！要是食材沒問題，你告訴我們也無所謂吧！」

「……這個世界上啊，有很多不知道比較好，聽了就完蛋了的事情喔。真相常常不是什麼像樣的玩意。儘管如此，妳還是想知道嗎？」

「等一下！根據你現在所說的話，表示這食材不是什麼像樣的玩意吧！你到底讓我們吃了什麼！」

「哎呀呀～不小心說溜嘴了。唉，別在意。」

「「當然會在意吧！」」

傑羅斯絕口不提食材的名稱。

也就是說，這很明顯的不是什麼像樣的食材。

大叔無視用狐疑的眼光看著他的三人，頑固地不願吐露真相。就這樣和咕咕們繼續吃著不知道是什麼做成的天婦羅丼——

「夠了，趕快告訴我們！你到底讓我們吃了什麼？」

「這裡面沒有毒啦，你們大可放心。這沒什麼好在意的吧？」

「那你為什麼不說出食材的名稱！這不是很奇怪嗎！」

「要是你們吐出來，豈不是很對不起這些難得成為我們食糧的生物嗎。這個世界啊，只有吃或是被吃兩種選擇啦。」

「也就是說這是我們聽了可能會吐的珍奇食材對吧？」

「……你們真的想知道嗎？妳會後悔的喔？哼哼哼……」

大叔的眼睛被頭髮遮住，不知為何開始散發出一股令人十分恐懼的氣息。

他們確實很在意自己到底吃了些什麼，卻也在同時陷入了若是知道便無法挽回的危險氣氛中。

所謂被迫做出究極的選擇，就是這麼一回事吧。

知道了肯定會後悔，但不問清楚心中也會留有疙瘩。

簡單來說只有心理負擔大還是小的差異，不管哪個選擇都只會帶來不幸。

在吃下天婦羅丼的時候就註定會落得不幸的下場，幸福的時間已經迎向了終點。要是沒注意到這些多餘的事情就好了，然而為時已晚。

三人被迫做出無論如何都只會陷入不幸的抉擇。

「我再問一次，你們真的想知道嗎？」

傑羅斯那帶有壓迫感的詭異氣息又變得更濃厚了，簡直像是在逼迫部下決定是否要參加接下來的危險作戰的指揮官。

一股絕對會變得不幸的預感襲向三人。

儘管如此，還是想要得知真相的正直心情以些微差距獲勝了。

「告、告訴我們吧……那個天婦羅，到底是用什麼做的？」

就算明知會後悔，他們還是做出了這個選擇。

「呵……好啊。我就告訴你們吧！不過你們會極為後悔自己做了這個選擇吧。真相總是殘酷的。為了知道多餘的情報，你們接下來肯定會面臨人生中最大的不幸。然而這是你們自己選擇的！你們就深深地將這份愚蠢與後悔刻劃在心底吧……」

簡直是被危險組織的幕後黑手操控的可悲上司會說的話。

傑羅斯像是某個司令官那樣把手盤在胸前，深深地嘆了一口氣。

那模樣是在懺悔，還是在同情眼前的三人，將會為接下來所知的事感到後悔呢。不管怎樣，都已經無法回頭了。

傑羅斯只剩下說出真相這個選擇了。

「首先是炸綜合蔬菜，食材是『猛毒牛蒡』、『即死胡蘿蔔』、『惡劣洋蔥』還有『天國山芋』……全是帶有劇毒的食材。」

「喂，那個……已經不是食材了吧！」

「放心吧，我已經先用『治癒藥水』去除毒性了。然後炸蝦是『三日蜈蚣』……具有會讓人痛苦三天，身體逐漸腐爛，步向死亡的毒性。」

「蜈……蜈蚣……？我、我……我吃了蜈蚣！啊啊……」

「莉莎！」

莉莎由於吃了蜈蚣的打擊而暈了過去。

完全是珍奇料理。

「然後這個看起來像是軟殼蟹的食材……是『亞種殺人毒蛛』。雖然外型像螃蟹，名字叫毒蛛，可是以學術角度來看屬於蜱蟎類。他們會成群襲向獵物，用體內的毒液溶解並捕食獵物身上的肉。」

「不是螃蟹嗎！你確實說了那是『類似螃蟹的東西』，但居然真的不是螃蟹！而且你說是蜱蟎，毒蛛只是名稱嗎！」

「放心吧，已經完全沒有毒性了。我有做好事前處理。」

「有做好事前處理是這個意思喔！傑羅斯先生，你到底讓我們吃了什麼鬼東西啊！」

「所以我才會先問啊，問你們『真的想知道嗎？』……」

沒錯，傑羅斯沒有任何過失。

大叔確實是讓他們吃了天丼，可是是亞特他們看到之後說「想吃」，主動請求他的。他們這個時候就該先確認食材了。

本來在山中的休息處就不可能拿得出螃蟹或蝦子。在這種環境下卻不疑有他的吃下肚，他們自己也有責任。

要再進一步追究的話，亞特知道大叔曾在「法芙蘭大深綠地帶」經歷過一段野外求生的生活。那時為了生存，大叔也曾吃過許多珍奇食材。

亞特應該要知道大叔就是那種不介意吃下這些特殊食材的人才對。

「在這世界上，弱者會被吃，不變強就無法生存。只要能吃到美味的食物就很幸福了，不是嗎？」

「你也太強了吧……可惡，早知道就不要問……」

「的確……不該知道真相呢。唉，反正很好吃，雖然多少有些抗拒，但也不是不能吃。」

「夏克緹，妳要吃嗎！」

「我們在伊薩拉斯王國時，也曾在不知情的狀況下吃過蚯蚓啊？事到如今說這是珍奇料理所以不吃，也沒什麼說服力。既然如此，不要介意地吃下肚不是比較划算嗎？比蟲子好多了。」

「真的假的……」

「蚯蚓雖然是珍貴的蛋白質來源，可是要先讓牠們吐沙，很麻煩呢～」

「你吃過喔！」

先不提大叔，夏克緹也很強悍。

結果內心纖細的只有亞特跟莉莎。

為了生存連昆蟲都能吃的傑羅斯，他這態度以某方面來說也很值得敬重吧。

可是亞特和莉莎身為現代日本人的常識仍否定了這件事。

就算這對於能否在異世界生存擁有決定性的影響，他們的內心還是無法接受。結果亞特到睡著為止，都在煩惱這件事。

亞特終於理解到生存就是戰爭這句話真正的意義。

這也同時表示這個世界的環境嚴酷到了如有必要，他們必須捨棄在日本培養出的常識，連珍奇食材都得吃下肚。

要像某處的原住民那樣強悍地求生呢，還是保有身為日本人的良知活下去呢。這一點只能由他們自己做出選擇。

◇◇◇◇◇◇

要前往哈薩姆村，必須橫越歐拉斯大河。

會利用邊境道路的商人非常少，所以在這之前他們都能盡情地駛著「哈里·雷霆十三世」和「輕型高頂旅行車」在道路上奔馳，可是來到作為交易中樞的城鎮附近，來往的人也開始變多了，使得他們必須謹慎行事。

儘管多少有種早就為時已晚的感覺，但他們還是想盡量隱瞞自己的存在。

傑羅斯因為有公爵家做後盾，至少在檯面上應該不會有人以權勢來脅迫他。

可是亞特儘管是暫時的，仍是隸屬於他國的魔導士。要是太過招搖，未來的行動便有可能受到限制。更何況他的未婚妻在這個國家，難保不會被抓去當人質。

掌權者也不全像德魯薩西斯公爵那樣精明幹練。

其中也有會若無其事地做出蠢事的傢伙在。

大叔就是事先考慮到這一點，多少準備了預防手段。

『人生不如意十之八九呢。想追求自由，感覺就會有一群愚蠢的當權者聚集過來。』

擁有劃時代的移動手段，任意騎著車到各處的大叔這麼說也沒有說服力，不過他這也是為了防止這時代的技術急速發展。

既然他和公爵家有所往來，他也不能隨便提供技術出去。

畢竟過度的技術發展有可能會引來戰爭。

以「哈里．雷霆十三世」為例，若是用在軍事上，就能夠舉出提供斥侯部隊偵察等用途。可是使用的礦物和素材太昂貴了，會造成財政負擔，欠缺實用性。更何況大叔還用上了龍種的素材。

如果是性能不上不下的「機車」倒是有可能做得出來，可是要做出持久及汎用性勝過「哈里．雷霆十三世」的存在並非易事。

在技術尚未確立的現在，只會招致無謂的混亂吧。

雖說按部就班地從蒸氣機開始，學習基礎就沒問題了，然而這樣又會碰上環境問題這道高牆。

急速的普及化很有可能會造成公害。

地球上的歷史已經把人類進步及隨之產生的各種問題告訴了我們。

『突然拿出高階的技術，只會引來麻煩呢～經濟產業的發展會強化貴族社會的權勢，他們想必不會在意公害的問題吧。』

文明的發展是遲早的事情。

名為魔法的環保技術讓經濟有了莫大的發展，所以這個世界的人從未體驗過由於產業技術發展所造成的弊病。他們不懂海洋或河川被汙染是怎麼一回事。

微量的金屬成分或是有毒藥物會對人體造成哪些影響，沒有實際碰到問題，是不可能做出判斷的。更別提當權者有可能會默許讓眾多人民痛苦的行為。就算有提出對策，可是真要說起來，他們沒有相關知識，連能否判明原因都很難說。

既然大多數的技術會被拿去用在強化軍事實力是肯定的事，軍事實力的提升也會連帶刺激掌權者的控制慾，發起擴大領土的戰爭。由於生活水平會變得更好，更容易使得掌權者的權勢水漲船高。

要是狀況變成這樣，掌權者想必不會面對公害問題，不如說有可能會直接向外尋求尚未受到汙染的土地，採取欠缺思慮的行動。

正因為傑羅斯和亞特有能力造成這樣的經濟變化，想要自由生活的話，就必須和可以信任的掌權者維持良好的關係。

因為有沒有後盾將會使他們的立場大不相同。

『比起發展技術，更需要學習其他的知識嗎……我為什麼在想這種事情啊……』

一般來說，魔法技術要反覆地建構理論及驗證，才能發展為學術。

從藥學延伸出醫學和衛生學、生物學。就算是齒輪等零件，也會分成機械工學、電子工學等各式各樣的領域。

問題就在於傑羅斯和亞特作弊級的能力可以一口氣跨越這些領域，做出有可能會給其他人帶來莫大影響的危險物品。

這絕對會引來其他人，而且是掌權者的關心。

『應該讓亞特也和德魯薩西斯閣下成為商務伙伴嗎？畢竟無法信任其他的貴族，如果單純只有利益上的往來，也不會引發問題。真有必要的話，像魔法卷軸那樣簽訂契約就好了。』

德魯薩西斯公爵很有先見之明。

和他保有利益關係的話，除非碰上特別嚴重的狀況，不然他是不會亂派工作來的。

而且沒有敢和索利斯提亞公爵家為敵的人，若有，那也是少數中的少數。

以好的方面來說，作為商務伙伴，沒有比他更值得信任的人物了吧。

就在傑羅斯漠然地想著這些事情時，一行人為了搭上橫渡歐拉斯大河的船，正以大河沿岸的港口都市為目標，徒步前進。

「只能從附近走過去啊……畢竟作為交易中心的城鎮附近，人潮也會變多，輕型高頂旅行車太醒目了……雖說這是為了避免被掌權者盯上，但還真是麻煩啊。」

「因為技術水平明顯不同啊。比馬車更有效的移動手段，會引發戰爭和產業上的革命。要是被貴族盯上了，一定會被強行帶走。這方面的技術可不能隨便就傳出去啊。」

從這裡走到有碼頭的城鎮有一段距離，根據利用使魔從高空調查的結果來看，大概要走上三個小時才會抵達。

莉莎和夏克緹或許是累了吧，開始走約一個小時後便沒再開過口。

這恐怕是因為她們的等級和傑羅斯與亞特相比來得低上許多。

因為數值有著極大的差距，所以在疲勞累積上也展現出了落差吧。

「夏克緹她們好像很累。」

「唉，畢竟這雖然有整修過，仍是相當凹凸不平的路啊。」

這不是平坦的柏油路，只是用尺寸適中的大石頭並排在一起鋪成的路面。也有落差很大的部分，就算是說客套話，也絕對稱不上好走。

周圍的景色也只有一片森林，老實說他們已經看膩了。

「就算休息，她們也變得一言不發了呢……」

「嗯～……跟小學時因為隔宿露營忽然要人爬山，在山腰的時候就已經用盡力氣的狀況很像呢。憑著氣力前進，可是精神上已經放棄思考了吧？」

「隔宿露營是什麼？跟校外教學或畢業旅行不一樣嗎？」

「是類似的活動喔。住在被大自然包圍的宿營設施中，用去遠足的心情在湖畔周圍散步，好像也有釣魚吧？再來就是晚上的聚會活動，像是營火晚會之類的。亞特小學的時候沒有舉辦過這種活動嗎？」

「……我碰到這種活動的時候，不知道為什麼一定會生病。有記憶的只有國中三年級的畢業旅行。那時候也在山麓間遇難了……」

「不是，那不是遇難，單純只是你迷路了吧……」

亞特不僅是個路痴，運氣還很糟的樣子。

總是只能把事後拍的大頭照合成在畢業紀念冊中全班合照的角落上。

實在是可悲到令人不禁想為他掬一把清淚。

「抱歉……我們換個話題吧。亞特對這個世界做了多少調查？」

「嗯？這個嘛……世界觀大致上和『Sword and Sorcery』一樣，可是細節不太一樣吧？比方說等級，我們玩得認真點，就能夠練到超越1000級，可是這個世界到500級就是極限了。好像只要300級就會被視為是一流人才了？」

「你的認知沒錯。既然這樣，就是我們這些轉生者的等級有問題了呢。畢竟我們跟『那三隻』交手後覺得可以輕易戰勝她們，這也間接證實了我們一點都不普通吧。」

「和四神交手卻占上風……這表示我們根本脫離了這個世界的法則吧？」

「說我們是異物也沒錯吧。要是有好幾個我們這種等級的魔導士或戰士，恐怕這個世界就會毀滅了。我們隨便就能達到生物兵器的水平吧？是說還有其他超越等級上限的生物，就是生息在那個領域的魔物們。你從那裡導出的結論是？」

「法芙蘭大深綠地帶……難道是這個世界的法則壞了嗎？跟人類和動物不同，體內藏有魔石的生物偏離了自然界的法則。或者該說是開始偏離了嗎？」

「果然會導出這個結論呢。先不提被稱為神之使徒的路菲伊爾族，至少其他的種族應該是無法超越等級上限的。可是魔物卻超過上限，而且還進化了。」

「唉，就算照一般的理論來看，進化是一種需要經過漫長時間，用來適應環境的變化。忽然變成別種生物這種事情很不合常理吧。」

包含人類在內，知性生物的等級上限。

過去被譽為神族的路菲伊爾族和其他人種不同，等級能夠超過1000，儘管如此到達那個等級的人數也不多。不如說只有用一隻手便能數完的程度。

其他種族的等級上限則是固定在500，除了等級以外的概念幾乎都和「Sword and Sorcery」的設定一致。

既然這樣，魔物的等級上升極限就很奇怪了。

魔物也不是神的使徒，是接近野獸的生物。然而魔物的等級卻沒有被固定在500，可以藉由適應環境與進化來突破等級上限。

魔物如果是一般的生物，照理來說應該無法超越這個上限。

所以將此一現象視為是世界法則的崩壞比較合理。

「會讓人以為魔物是特別的生物呢。這也是四神放棄管理世界所造成的嗎？」

「誰知道呢～可能是因為召喚勇者，曾多次連接異世界吧？而且是每三十年就一次，這以大局來看，就是頻繁地突破次元空間的行為啊。畢竟有像我們的世界一樣，沒有魔力存在的異世界，也有可能會有在我們無法理解的法則下運作的異世界。雖然說只是暫時性的，但像這樣和其他的世界接觸，因此破壞了世界法則的規律性，也不是什麼奇怪的事情吧。」

「原來如此……」

大叔還沒告訴亞特是勇者們的靈魂破壞了這個世界的真相。

因為亞特若是問起消息的來源，他就必須把邪神的事情也告訴亞特。

邪神仍在培養液中重生，就算對象是亞特，這件事他也必須暫時保密。所以大叔才刻意用假消息把話題導往其他方向。

儘管他只是隨便說些好像很合理的話，但是世界的「法則」即將崩解是不爭的事實，並非謊言。

大叔只是沒說出重要的真相而已。

「真可惜沒在那時給她們致命一擊。」

「四神裡的其中三隻和小強英雄，再加上我們就是三方勢力對戰了喔？要是我們參加戰鬥，變成混戰的話，會造成更誇張的損害喔。」

「說是這樣說，但希望至少能解決掉一隻啊。」

「有一隻在不知不覺間就逃掉了呢。她們之間的伙伴意識或許很低落吧。光是重新確認她們是群令人火大的傢伙，也算是有收穫了啦。」

四神——雖然正確來說只有三位，不過他們弄清楚了四神果然都很自我中心這件事。

不，應該說重新體認到了這件事吧。

根據當天親眼看見的言行舉止，大叔了解到她們是群只會順著當下的情勢做出欠缺思慮的行動，以神而言實在太過幼稚的傢伙。

四神那簡直像是麗美——莎蘭娜的態度，讓傑羅斯認定她們是必須徹底殲滅的對象。

大叔已經下定決心，下次再遇上就要率先擊潰她們。

「她們的個性果然很像妖精呢～」

「的確……我知道四神教為什麼要擁護那種惡劣的生物了。」

「亞特你也覺得四神的基礎是妖精嗎？」

「一定是吧。」

妖精是能量聚合而成，僅有半實體的生命體。個性說好聽點是像孩子一樣天真無邪，但說穿了本質就是只顧享樂又自我中心，是種任性且做事不知分寸的惡劣生命體。

妖精的惡作劇可不像小孩子那麼可愛，而是會襲擊人類或家畜、殺人取樂，或是活生生地解剖生物等，異常危險的行為。

雖然不知道四神教為什麼要保護這種危險的生命體，不過假設四神本身和妖精有深刻的關聯性，這個謎題也自然得到了解答。

只要認定四神是以妖精為基礎創造出的生命體，就能理解這一切了。

「保護唯小姐的村子之前也遭受了妖精的襲擊呢。我用『暴食之深淵』，把妖精的聚落徹底摧毀了。」

「那件事在伊薩拉斯王國也傳開了喔。說這個國家可能在做廣範圍殲滅魔法的實驗……」

「一到村子裡就有個鐵砧從頭上砸下來呢。還把小孩子弄得遍體鱗傷，差點鬧出人命，一般來說都會想殲滅那些妖精吧。」

「唯呢！唯她沒事吧？」

「她沒事喔。因為那些妖精似乎不會襲擊神官，是靠神官服來區分敵我的樣子。」

「讓她選神官為職選對了啊……幹得好啊，過去的我！」

在來到這個異世界之前，亞特建議因為懷孕而不太能外出的唯來玩「Sword and Sorcery」。

然後因為唯在創建角色時不知道該選什麼職業好，他便建議唯選擇神官，可以輔助選了戰鬥職業的亞特。

儘管那套神官服和四神教的不同，但妖精沒有足以分辨的智力。

結果碰巧減輕了唯被妖精襲擊的可能性。

「……等一下。如果……唯選了其他職業的話？」

「是妖精那種血腥殘酷的殺人集團耶？我可不覺得妖精會放過孕婦。」

「……有這麼慘嗎？」

「很慘喔。我派使魔去確認過妖精的聚落……那些妖精已經連續殺人好幾十年了吧，那裡全是屍體。還活生生地解剖了看起來像是盜賊的人。」

「傑羅斯先生……謝謝你！你幫了大忙啊，我真的非常感謝你。」

一想到自己若走錯一步，受害者可能就不是盜賊而是唯了。亞特對傑羅斯真是再怎麼感謝都不夠。

「那些傢伙是比『Sword and Sorcery』的妖精更過分的玩意。一發現就毫不猶豫地驅除掉比較好。那種玩意應該要徹底被殲滅。」

「是啊……到時候我也會幫忙的。不過你果然很討厭妖精呢。」

「因為跟家人太像，很令人火大啊。唉，要是發現大規模的妖精聚落的話再拜託你了。」

兩人用力地握手。

莉莎和夏克緹則是眼神空洞地走在他們兩人身後。

就這樣走了好一陣子，四人終於抵達了能夠橫渡歐拉斯大河的小港口都市。

和亞特的未婚妻唯重逢的時刻正逐步逼近。

◇◇◇◇◇◇

有位穿著神官服的女人在森林中奔跑著。

那是寵愛自己寵到了極點的女人「大迫麗美」——莎蘭娜。

她在異端審問官們遭受超乎常理的雞群襲擊的期間，拚命地躲藏起來，逃過了一劫。

畢竟她曾經和那些雞交手過一次，知道自己絕對無法戰勝牠們。

而且這次還是三隻一起出現，絕望的程度有如被宣判了死刑。

莎蘭娜是個調配毒藥之外，連一般水準都稱不上的隨便玩家。她不做練功升級這種麻煩事，也根本不去戰鬥，所以戰鬥技能的等級全都低得要命。

她只會用毒藥一類的道具去找其他玩家ＰＫ，是個以強行奪取他人的裝備為目的的刺客。

而她在躲藏時，看到了弟弟的身影。

然而弟弟的身邊有那些麻煩的生物和像是伙伴的人在，讓她無法隨意靠近。

真要說起來，弟弟是頂尖玩家「殲滅者」之一。她根本毫無勝算。

明明只要在此時放棄就好了，然而——

『畢竟是那傢伙，他一定已經有個據點了。人既然活著，就不得不和他人有所往來。首先要找到那傢伙的據點……』

——她意外地不死心。而且手段還很骯髒。

莎蘭娜絕對不是笨蛋。

對於要怎樣為了自己而利用他人，她的腦袋可是動得比誰都快。

在某種程度上，她很清楚弟弟會採取什麼行動，以某方面而言他們是最了解彼此的姊弟吧。

她把腦筋動到了利用在傑羅斯據點周遭的人這點上。

順利的話，就能讓那個人去幫她把可以消除「回春靈藥」的道具給搶來了。

雖說弟弟要是把那玩意收在道具欄裡就沒意義了。

可是毫無作為的等下去，自己一定會死。

真的是賭上了性命。

「不過騎機車什麼的，太卑鄙了吧！那傢伙把奇幻世界當成什麼了啊……」

她追在傑羅斯後頭，可是雙腳和機械的移動速度差太多了。

雖然她到剛剛為止都還拚命地徒步追趕著，最後還是跟丟了。

儘管如此她還是追著機車，可見她的執念有多深。

而她現在正漫無目的地走在平原上。

「之所以會變成這樣……也全都是聰的錯！等著瞧，我一定會找到你的據點，讓你後悔的……」

莎蘭娜不管怎樣都只會把錯推到別人身上，可是她沒能把這句話說完。

要說為什麼，是因為有群長有巨大牛角的牛擋在她眼前。

牛群發現莎蘭娜後，便全都呼吸急促地開始蹬起地面。

「等等！」

——哞哞哞哞哞哞哞哞哞哞哞哞哞哞！

接著便開始上演起她和牛群之間的追逐戲碼。

牛型怪物「大角牛」。有地盤廣大，並會為了尋求食物而移動的習性。

而且牠們是種地盤意識非常強烈，性格凶暴的魔物。特性是會執著地追逐敵人。

在「Sword and Sorcery」中是常見的魔物，原本是一般玩家的轉生者應該可以輕易打倒牠們吧。

然而莎蘭娜完全無法和魔物戰鬥。

一隻或許還好，但她沒有能和整個牛群戰鬥的技能。

瞧不起遊戲、隨便亂玩的莎蘭娜，在異世界付出了代價。

這壯烈的追逐戲碼翻山越嶺，一直持續到她被撞進了歐拉斯大河裡才拉下布幕。

第九話　大叔一行人抵達哈薩姆村

傑羅斯一行人搭乘渡輪橫越歐拉斯大河後，再度駕駛「哈里・雷霆十三世」與「輕型高頂旅行車」奔馳在道路上。

要前往哈薩姆村，最短的路線是走法芙蘭大道。

即使如此，還是很容易遇上麻煩事。

「『火球。』」

「咕哇啊啊啊啊啊啊啊啊啊啊啊啊！」

盜賊正好出現，就在剛剛被打倒了。

這些罪犯通常不會判斷自己與目標之間的實力差距，只會憑著當下的氣勢進攻。

該說是有勇無謀，還是不知好歹呢，總之當他們後悔的時候，已經快要沒命了。

即使想交給衛兵，這裡也離要塞或城鎮太遠，迅速收拾之後放火把這些盜賊燒得連骨頭都不剩，或是挖個深坑埋下去，是這個世界的常識。

因為盜賊的屍體會成為疾病的溫床或魔物的餌食。

「結束了。」

「明明好好工作就不會死了，為什麼就是有這種人呢，真的很會找麻煩耶。」

「我覺得會認真工作的人，就不會淪落成為罪犯了耶？不如說就是不工作，才會出手犯罪吧？」

「這是雞生蛋、蛋生雞的問題啊……不管怎樣，他們都是些礙事的傢伙。」

「我同意。」

會淪落到跑去當盜賊的，幾乎都是農村的次子或三子、沒能繼承家業的商家次子等，看不到未來發展的人們。

約莫十名盜賊全都成了地上的黑色焦痕。

若是在農村，原則上是有開墾的工作可做，但他們就是些持續逃避麻煩事，最後落得沒出息的人。

雖說是自作自受，但他們會把這些怨氣發洩在商人或旅人身上，相當惡劣。

當然面對這些盜賊時，若是為了自衛，國家是允許大家殺傷這些人的。

多數暴力雖的確有用，可是這些人說穿了是外行，根本無法好好戰鬥。

問題出在會有本是傭兵卻淪為盜賊的人加入盜賊團。光是具有一定實戰經驗的人混在其中，討伐的難度便會上升。因為他們的行動會變得更有組織性。

而剛剛打倒的盜賊之中，就有淪落的傭兵。

「不去工作，反倒墮落成為罪犯的傭兵也很慘吶。如果好好做，當傭兵明明比當盜賊更好賺啊。」

「……殺人之後說這話雖然也不太對，但你真的很不留情耶。」

「會去殺人的傢伙，應該都做好了會被殺的覺悟吧。既然這樣，我覺得手下留情才失禮啊。應該要誠心誠意地除掉他們。」

「不不不，沒人想死吧？如果一開始就有那種心理準備，他們就不會淪為盜賊啦？」

「無論如何，從他們參加奪命爭鬥的那一刻起，就不值得同情了。既然連判斷對手的實力都做不到，那還是一開始就別當盜賊比較好啊。」

「人都已經死了。你應該在他們還活著的時候說啊。」

幾乎所有盜賊的目的都是「想輕鬆賺錢」。

搶奪他人錢財的行為愈演愈烈，最終演變成殺人。

而且這些傢伙多半是外行，要是對他們抱著不上不下的同情心，很有可能會因此喪命。畢竟外行人犯罪，最可怕的就是你預測不到他們會做出什麼事。

不如說老練的罪犯因為目的明確，不會做多餘的事。

老練罪犯組成的組織雖然不好應付，可是要論惡劣的程度，外行人可是遠遠在那之上。

「沒有主義、主張與信念。只是順著當下的氣勢行動的罪犯最麻煩了。」

「唉，是這樣沒錯，可是有信念的罪犯更難搞吧？是說有必要殺光他們嗎？」

「如果盜賊被殲滅的消息傳開，這一帶暫時會很安全吧。為了減少被害者，過度防衛也是一種有效的手段。我這話也不代表我認同殺人行為就是了。」

在路途中遭受盜賊襲擊的受害者絕非少數。

如果是單獨旅行，肯定會成為盜賊優先下手的目標。

從突發性的衝動犯罪到計畫性的襲擊都有可能發生，讓負責維持治安的一方很是頭痛。

傑羅斯等人遭到襲擊，也是在休息中準備用餐的時候。如果挑在吃飽後，那一定很慘吧。

夏克緹面色鐵青，莉莎甚至昏了過去。

近距離看到人的死亡現場，這也是難免。

「夏克緹小姐意外地不要緊呢。唉，要是在遇襲途中昏倒，可是會喪命的啊……」

「我們也被盜賊襲擊過很多次。莉莎雖然每次都會昏倒，但至少不會在對方攻擊的途中就倒下。」

「她應該是努力了，不過心裡還是很抗拒吧。我建議你們還是別對來襲的對象手下留情比較好喔？畢竟衛兵或騎士團不會一直在四處巡邏。」

「我覺得為了保護自己而殺人是無可奈何的事。畢竟很容易就能想像得到女性會有什麼下場，我也了解在這個世界，法律根本沒有任何力量。」

不求他們要習於殺人。

可是若對於殺人一事感到猶豫，自己就會被殺。

他們真想要的話，其實有辦法不殺害任何人就壓制住盜賊，可是基於這種不上不下的善意放過盜賊一命，根據對方的前科數量，很有可能會關了幾年就被釋放，又再次犯罪。

更何況也不是到處都有衛兵或騎士進駐的城鎮或要塞，比起移送法辦，當下處決還輕鬆些。

而且為了把受害程度壓到最低，會優先採取把盜賊全數殺光的做法。

「對痛下殺手有罪惡感，表示妳們還很正常。我對這些人可是絲毫不猶豫。」

「這意思是說你知道自己已經腐敗了？」

「這個嘛～因為身邊有爛到透頂的傢伙在，我當然會毫不猶豫地殺害那傢伙的同類吧。這些只會給他人添麻煩的垃圾，殺死他們也是理所當然的事吧？」

「看樣子你身邊有無可救藥的壞蛋呢。真讓人在意是怎樣的人……」

「一言以蔽之就是寄生蟲吧。存在本身就是有毒到不行的垃圾女。順帶一提，她也來到了這個世界呢，那傢伙在當刺客。下次再給我遇到，我一定會確實地送她上路。」

大叔這番話讓夏克緹心裡大致有了個底。

傑羅斯基本上是個好人。不，應該說他的行為雖然有點問題，但不是樂於犯罪的那種人。

而這樣的傑羅斯說想殺掉的對象，從他用身邊這個說法來看，很有可能是親人，而且可以推測得到，這位親人至今給他添了很多麻煩。

若是女性，就是會設下美人局拐騙男性的類型，既然來到異世界後從事暗殺這種犯罪行為，從語氣中也能得知對方是為達目的不擇手段的類型。

『也就是說，這個人只對錢有興趣。既然是即使犧牲他人也不當一回事的個性，就算結婚，感覺也有可能會為了遺產而殺人。他說身邊的女性，那表示有可能是姊姊或妹妹，不過從他的口氣聽來……』

以當上律師為目標的夏克緹，幾乎完美地從傑羅斯的發言中汲取出了他家人的形象。

「你說家人……該不會是姊姊吧？」

夏克緹不禁開口問道。

然而這卻成了窺見傑羅斯內心黑暗面的契機。

「答對了。正因為跟她有血緣關係，我才無法忍受她的存在。那傢伙一定會現身……到時候，呼呼呼……」

「（好可怕！）」

大叔微微放出帶有殺氣的黑暗氣息。

雖然不清楚傑羅斯的姊弟關係，可是他心中確實抱有強烈到甚至無法忍受姊姊存在的怒氣。

若這樣的人物來到異世界，他想必無法按耐自己的殺意吧。

更遑論這個世界沒有科學辦案那種先進的辦案手法。真想動手，絕對可以不留痕跡地收拾對方。

完全犯罪根本不是什麼難事。

在認可決鬥或復仇的這個世界，傑羅斯根本不需要客氣。

更何況是他恨到想要殺掉的對象，根本不會有任何猶豫吧。

以某種意義上而言，這或許是個最適合傑羅斯的世界。

被等級最高的大賢者盯上了，沒有比這個更恐怖的事情了。

一想到這有多恐怖，亞特和夏克緹背後便不禁竄過一股寒意。

『傑羅斯先生……好可怕。』

『如果是我，肯定不會接近他。不過從他的說法來看，他很確定對方一定會出現在自己面前。傑羅斯先生的姊姊是個沒有學習能力的笨蛋嗎？』

夏克緹又導出了正確答案。

莎蘭娜就是個沒有學習能力的笨蛋。

「喂，我們換個地方吧？我實在沒辦法在屍體旁邊用餐。」

「……的確。那我們打點水來之後，找個開闊的地方吃午餐吧。畢竟這裡滿是火葬場的味道呢。」

「你說得還真過分……雖然確實是火葬啦。」

而且還是活生生的火葬。

一行人決定離開盜賊襲擊的現場，便迅速完成了事後處理的工作。

◇　◇　◇　◇　◇　◇

傍晚時分，傑羅斯等人抵達了哈薩姆村。

村民已經做完田裡的工作，有些人開始收拾，差不多該從田裡回家了。

「總算到了啊……沒想到會三度遭遇盜賊襲擊……」

「創新紀錄了呢。」

「嗚嗚……我忘不掉那些人死去的表情啊～……」

「我是覺得沒必要記住那些打算殺害他人，再搶奪錢財的傢伙的長相啦。反正他們橫豎不是被判死刑就是淪為奴隸。」

「這適應能力真不得了……我都有點羨慕了。」

傑羅斯若無其事地殲滅了盜賊們。

更令人驚訝的是咕咕們強得不像話。

「傑羅斯先生，這些咕咕……是不是不太對勁啊？牠們超強的耶……」

「這些咕咕因為有鍛鍊過，所以可以輕鬆收拾掉小嘍囉喔。畢竟是輸給強者，我想那些盜賊應該也很滿意這個結果吧。」

「我看他們好像充滿恨意就是了……他們不會變成死靈吧？」

「到時候就用淨化解決他們吧。我沒怎麼用過神官使用的光屬性魔法，正好拿來做實驗。」

「死、死不瞑目啊……好歹請神官來淨化他們吧。」

盜賊都死了，還要被人淨化好賺取神官職的經驗值。真是討厭的人生。

雖說是自作自受，這或許也無可奈何，但亞特等人覺得這個異世界在另一層意義上，感覺是個極為危險的地方。

即使是世界的法則，還是太過分了。

儘管罪犯必須接受懲罰，但這也未免死得太慘。

「咕咕？（只是一群不知自己斤兩的傢伙死了而已耶？）」

「咕咕咕咕。（不想死的話，一開始別犯罪就好了。）」

「咕咕咕咕咕咕。（不過就是死了批愚蠢之徒，無須愧疚）。」

「不是，你們說得是沒錯，可是……咦？為什麼我聽得懂這些傢伙在說什麼啊？」

『亞特也是嗎……為什麼聽得懂啊？』

不知道為什麼，亞特也聽得懂咕咕們在說些什麼。

傑羅斯一開始也很困惑，但現在已經完全習慣了。

大叔看著一臉困惑的亞特，想起不久前的自己，心裡有股奇妙的懷念感。

「那麼請跟我來，村長家在這邊。」

「總覺得……莫名地有點緊張。」

『『咦？我們……是不是忘了什麼重要的事情？』』

莉莎她們跟在帶路的傑羅斯後頭，心中卻有股奇妙的不安感。

而傑羅斯完全不在意他們的狀況，就這樣帶著三人前往位在村落中央的村長家。

村長家位在村落中央的廣場前，是哈薩姆村唯一的大型建築。

建築物之所以會這麼大，是為了讓村裡的男丁在討論田裡要種植的作物，以及每年一度的收穫祭要使用的預算等聚會時有場地可用，兼具了小型市民中心的功能。

雖然也可以在廣場上聚會，但碰上天候不佳或是必須討論要事時，就會使用這裡。

「好了，村長在不在家呢？」

大叔一派輕鬆地敲了敲門。

沒過多久，門後便傳來了「來了～」的聲音，接著門靜靜地打開，出來應門的是一位傑羅斯沒見過的男子，是位外觀看來年約二十多歲，非常爽朗的好青年。

「咦，不是村長……？」

「您找祖父嗎？祖父因為最近閃到腰的老毛病又發作，出外療養了喔？話說，各位是……」

「不好意思，我是在這兒叨擾的唯小姐的朋友。因為我找到她的先生了，便移送……不，是帶他過來了。」

「……咦？您找到她先生了嗎？」

「是啊，沒想到會在意外的地方與他重逢呢。所以我就強行移送過來了。哈哈哈！」

「傑羅斯先生……你是把我當成罪犯還是什麼嗎？」

無視不滿的亞特，傑羅斯繼續和青年對話。

「我是名叫傑羅斯的魔導士，之前曾來拜訪過這座村莊。」

「您就是傑羅斯先生嗎！我有聽祖父提過。聽說您拯救了村莊，真的非常感謝您！」

「不會不會，一點小事，無須掛齒，不過當時你不在這裡吧？」

「是的，我從學院畢業後成為了藥師，現在會繞去其他的村落，行商賣藥。」

「喔，你也是魔導士啊。」

青年是村長的孫子，名為烏爾。

他是伊斯特魯魔法學院的畢業生，現在似乎會尋訪鄰近的城鎮與村落，做著賣藥的藥劑師工作。

烏爾招待眾人入內，只見唯坐在椅子上，正在編織毛襪。

她的肚子比以前大了許多，看樣子再過不久就要生了。

「唯小姐，好久不見了呢。」

「傑羅斯先生！你怎麼會來？啊，該不會是……」

「是啊，我找到亞特，就把他帶來了。啊，妳這麼急著起身，對身體不好喔？」

傑羅斯輕柔地制止急著想要起身的唯。

總不能讓孕婦勉強自己。

「唯香……」

「阿、阿俊……？」

唯看見亞特的身影後，臉上立刻露出了喜悅的表情。

然而她在發現跟在亞特身後的莉莎與夏克緹的同時，用迅雷不及掩耳的速度扔了某樣東西過來。

那東西以高速逼近亞特，感覺到殺氣的亞特稍微把頭往後仰躲過那東西後，只聽見「唰」的一聲，那東西便插到了牆上。

那是一把生魚片刀。

「阿俊……後面那兩位是誰啊？你該不會趁我不在的時候劈腿……」

「妳、妳誤會了！我們只是剛好流浪到同個國家，一起作戰的伙伴！」

「嗯哼～……說是伙伴，可是你們感情好像很好耶？」

「妳為什麼胡亂猜測啊，我就這麼不值得信任嗎？」

「畢竟阿俊也是男人啊，難免有個萬一……唔呼呼呼呼呼～」

唯的身上湧現出漆黑深沉的殺氣。

「我們不是那種關係啊！」

「對啊。這種光是要找人就得費上一番功夫的超級大路癡，我是敬謝不敏啦……」

「妳這是在批評和大路癡阿俊訂婚的我嗎？是拐個彎在取笑我嗎？」

「「您多慮了……」」

對唯而言，亞特身邊的女性全是敵人。

亞特的確算是滿帥的。如果普通地在鎮上生活，應該會有不少女性貼上來吧。

而這樣的女性就是唯認為必須消滅的對象，即使沒有發展出戀愛關係，她也不會允許她們待在亞特身邊。

她的愛非常沉重。

「……這把刀，不是泰德打造的妖刀，『限衝必虛死』七件套組的其中一把嗎？為什麼會在唯小姐的手上？」

「啊啊……其實泰德那傢伙跟我們是現實中的朋友。知道唯懷了孕，我們開始會在『Sword and Sorcery』裡約會之後，那個笨蛋就在不知道什麼時候送了這個給她。」

「這把刀上面有賦予食材致死毒性的詛咒吧？同時因為『大嫉妒』的效果，會有想要刺死附近情侶的詛咒……」

「拜此所賜，我那時候才會被唯刺死重生。那傢伙因為去年被唯甩了，懷恨在心，所以才轉而找我開刀啊……」

「原來你跟泰德感情不好是因為這樣啊。難怪你們每次碰面都劍拔弩張的……」

「殲滅者」之一，泰德．提德。他是亞特的學弟，去年夏天時跟唯告白，結果徹底被甩了之後成了家裡蹲。泰德在現實世界也是個帥哥，成績優秀又擅長運動。被女生告白的次數不計其數。這樣的他只因為一次的失戀，人生便大幅度改變，成了自家警衛。

本來依照「Sword and Sorcery」的設計，是無法判斷玩家的真面目的，泰德是在亞特介紹唯的時候，碰巧從她的語氣發現她是誰的。

而他得知唯懷孕一事也沒花上太多時間。

大叔終於知道為什麼直到一年前為止都跟亞特交情不錯的泰德，到了討伐邪神時卻對亞特充滿敵意的理由了。

「雖然在現實中將近一年沒見到他，我也有點擔心，但誰想得到他被唯甩了之後就變成了家裡蹲啊。他好像是透過附近的三姑六婆八卦網，輾轉從母親口中得知唯懷孕的消息，氣沖沖地跑到我打工的地方去。」

「也就是說，在那之前亞特你都不知道泰德的真面目？」

「對。沒人會想到在網路遊戲上認識的玩家，竟是自己的兒時玩伴吧？」

「唉，是這樣沒錯。所以說唯小姐，妳是說了什麼甩掉泰德……他的呢？」

「咦？我就只是很平常地說『對不起，我對阿俊以外的人沒興趣。是說我現在很想製造先上車的事實，你有沒有什麼好方法呢？』這樣。」

「『不僅甩了對自己告白的人，還問對方要怎麼樣先上車？』」

比起泰德被甩，唯盤算著要先上車這件事情更可怕。

綜合唯和亞特的說詞，既然在高中畢業之前便發現她懷孕一事，表示至少在那之前，她就已經決定要跟亞特結婚了。

簡單來說，亞特自小就被唯給盯上，處在始終被狙擊槍給瞄準的狀態下。而後亞特的心便漂亮地被擊中了。唯就是這麼地愛他吧。

想到泰德．提德只能遠遠看著這樣的兩人，不免覺得有些心酸。

「看他認真到了足以變成家裡蹲的程度，確實挺可憐的。唯也真是罪惡啊………」

「被你這麼說，他聽也只會覺得火大吧。雖然我很在意唯小姐是不是還說了些別的……」

「還有就是，這個嘛……『除了那個人以外的人，在我眼中都跟垃圾一樣。送去焚化爐燒光感覺比較舒爽吧？』這樣吧……」

「一把跟妳告白的對象當成垃圾？這對青春期少年來說也太過分了吧……」

「還有就是『我很高興你有這份心意，但這只造成了我的困擾。我把你當朋友，除此之外沒有多餘的感覺吧。抱歉喔。』這樣吧。」

「「「「超過分～～！」」」」

泰德即使在自己的班上之外也很受女性歡迎，是全校女生爭搶的最佳男友對象之一。

但他只對心儀的唯有興趣，身邊的女生都入不了他的眼。

唯本來就只對亞特很積極，不像一般女孩那樣熱中於時尚或追星，在班上是個特立獨行的存在。在談論跟戀愛有關的話題時也是這樣。

問題就出在泰德喜歡的是唯這種類型的女生。

對於打從一開始就只關心亞特的她來說，泰德甚至不如垃圾，說得好聽一點就是空氣。

泰德或許覺得無法融入班上的唯是個內斂又有深度的女孩吧。兩人明明不同班，他卻為了讓唯融入女生的小團體中而做了很多事。他應該就是在這個時候被唯當成是朋友的。

明明是小學四年級就認識的兒時玩伴，可是泰德竟然一直到被甩了為止，都真心認為唯喜歡的人是他。只能說這是戀愛招致的妄想。

擁有優秀才幹與傑出外貌的他，認為唯只是在意周遭的眼光，才無法坦率地和他交談，一股腦地栽進戀愛之中，完全忘了另一位比自己年紀大一點的兒時玩伴亞特。

以某種意義上而言，說他是個自戀又傲慢的人也不為過。

當泰德不僅得知這一切只是他自己一廂情願，還被唯問說要怎樣才能完成先上車的事實，甚至被當成垃圾看待。也難怪他會一蹶不振了。

更糟糕的是，唯只是說出心中真實的想法，完全沒有惡意。

但即使她只是隨口說說，對聽的人而言卻有可能是凶器。

泰德是被真心喜歡的初戀對象說「我沒把你放在眼裡」。既然他因此成了家裡蹲，想必是受到了相當強烈的打擊吧。

「唯小姐，雖然妳可能只是老實地說出心裡的想法……」

「嗯，被真心喜歡的對象這樣說，我應該也無法再振作起來喔？」

「可是被不喜歡的對象告白也只是徒增困擾啊？這麼說來，我連泰德的本名都不記得。在我印象中，他是阿俊的學弟吧？好像從以前就一直跟在阿俊身邊。」

『『泰德……你真可憐啊……』』

連是兒時玩伴這層關係都被忘得一乾二淨。

對唯來說，除了亞特以外的男人，似乎真的就是其他眾多人之一。

這已經不是真心不真心的問題了，完全是泰德的一廂情願。

唯只在乎亞特，並且把除了亞特以外的人都排除在意識之外。別說有沒有機會談上戀愛了，根本只會落得逕自滅亡的下場。

儘管她的說法也有點問題，可是那發自內心、不帶任何惡意的話語卻把青春期的少年心傷得體無完膚，即使知道泰德原本就沒機會，也令人不禁同情他。

結果亞特在「Sword and Sorcery」裡就被泰德針對了。

他也是滿倒楣的。

「那個……唯小姐？妳能不能換個說法啊？」

「是我不好嗎？我只是說出我的想法耶？」

「雖然是這樣沒錯，但妳只要說『我有喜歡的對象了』不就好了嗎？」

「即使我這麼說了，他卻說『跟兒時玩伴之間的戀情不會成立的啦。親近的對象應該只會把彼此當成是兄妹，妳還是死心吧。』這種話耶？我一氣之下就……」

還真是一把好大的回力鏢。確實是沒有成立……

『『泰德……這意見是沒錯，可是也不能說絕對不會成立喔。這是你自找的……』』

看樣子泰德也是有點問題。

他似乎也是拚了命，但是從唯的角度看，他這行為除了找麻煩之外，什麼也不是。被看不上眼的對象這樣說，多少都會不高興吧。

儘管她說實話造成的後果更加嚴重。

「那傢伙若是可以早點想通，不要再這樣婆婆媽媽的就好了……這根本不該怪到我頭上吧。」

「是啊，不過我想他應該還放不下喔？畢竟他是那種很固執的類型，應該忘不了唯小姐吧。就是這份心意化成了怒氣，發洩到亞特你身上了。」

「真的很麻煩耶。我只是拒絕他想跟我交往的告白喔？在那個當下就該得出結論了吧。」

「的確是這樣沒錯，可是……該怎麼說呢～多少有點不舒坦吧。」

明明兩邊都沒錯，卻有種令人不太能接受的感覺。

確實唯和泰德之間什麼也沒有。在她拒絕告白的時候就已經結束了。

然而人心不受控制也是不爭的事實。有時候總是得花點時間才能真正放下。

可是泰德卻成了家裡蹲，與社會拉開了距離。

「各位說完了嗎？我準備了茶呢。」

「啊，多謝……」

烏爾笑瞇瞇地端著放有茶杯和茶壺的托盤，從裡面現身。

難以言喻的尷尬氣氛暫時得以舒緩。

眾人便一邊喝茶，一邊在一團和氣的氛圍下開始聊起近況。

◇◇◇◇◇◇

「伊薩拉斯王國……是那麼貧窮的國家嗎？阿俊……」

「嗯，有嚴重的糧食危機。在外交上也很軟弱，對梅提斯聖法神國言聽計從。」

「唯一的救贖是地處山區吧。有不少貴重藥草叢生的地帶，可以確保有足夠的藥物來醫治病人。」

「只是採藥很辛苦呢。那裡幾乎都是岩石峭壁，得賭上性命才行……」

山區的居民雖然因為欠缺糧食而過得很辛苦，但也不是活不下去。

尤其是稀少的藥草幾乎都生長在危險的地方，只要採到一枝就有機會一舉致富。

問題在於要去採這些貴重的藥草，必須要有相應的等級，同時得是能夠打倒魔物，具有實力的人。

「我記得附近有很多屍體呢……」

「有很多人想盡可能地多賺點錢，卻因力有未逮而亡。是一個只能選擇餓死或者前去冒險犯難的國家。礦產也都被外國砍成低價收購。」

「被魔物殺害的人也很多，即使活著回去，也有可能受了再也無法工作的重傷。襲擊家畜的魔物也是拚了老命啊。」

人口不多，被群山包圍的國度。

主要收入來源為礦產，然而直到最近為止，都因為被鄰國瞧不起，而刻意壓低了收購價格。

光靠放牧求生便耗盡了精力，城鎮裡滿是無職者引起的犯罪行為。

即使是說客套話，也稱不上是個治安良好的國家。

「雖說『虹百合』和『冰華草』的確很稀有，但都是生長在岩石峭壁上的藥草呢。容易取得的位置應該都被採光了吧？」

「就是啊～生長在那類偏僻位置的草藥，大多需要使用專用容器或道具來採取。但就是會有搞不清楚狀況的傢伙為了錢而連根拔起，等要用的時候就採不到了。」

「我也差點摔到山谷下面去呢。要是沒有亞特先生……」

「要是沒有？」

唯聽了夏克緹的發言，露出了燦爛的笑容。

總覺得她的嘴角微微抽搐著。

「我就不會在這裡了。若說成是『生死一線間』的狀況，妳就能理解了吧？」

「這樣啊……」

「我、我們之間沒有發生過唯小姐妳想像中的那種事情喔？我們光是為了活下來就卯足了全力，只是互相協助而已……」

「比方說，做了些什麼呢？」

「咦？呃～……」

莉莎雖然想要幫腔，卻成了火上加油。

唯的臉上明明帶著笑容，卻有股漆黑的波動湧現而出。

「在我被岩鳥追逐倒下的時候，亞特先生抱著我……」

「啊，喂！」

——轟轟轟轟轟轟……！

有如暗黑神即將誕生的氣息。

明明是笑容，那股氣勢中卻充滿了漆黑的惡意與殺氣。

「啊，對了！在我們來到這個國家的途中，經過了一座溫泉勝地喔！小孩出生之後，我們一起去蜜月旅行吧！」

「啊啊～該不會是在說里沙克爾鎮吧？沒想到會不小心挖出溫泉呢，而且是用洗衣機挖到的……」

「「「用洗衣機？」」」

兩人巧妙地成功轉移了話題。

唯也一副「蜜月旅行？不過等小孩出生之後，一年內應該都沒辦法去吧？」的態度，似乎很中意這個提案。

所有人都鬆了一口氣。

亞特和大叔真是合作無間。

「原來那座溫泉是傑羅斯先生挖出來的啊……那裡人也很多喔？應該帶來了不錯的經濟效益吧。」

「溫泉裡面含有碳酸，我想對有益健康吧。那是一座露天溫泉，當亞特先生不知道那是女性專用的時間而闖進來的時候，我真的嚇了一跳……」

「喂，莉莎！」

——轟轟轟轟轟轟轟轟轟！

莉莎，大暴投。

暗黑神再度降臨到了唯的身上。

然後連大叔也嫉妒起來了。男人醜陋的嫉妒。

「亞特……我們到後面談談吧。」

「為什麼連傑羅斯先生都染上了黑暗原力啊？」

「我想應該不是，但你該不會是故意的吧？你是不是打著假裝沒發現地闖進混浴溫泉裡，就可以裝作是意外，藉此欣賞女體的如意算盤啊？」

「不是！我好不容易擺脫了那個消極國王丟來的各種麻煩事啊！一般都會想要享受一下解脫後的感覺吧！」

「然後就碰巧撞見了莉莎她們嗎？真令人羨慕——不，你應該是真的爽到了吧……你是哪部作品的主角啊？」

莉莎的證詞，在大叔的心中灌入了炸藥。

而唯也……

她低著頭，詭異地笑著。

「為什麼嫉妒之火會燒得這麼旺啊！」

「我啊，在挖出那座溫泉之前，可是遭到綁架，被強行帶到了工地現場喔。跟一群滿身臭汗的男人揮舞著十字鎬挖掘隧道，在隧道開通的那一天挖出來的就是那座溫泉啊。而你竟然在那裡當上了幸運色狼？你究竟想讓我因為憤怒之火燃燒到什麼程度呢……哼哼哼。」

「那又不是我的錯！」

「而且嘴上說了這麼多，你還是得到她們的原諒了吧～照理來說她們不是該對你冷眼相待嗎！你該不會也想開後宮吧？」

「我才不想要什麼會有人從背後捅我的後宮啦！有幾條命都不夠用！」

「可是你心裡應該覺得自己『賺到了』吧？」

「唔……呃，糟了！」

亞特也是個男人。

雖說是偶然，但得以拜見莉莎和夏克緹的裸體，心裡還是多少覺得爽到了。

然而他天生老實的個性反而害了他。

犯下這個不小心含糊其詞的錯。

——轟隆隆隆隆隆隆隆隆隆隆隆隆隆隆隆隆隆隆隆隆隆隆！

『『『唔哇～怒不可遏耶……』』』

唯的背後出現了鬼女。

而且臉上帶著巴不得毀了世界的憤怒表情。

「阿～俊……我在擔心你的期間，你竟然一個人過得那～麼開心啊～……？」

「不、不是這樣啦！我也吃了很多苦頭啊！」

「如果我不在這個世界，阿俊你會怎麼做呢？」

「這個嘛……我沒辦法想像妳不在的情況。這畢竟是假設性的問題……」

「喂，我想這時候就算是說謊，你也該說『我會一輩子單身』喔？在你沒有得出這個答案的當下～就代表我的存在只有這點程度了，對吧～？」

對有強烈獨占慾的唯而言，幸運色狼不是可以忽視的問題。

唯認為亞特只要有那麼一丁點想過其他女性的事，他就有可能劈腿。

然後唯就壞掉了。

她的思考變得狹隘，被欠缺思慮的衝動給驅使著。

「寶寶，對不起……媽媽可能無法生下你了……」

「等、等等，唯，妳別衝動！」

「如果會被別人搶走……那我就殺了阿俊之後自殺……」

「嘿，姑娘。我有個好東西喔？大叔特製的『謀殺匕首』。」

「哎呀？看起來很棒呢。」

「現在可以算妳試用價，順便附贈磨刀石喔。」

「不過這很貴吧？」

「嘿，沒辦法。今天讓妳免費試用啦～！之後再告訴我使用的感想就好～大叔我不賺妳這筆啦！」

「喂，你——————！不要亂拿東西給她啦！」

墮入黑暗面的大叔，用像是在主持電視購物頻道的口氣給了唯一把危險的小刀。

「別擔心……我們一家三口會在天國獲得幸福的……」

「死了哪有幸福可言！」

「一起……上路吧。」

「別衝動……冷靜點，嗚哇啊啊啊啊啊啊啊啊啊啊啊啊啊啊啊啊啊！」

亞特的慘叫聲響徹整個哈薩姆村。

明明是孕婦的唯，卻像個熟練的頂尖玩家，不停追著亞特跑，隨心所欲地拋出不合理的沉重愛情給亞特。

這悽慘的愛之狩獵，一直持續到唯的精神撐不住為止。

幸好她在這種被嫉妒與獨占慾支配的破壞模式下無法長時間活動，亞特平安存活了下來。

而村長的孫子青年烏爾，在這場騷動中仍不動如山，靜靜地享用紅茶。

他優雅地放下茶杯，小聲地嘀咕了一句「為什麼……」

在場沒有人發現，他眼中帶著危險的光芒。

第十話　亞特陷入戰場

哈薩姆村的一天很早開始。

村民在鳥兒的啁啾聲尚未響起，太陽還只露了半張臉的時候便起床出門，照料放牧的家畜。

餵完家畜後，再把牠們放到共用牧場上。

家畜當然不只有牛和豬，也有綿羊和山羊。

在那之後，掛在家畜脖子上的牛鈴聲會在天色微亮的早晨響起，宣告一天的開始。

村民聚集到村長家前的廣場，一起做完體操之後各自下田去。

按照一般村莊的生活節奏，要等做完田裡的工作後才會開始準備早餐，午間則意外地悠閒。

窗外是一片祥和的景象。

「啊啊～……我家的田不知道怎麼樣了？雖然一早咕咕們會去處理，白天好像會有孩子們去照顧，可是我沒親眼看過狀況啊……」

桑特魯城的孤兒教育兼打工賺零用錢的公益活動，實際上是在大叔的建議之下才開始施行的。

主要是因為大叔手上錢變得太多了，無處可用，他便交給德魯薩西斯公爵拿去用在公益活動上，結果獲得許多孤兒及無法工作的老人好評。

年長者大多只能窩在家裡，而孤兒也成了城鎮中的犯罪溫床。

城鎮中總是會出現這些問題，而傑羅斯只是為這些問題創造了一個解決的契機。

儘管他本人沒想太多，這政策對眾多無法工作的人而言確實是個德政。

最近被分派到大型店鋪或城鎮周遭農家工作的人數變多，舊街區的治安也明顯改善了許多。

德魯薩西斯公爵認為這個狀況很好，便進一步請老人們申報自己年輕時從事的行業，再根據他們的專業來分派工作。

老人們在過去是擁有能夠支撐起索利斯提亞公爵領地經濟命脈技術的人，其中甚至有可稱之為專家，技藝過人的工匠。都是些就此隱居實在太可惜了的人才。

當然也不是所有人都有這些技術，然而光是讓他們在公爵家經營的農地工作，多少賺些錢，就能帶來足夠的經濟效益了。

可是不分老幼，擁有技術的專家大多集中在規模較大的城鎮或都市，邊境的小村莊幾乎沒有這樣的人才。

如果沒有負責治理當地的貴族援助，像哈薩姆村這樣的農村想必得花上好一段時間，才有機會發展起來吧。

『我不覺得他們有辦法聚集到可以派駐到哈薩姆村的人員呢。唉～反正這也跟我無關。不過話說回來……』

大叔轉移視線，只見莉莎和夏克緹躺在寬敞的房內。

不，應該說她們是累倒了。

昨晚為了阻止失控的唯，她們卯足全力跑了將近七小時。

在唯累倒之前，她們兩個都處在不知道自己何時會被殺的恐懼中。

房裡亂得簡直像是被颱風掃過，書本和壺的殘骸碎片散落各處，櫃子倒下，牆壁和地板上各處都插著刀子。

唯失控的程度嚴重到連大叔都不禁產生『啊，這下真的不妙……我得逃命才行』這種力求自保的念頭。光是回想起來都會發抖。

大叔接著發現到，在這一片狼籍的房內，沒看見亞特和唯的身影。

『……她的嫉妒心還真是重得不尋常啊～是等所有人都昏過去之後，帶走了亞特嗎？雖然是我煽動她的，不過這說穿了還是他們夫妻之間的問題，我不要再多加介入比較好吧。』

失控的唯根本停不下來。

而最有問題的，應該是和大叔同為「殲滅者」的泰德打造的「限衝必虛死」七件套組吧。

這套武器的麻煩之處，就在於每把菜刀上都附加了危險的魔法效果，還帶有會汙染精神的詛咒。

如果沒個想辦法處理菜刀本體，詛咒就不會解除。七把菜刀同步並用還會使得效果倍增。不僅能讓魔法攻擊失效，將體能提升至極限，還附帶「精神汙染」與「狂戰士化」的效果。

是套能夠讓等級不高的唯都變得難以招架的邪惡裝備。

而且不用拿在手上仍能發揮效果，所以簡直是糟透了。

『泰德……你就這麼恨情侶嗎……』

大叔完全無視自己幹出的好事，想著在原本世界的伙伴，抬頭望向遠處的天空。

他的個性也真是有夠惡劣的。

「好了，差不多該叫醒烏凱牠們了。」

大叔自言自語地說完後，走到了外頭。

接下來他要和烏凱們進行每日例行的過招，同時鍛鍊身體。

大叔一直都很注重自己的身體健康。

沒多久後，外頭便傳來了「喝！嘿呀！」的吆喝聲。

「嗯……」

莉莎在從窗戶灑入的晨光中，靜靜睜開了雙眼。

窗外的小鳥們發出「啾、啾」的叫聲，邊叫邊四處飛動著，還能聽見農民互相問好的聲音。這些聲音之中也混入了「碰！啪！鏘！」這些聽來不是很安寧的聲音，但仍半夢半醒的她沒多去在意這件事。

她揉了揉眼睛，一臉呆滯地看著窗外。

「喝咿呀！」

「咕咕！（糟了！）」

——嘎吱嘰嘰嘰嘰！

一身黑色羽毛中長有白銀長羽毛的咕咕山凱，隨著尖銳的金屬摩擦聲，被打飛到了窗戶前。

另一頭則是高高躍起的大叔和烏凱，他們正在空中使出飛踢，一人一鳥錯身而過。

莉莎隔著窗戶看見了這場激烈的戰鬥，一時之間不知道到底發生了什麼事。

「……咦？咦咦咦咦咦？」

她不禁跑到窗邊，只見漆黑的咕咕桑凱猛烈地一邊使出分身，一邊逼近傑羅斯。

這是暗殺者的戰鬥技能「幻影連斬」。

雖然是利用多重分身使出的連續攻擊，大叔卻一樣用分身的方式躲開了。

「咕咕！（什麼！）」

「你還不成氣候呢。」

傑羅斯不知何時繞到了桑凱身後，將魔力聚集於手掌後發勁攻擊。

而烏凱和山凱沒有放過這個機會，分別從左右兩側攻擊，傑羅斯卻用左臂擋下了烏凱的拳頭，用右手上的戰鬥小刀接下了山凱的劈砍。

「咕咕咕……（被擋下了嗎……）」

「咕咕……咕咕咕咕。（不愧是師父……連一招都拿不下啊。）」

在平和的村莊中上演的暴力戰鬥場面。連鬥雞都沒這麼血氣方剛吧。

這幅光景讓莉莎心中想著『咦？雞有這麼好戰嗎……』，同時茫然地望著他們。

「那已經不是咕咕了吧……」

「呀啊！夏克緹小姐，妳醒了啊？」

「吵成這樣，我想睡也睡不了吧。他們一大清早的在幹什麼啊……」

「可能是早上的準備運動吧？雖然內容看起來相當精實……」

「如果這是準備運動，那伊薩拉斯王國的騎士們所做的訓練根本連伸展都算不上吧。怎麼看他們都是動真格的在互毆耶……」

雖然應該多少有放水，但這種程度的過招實在不能一句訓練就能帶過的。

而且還是以若無其事的態度使出認真的攻擊。

完全是實戰了。

「咕咕應該是更可愛一點的魔物吧？」

「我覺得牠們看起來已經不是魔物，而是生物兵器了。」

雙方的劈砍交會，火花四濺，不該有的敲擊聲響徹周遭。

理應是低等魔物的咕咕強得跟鬼一樣。

儘管常識是種總是會被顛覆的東西，可是這已經遠遠超過顛覆的程度了。就是因為本來只有在漫畫世界中才會出現的現象，變得有可能會發生在現實世界中，奇幻世界才會這麼可怕。

「……還是不要繼續想下去比較好。」

「是啊……我們來整理這個房間吧。畢竟昨晚大鬧了一場。」

在別人家上演的失控大戲。看到眼前這副慘狀，兩人不禁嘆息。

「唯小姐……她的占有慾好像真的很強耶。」

「那種類型的人很危險呢。可能會因為先生的個性，以復仇為由自殺。亞特先生雖然很重視另一半，但如果換成是一個不老實又我行我素的人，想必會招致最糟糕的事態。」

「妳很清楚呢。那也是從網路上查到的嗎？」

「律師會接到各式各樣的告訴或調解的工作啊。而且醜聞報導這種東西，上網隨便找都能輕鬆找到一大堆喔？」

「在這個世界應該辦不到吧。」

「不過以某種意義上來說，這個世界的居民人性都還滿純樸的。因為不像現代人已經被文明教化，所以很重視家庭和家族。唉，當然不是說所有的人都這麼純樸啦。」

文明水準低落也並非全是壞事。

因為少了不必要的情報，就很容易造就出純樸的人格。

即使如此仍有犯罪事件發生，那犯人大多是個性粗暴、急躁的人，或是因為找不到工作才走上歪路，再不然就是由於貧富等生活環境的差距所造成的。

只要有點學歷或技術就能找到工作，所以刻意想成為罪犯的人意外地不多。畢竟選項愈多愈有利。

可是這個世界沒有專門院校那種教育設施，想要習得技術或知識，不是得花大錢，就是得去拜專業工匠為師。

「根據我至今所見的感覺，最多人選擇的職業是傭兵吧。其次是土木工程相關。因為多是以男性為中心的職業，可以推測這個世界的女性地位相當低落。擔任藥劑師、魔導士或鍊金術師的女性是也不少，不過大部分的女性都是家庭主婦。」

「神官呢？我看過不少女性神官或祭司耶？」

「神職基本上也是以男性為中心。我問過薩沙先生，女性神職人員的收入與男性相比也是偏低。雖然教義中嚴格規定禁止與異性接觸，但對象若是貴族就不會限制得這麼嚴。儘管是教義，前提卻完全是以貴族為對象來設計的。說他們打著若是能和貴族結婚，便能增加宗教影響力的如意算盤也不為過吧。

在大型神殿或教會裡，甚至連女性神官的婚姻都得受到管理。」

「這根本是披著神職皮的騙婚行為吧？真是瞧不起女人。唉～這個世界能讓女性工作的職場真的很少呢。」

就夏克縄所知，神官的戒律嚴格，基本上是以男性神官為中心的縱型社會。

這點其實和貴族社會沒什麼不同，可是神官的婚姻會以男性神官的想法為優先，女神官的意見多半不會被採納。

特別是在絕大多數狀況下，等同於是女神官上司的神官長或祭司長會擅自做決定，讓女神官和該神官長的兒子或親戚締結婚姻關係。幾乎不允許自由戀愛。

視情況也有可能會和別國貴族做政治婚姻，負責培育女神官的修道院在定位上，比起指導她們信仰，更像專門是培養待嫁新娘的養成所了。

即使如此，人心和本能仍難以掌控，神官們還是有可能受到曾為娼妓或罪犯的女性或男性吸引，也有可能會因為「戀愛症候群」而失控，和多數對象發生關係。

教會為了防止這種現象發生，會以奉祀等活動為藉口，將這些人隔絕在特定的場所，並設定一定的修行期間，禁止他們接觸異性，藉此防範神官們彼此染上戀愛症候群。

沒能防範的情況下，當事人將遭處非法的罰則。

以結果而言，這些行為雖然使他們擁有偏頗的價值觀，卻仍維持了男性占有優勢的社會體制。

女神官的工作主要被限制在醫療行為或奉祀活動，基本上沒機會接觸和政治有關的職位。要說例外，頂多也只有聖女或勇者的貼身侍從，而負責的工作是包含美人計在內的監視任務。可以說是為了信仰而出賣身體的職務。

表面上看起來廉潔純真，背後則是嚐盡了各種冤屈，所以女性神官自殺的案件也是層出不窮。為此才要用名為信仰的概念與權力，來壓下她們的不平不滿。

應該說強行讓她們閉嘴。

直到某位女祭司大鬧一場，提出男女平等、人生而自由等口號為止——

現階段可以自由結婚的神官，只有被梅提斯聖法神國當成危險分子放逐到其他國家的人，而且幾乎都是站在女祭司這方的神官或祭司。

國內的體制依然沒變，現在仍有許多女性神官發起抗議遊行，首謀遭到流放的案例。

夏克緹認為這種社會體制遲早會瓦解。情報來源則是隸屬於伊薩拉斯王國情報部的薩沙。

這雖然是題外話，不過阿爾特姆皇國信仰創世神教，性質上比較接近日本神道教。

等同於神官職位的人稱作巫女或神薙，由這些人來負責日常的祭祀事宜。

順帶一提，巫女或神薙可自由結婚，除了屬於特定階級的人以外，沒有太嚴格的規範。

「在現今這個父權社會，女性很難做出成績。即使有才能，成果也會被人搶走，而且這種過時的想法現在仍理所當然被眾人給接納呢。」

「會不會只是我們的觀念太先進了？日本在江戶時代或明治初期也是父權社會吧？直到進入昭和時代，女權才抬頭啊。」

「這也沒錯。可是社會上有一半是女性耶？既然要在這個世界生存，妳不覺得需要多少提升一下女性的地位嗎？」

「夏克緹小姐，妳該不會想涉足政治舞台吧？」

「我覺得要是辦得到，應該會很有趣。可是父權社會就算女性做出了一點成績，也只會讓他們覺得這一點都不有趣。如果能讓他們的理所當然出現一些破綻，周遭的人一定會率先毀掉這個體制吧。」

「唔～嗯。從我們的角度來看，這個世界的文明發展非常落後呢。」

「是這樣沒錯啊？畢竟會拘泥於地位或名聲的幾乎都是男性，如果出現了能和他們站在同樣立場說話的女政治家，想必會覺得很不是滋味吧。畢竟『女人就是要在家相夫教子！』是這世界的常識。」

「夏克緹小姐，妳說話還真狠……」

「必須花時間在這裡進行思想改革。即使在地球，提倡平等這種博愛思想的墨家，有時也是權貴的眼中釘喔？所以才被消滅了。而因此興盛起來的正是儒家，因為對權貴來說，儒家思想最合他們的意。結果啊，要是不能得到權貴的理解，無論多麼宏大的思想都只會被視為是麻煩。」

「博愛思想不好嗎？」

「所謂的博愛精神，說穿了就是平等看待所有的人。在視掌握權勢的皇帝是唯一至上的時代，這種精神除了危險之外什麼也不是。很可能會成為引發叛亂的導火線。」

比方說，教義裡有認同復仇或征服的敘述。

掌權者就能以此作為正當理由，盤算著要侵略他國領土而四處舉兵。

在這樣的情況下，要是有博愛思想的教誨會怎麼樣呢？對於受到權力思想禁錮的一方而言，只會覺得礙事罷了。

他們想要的是肯定自身行為的思想，否定的則不能留在世界上。

因為這種觀念是在時代中孕育而出的，突然改變常識只會招來反彈。

很明顯的，要是夏克緹踏入政界，肯定會毫無成就地直接被摧毀。

更何況她根本不認為他們會接受轉生者這種外來的異物。

「我換個話題，是說亞特先生他們好像和四神交手了。對方的實力不怎麼樣就是了。」

「因為他們說光靠傑羅斯先生一個人說不定都打得贏，看來四神是代理神這點應該不會有錯。真正的神究竟上哪去了呢？」

「誰知道呢？不過神讓四神那種傢伙當了代理神喔？八成也不是什麼像樣的神吧。」

「……我同意。感覺四神只是普通的愉快犯啊。」

四神無論怎麼想，都不是什麼正經的神。

隨便又不負責任。還為了自己的目的，做出了可能會毀滅世界的舉動。

「所以才要教訓她們啊。在那之前……不先打好生活基礎的話，很令人擔心呢。」

「這麼說來，好像沒看到亞特先生？他怎麼了啊……」

「這還用說，一定是被唯小姐帶走了吧？她怎麼可能把亞特先生留在我們身邊。」

「嗚哇～……這話真有說服力。」

唯看起來一點都不像情感那麼激烈的人，然而只要遇到和亞特有關的事情，她的性格就會產生一百八十度的大轉變。

不止不允許他出軌，甚至到了只要他身邊有女性就會亮出菜刀的程度。

這幾個月下來，她應該一直都很擔心亞特吧。

當這個情況轉變的瞬間，她的情緒便一口氣失控了。

然後便造就了眼前這片慘狀。在別人家大鬧一場，原本被當作聚會場所的村長家客廳，現在是一片狼籍。

「好了，來整理吧……這放著不管，實在過意不去。」

「畢竟這雖然是唯小姐一個人失控造成的，但我們不在的話，事情就不會這麼嚴重了。」

兩人邊嘆氣，邊著手整理房間。

窗外仍不斷傳來大叔和咕咕們發出的誇張打鬥聲。

◇◇◇◇◇◇

結束一連串設定為實戰的對練之後，傑羅斯與三隻咕咕開始做起類似太極拳的放鬆體操。

這也是他們每天的例行公事，在結束實戰對練後一定會這麼做。

先不論以格鬥技巧為主的烏凱，山凱和桑凱也會跟著做，是因為有些對手無法只憑劍術或暗殺技巧收拾。所以牠們才會去設想各種的戰鬥情境，並加強鍛鍊自己。

咕咕們完全是一群好戰分子。

「你們到底打算練到哪種程度啊？」

「咕咕。（我們的本能訴說著。）」

「咕咕咕，咕咕咕咕。（終有一天，在下等人必須前往那個地方。）」

「咕咕咕……（人類稱之為大深綠地帶的那個地方……）」

野獸的本能讓牠們渴望強者。

與強者交手、吞噬強者，讓自己變得更強。

所謂魔物的本能，就是想要變得更強這種出於純粹求生本能的玩意罷了。

「咕咕咕咕咕咕！（師父，我們總有一天會打倒龍給你看！）」

「龍……如果沒升上魔王級，可當不成龍王的對手喔？他們可是強得誇張的最強種族啊。」

「咕咕，咕咕咕！（哼，我們會伺『雞』而動。）」

「咕咕咕咕，咕咕咕！（挑戰最強才是真男人。看我們登上那最高境界吧！）」

這話反而為牠們添增了幹勁。

大叔都有點害怕，牠們或許真的會達到那個境界。

可能是錯覺，但傑羅斯彷彿看到三隻雞身上噴出了灼熱的火焰。

「好了，去準備早餐吧……」

「咕咕咕。（我們去田裡挑蟲吃。）」

「咕咕咕咕咕。（如果有鮮美的蚯蚓就好了。）」

「咕咕咕咕咕。（蛇或蜥蜴也是可以。）」

咕咕們為了填飽肚子而衝向田裡。

大叔心想著『最近比較沒看到田裡有害蟲了，原來是這樣啊……』忽然理解了原因。

傑羅斯不知道。

狂野咕咕和史萊姆一樣，是森林裡的清道夫。

牠們不僅會吃掉其他生物的屍體，同時也會捕食昆蟲等小動物，屬於一種益獸。

大叔目送牠們的背影離去後，一邊嘀咕著「去借個廚房用用吧～」，一邊打開村長家的大門。

室內原本因為昨晚的騷動而變得一團亂，不過莉莎和夏克緹已經打掃乾淨了。

「兩位早啊。」

「啊，傑羅斯先生，早安。」

「你還真是一早就相當暴力呢。你們該不會每天早上都會這樣做訓練吧？」

「唉，牠們最近變得愈來愈難纏了呢。不能大意呀，哈哈哈哈哈。」

『『這個人是不是在無意間培育了人類的天敵啊？』』

這兩人想得沒錯。

傑羅斯恐怕遠比這個世界的居民強上許多。

由他這種等級高到誇張的人所培育出來的生物，不是一般人能夠戰勝的對手。

不如說絕對會被打敗吧。

牠們已經完成了有些奇妙的進化，要是數量增加，可能會變成比魔物失控更危險的存在。

能夠使出「劈砍」、「射擊」、「打擊」這三大攻擊方式，甚至還能自由地運用戰鬥技能。

而且是只願服從強者的好戰分子。仔細想想是種相當難應付的生物。

「各位早安。哎呀？已經整理得這麼乾淨了啊？」

「這不是烏爾先生嗎？早安。你剛下田回來嗎？」

「嗯，剛種下麥子呢。順便種了點『塔羅塔芋』。」

烏爾背上揹了個空竹簍，應該剛做完早上田裡的工作吧。

順帶一提，塔羅塔芋是一種類似馬鈴薯加地瓜的植物。在冬天種植的話，初夏時便能採收，是經常會種植在平原地帶的作物。

只是經常會有「棟摩斯（小型象）」、「大嘴鼠」或「獠牙魔豬（山豬）」等魔物來掠食這種作物。對傭兵來說是令人開心的收入來源。

「對不起。因為我們前來拜訪，才把房間弄成這樣……」

「真的很對不起。雖然壞掉的東西無法修復，但我們會盡量收拾乾淨的。」

「別介意，她應該真的很愛亞特先生吧。老實說我有點羨慕呢。而且壞掉的都是些破爛玩意，不用介意。都是祖父基於興趣收藏的東西就是了。」

『『『這個人怎麼這麼好心……』』』

毀損的物品中，包含了許多不知道會用在什麼儀式上的木製面具、刻有奇怪花紋的木棍等等，無法辨別是哪個民族使用的用具。

如果是專攻民俗學的學者就算了，實在搞不懂這個村子的村長為何要收藏這些奇怪的玩意。

雖說每個人都有自己的嗜好，但這都是些即使是說客套話，一般人也絕對不會想買的東西。是就算放在土產禮品店也絕對會滯銷的商品。

「啊，各位。早安。」

「唯，早安。昨晚睡得好嗎？」

「很好。睡得很熟呢……」

「妳畢竟有孕在身，還請別太勉強自己了。現在正是關鍵時期，我認為妳應該以寶寶為重喔。」

烏爾應該是真的很擔心，只見他捧起唯的手，用認真的眼神看著她，仔細叮囑著。

『『『嗯？等等！剛剛烏爾……是不是直呼了唯的名字？』』』

或許只是多慮，但他們總覺得烏爾看著唯的眼神中充滿了熱情。

傑羅斯等人看了看彼此，小聲地討論。

『……我想應該不至於，但他該不會喜歡唯小姐吧？』

『可能性很高呢。他說不定真的迷上唯小姐了……』

在跟唯說話的烏爾，怎麼看都是戀愛中男人的模樣。

這時候三人便確定了。

『『『啊啊……這下肯定會血流成河啊。』』』這般未來的發展——

然後亞特完全不看氣氛地在此時現身。

「嗚哇啊～……身體好疲憊。感覺太陽是黃色的……」

他有些憔悴，身體也搖搖晃晃的。

大叔看到他的模樣，察覺到發生了什麼事。

他想起過去的部下在前一天返家時還精神飽滿，隔天上班時卻渾身無力的樣子。據說那天他去女友家過夜了。

大叔不認為亞特是個糟糕到會對身懷六甲的唯出手的男人，所以推測亞特是用盡全力在安撫在兩人重逢後過於感動，因此失控的唯吧。

他想必是說了一整晚的甜到膩死人的情話，兩人度過了一段甜蜜的時光吧。主要是唯覺得甜蜜就是了──

所以唯才會一早就心情大好，反而是亞特一副剛從戰場返家，精疲力盡的模樣。

畢竟如果亂說話惹得唯不高興，菜刀就會飛過來，亞特肯定是完成了賭上性命的危險任務吧……大叔體悟到了背後的各種狀況而對他敬禮。亞特則是只能對他苦笑。

烏爾並未發現兩人的互動，向亞特搭話。

「呵呵呵……這不是亞特先生嗎。昨晚兩位似乎過得很開心呢。」

「啊啊？嗯……抱歉。」

雖然亞特含糊其詞地帶過，但問題不在那裡。

烏爾知道昨晚亞特和唯做了些什麼事。

正確來說，是因為以這棟房子的構造而言，即使他不想知道也會聽見。所以情侶之間的對話，隔著一層薄薄牆壁的烏爾可是聽得一清二楚。

既然他這麼迷戀唯，這肯定非常痛苦。

困擾的是，亞特並沒有察覺烏爾的變化。

平時也就罷了，但他現在精神萎靡，實在無法察覺到烏爾釋放的黑暗氣息。

『『『要命喔——————————————————————————！』』』

其餘三人當然發現到烏爾完全露出了黑暗面，並體悟到已經無法避免看到血流成河的下場了。

「真是的……你拋下妻子這麼久，過得還挺悠哉的呢。」

「才不悠哉呢。我不懂參加了戰爭，還因為沒有食物而嚐盡了苦頭。」

「這算不上理由。你都要當父親了，就沒想過要更體恤她一點嗎？」

「有意見去跟四神說啊。都是她們害得我們……那時候沒能收拾她們，真是扼腕啊。」

「唉，正義之士太強大了嘛。即使我們介入也只會礙事罷了。」

大叔也很後悔當時被熱情沖昏了頭，成了旁觀者。

到了現在才覺得和四神碰面的當下就應該先收拾掉她們才是。

此時他不禁痛恨起自己的阿宅魂。

「四神？我可以理解魔導士厭惡四神教這件事。但這跟連是否真的存在都不知道的神有何關連？」

「不只是我們。包含在那裡的莉莎她們，還有唯，我們全都是受害者。是四神拆散了我們，把一大群人送到了未知的土地上。」

「可能有許多人因此喪命了呢。對我們而言，四神就是必須除掉的對象。她們究竟給多少人添了麻煩啊……」

「……你們是不是串通好的？假設四神真的存在，我也認為是因為你們做了些什麼，才會招致這樣的結果。雖然那個宗教擁護妖精的行為是很令人不悅沒錯。」

「這點我同意。我也想趕緊打倒那種危險生物，把那些傢伙變成魔法藥的材料。」

雖說一般人大多相信四神是守護世界的神，但包含這個村子曾受妖精侵擾一事在內，身為魔導士的烏爾並不相信神的存在。

他不清楚四神與唯、以及傑羅斯等人之間有什麼關係，但不光是唯，就連夏克緹、莉莎、傑羅斯這些人都和亞特有共識，讓烏爾很不是滋味。

在場只有烏爾是局外人。

這個事實燃起了他強烈的怒氣。

「梅提斯聖法神國在四神的命令之下召喚了勇者，然而代價是害這個世界即將毀滅了呢。她們毫無疑問的是惡神啊。」

「怎麼可能！」

「唉，這對你們來說，應該很難以置信吧。可是我們不一樣。也因為四散在世界各地，所以也很難找到認識的人。我先聲明，我可不是拋棄了唯喔？」

「能夠遇見傑羅斯先生真的很幸運呢。多虧有他，我才能這麼快和阿俊重逢。」

「哎呀～都是湊巧啦。」

雖然烏爾以為是亞特把懷孕的唯丟在村子口，實際上卻是四神幹得好事，亞特並沒有拋棄她。

烏爾這一個月與唯相處下來，儘管唯不時露出思念丈夫的表情這點讓他很不滿，不過身為一個戀愛中的青年，在這段短暫的時光中他過得非常快樂。

然而傑羅斯找到了唯的丈夫，這段美好的時光也劃下了句點。

在他眼中，大叔根本是瘟神。

「我也想向保護了唯的村長致謝呢～」

「他上哪去了呢？如果知道他去了哪裡，我們應該可以追上他吧。」

「他說要去泡溫泉喔？一大早就跟著大家一起搭上非常狂野的馬車出發了。」

『『該、該不會是……那傢伙的馬車吧？村長……應該還活著吧？』』

那是他們兩人非常熟悉的地點和人物。

那個人今天似乎也活力十足地駕著失控的馬車，在這個國家四處奔走。

「話說亞特先生。你要拿唯小姐怎麼辦？」

「咦？怎麼辦……是指？」

「我們好歹算是在其他國家獲得了不錯待遇的國賓喔？但是把唯小姐帶去那個國家也不好吧？」

「而且她還懷有身孕耶，再怎麼樣都不能讓她歷經長途跋涉吧。」

「啊……」

誠如夏克緹和莉莎所言，現在的亞特等人處在有些尷尬的立場上。

因為實力高強而成了國家禮遇的高階魔導士，再加上又是多少解決了快造成國家存亡危機的糧食問題的英雄。所以無法自由行動。

伊薩拉斯王國當然不想放走他們這樣的人才，唯的利用價值也跟著水漲船高。

對主戰派來說，唯就是名為人質的最終王牌。

「傑羅斯先生……你有沒有什麼辦法？」

「就算你這樣問我，我也……我跟國家勢力劃清了界線啊。」

「你別這樣說，幫幫我嘛！我總不能一直把唯托給別人照顧，我什麼都做！我希望她起碼能待在能讓我放心的人身邊！」

「你也真是拚命啊～……那麼，我將你引薦給我認識的前公爵如何？這個國家畢竟對伊薩拉斯王國和阿爾特姆皇國有恩。我想對方會要求一些回報就是了啦。」

「唔……」

亞特被迫做出重大的選擇。

既然伊薩拉斯王國如此禮遇他，跳槽到索利斯提亞魔法王國確實有些忘恩負義。

可是考慮到唯的狀況，待在這裡確實比較安全。

畢竟這裡的環境比較適合育兒，有什麼萬一時也能找傑羅斯幫忙，好處多多。

「可是……要我就這樣過來這個國家，感覺又有點忘恩負義……」

「既然這樣，也給伊薩拉斯王國一些好處如何？」

「你有什麼好點子嗎？」

「跟伊薩拉斯王國一同開創事業如何？話雖如此，那個國家也只有礦產值得一提，該怎麼辦……」

「果然還是車吧？在那邊打造車體零件，然後在這裡生產動力裝置。」

「不，這還有基礎建設的問題在……一個沒弄好可是會引發技術革命的喔。」

「那也只是時間早晚的問題吧。只是將動力裝置安裝在馬車上，也沒必要全都用金屬製作。有低速前進的家庭用車那種程度就夠了。如果是為了我們夫妻的生活，要我掀起革命什麼的我都願意。」

在馬車上加裝動力裝置的汽車雛形，在地球上也曾經出現過。

可是動力這種技術可以運用到各個方面上，絕對不會只用來生產車輛。技術革命就像是一把雙刃劍。所以傑羅斯才不建議他這麼做。

但亞特身上背負了很多責任，他必須做出對伊薩拉斯王國有利的行動。所以他不會像傑羅斯那樣猶豫不決吧。

「即使傑羅斯先生不做，我也會做。畢竟我也需要跟唯一起生活的資金。」

「……即使我勸你，你也聽不進去是吧。」

能夠迅速做出決定是亞特的優點，可是這次卻發揮在不好的方向上。

「唉～沒辦法……基礎骨架用金屬打造，除此之外的部分都用木製。動力的話，用低階的魔力引擎就行了吧。我想小型魔力引擎應該靠魔石就可以驅動了。」

「不裝魔力槽嗎？」

「魔力槽可是祕銀跟山銅的複合製品耶？從預算層面來看不實用喔。使用魔石的話不僅可以帶來經濟效益，我想還可以爭取個二十年左右的時間吧？」

「如果利用魔石行駛，就不需要補充魔力了。可是考慮到行駛時間和距離，就得先準備好一定數量的魔石才能上路。」

「即使全速行駛，速度和馬車也差不了多少。不，應該要設計得比馬車稍微快一點嗎？這樣就能提高傭兵對車的需求，應該會對經濟帶來不少好處吧。我覺得這一定會引發產業革命……」

「有得必有失。魔法王國和礦產國家要聯手的話，大概就是這樣了。畢竟想製造我的輕型高頂旅行車或機車那類的交通工具，在技術層面上也有困難。」

傑羅斯的「哈里．雷霆十三世」和亞特的「輕型高頂旅行車」都使用了大量的稀有金屬。這類金屬只有在礦山或迷宮裡才採掘得到，幾乎都被視為是貴金屬。

若要利用在產業上，不僅缺乏礦工及工匠，更重要的是材料也不夠。

可以預測得到，他們今後的行動，將會使技術進化的速度快得超乎想像。

「問題是就這樣把唯小姐帶去桑特魯城真的好嗎……既然受了人家的照顧，沒有任何表示就帶走她，也很忘恩負義吧？」

「唯……這部分妳跟村長是怎麼談的？」

「咦？村長是說如果阿俊或傑羅斯先生來接我了，我可以隨意沒關係。不過我覺得至少還是要打個招呼，跟村長說一聲比較好。」

「留一封信給他比較好吧。不告而別確實不太好……」

「請、請等一下！」

烏爾急了。從他的角度來看，就是突然出現的唯的丈夫，要把他心愛的女性給帶走。

唯已經有了婚約，又懷了孩子，其實他根本無權置喙。

可是青年烏爾並沒有成熟到可以就此接受事實的程度。

「唯可是身懷六甲耶！你想在這麼重要的時候帶她離開這個村子嗎？」

「我們有妥善的移動手段，可以比馬車更安全快速地抵達城鎮喔？」

「但事情總是有個萬一吧！」

「哎呀，她也已經進入穩定期了，應該沒問題吧。就算到了城鎮附近，也還有推車可以用。」

大叔打造來務農的手推車上加裝了懸吊系統。

亞特的輕型高頂旅行車上也有加裝坐墊，所以短程移動不成問題。

但戀愛中的青年可沒有理性到能夠接受這些說法。

初次愛上的女性即將前往他無法觸及的地方。

他不可能承受得了這樣的狀況。

「我明白了……既然這樣，請和我一決勝負吧。我們來決鬥。」

「「啥？」」

然後他便做出了不合理的暴行。

這突如其來的發展讓亞特和大叔都瞠目結舌。

他們不懂烏爾心中的想法，會有這種反應也是理所當然的，可是由於年少輕狂與愛情造成的失控行為，有時候會讓人做出有勇無謀的挑戰。

他不知道亞特的職業是「賢者」。

以某種意義上而言，或許是一種幸福吧。

因為兩人之間的實力差距，別說他無法傷到亞特了，根本連對手都稱不上——

第十一話　亞特接受決鬥

戀愛有時讓人做出愚蠢的選擇。

墜入愛河的人，常會不去試著了解對方的想法，單方面地做著情勢對自己有利的美夢。

這若是初戀又更為嚴重，只是被對方搭個話，情緒便隨之波動，一天內只消說上幾句話，也會誤以為自己又拉近了跟對方之間的距離。

甚至不會發現到這想法根本錯得離譜。

偶爾也會出現明明沒有確認過彼此的心意，卻有「我很了解她」、「我是世界上最愛她的人」這種想法極端的人。

有這類特質的人大多會變成跟蹤狂，而困擾的是唯和烏爾都屬於這種類型。

幸好——雖然不知道這樣說到底對不對，不過唯和亞特深愛彼此。

雖然唯的確很會吃醋，但她對亞特十分犧牲奉獻，現在又有了孩子，她確實處於極為幸福美滿的狀況之下。

然而換成烏爾這邊，狀況就不一樣了。

至今為止，他憑著認真的態度進入了伊斯特魯魔法學院，誠摯地學習魔法和鍊金術。

身為一個正值青春期的少年，他當然也對女性很有興趣，可是他壓下了這股情緒，力求在學業上能往更高的層次邁進。自然沒有和任何女學生交往過。

而他在畢業之後儘管努力求職，卻都沒能被錄取。結果只能選擇自立門戶，以鍊金術師的身分紮實地做出一些成績。

雖然偶爾會回老家，但他大多寄宿在各個城鎮或村子的旅館，每天販售魔法藥和中藥，一步一腳印地努力增加顧客人數。

這一天，烏爾久違地回到故鄉哈薩姆村，出來迎接他的卻是一位素未謀面的女性，還是位孕婦。

根據祖父所言，這位女性倒在村子口，因為她懷孕了，也不好置之不理。

一問之下才知道她的丈夫也失蹤了，她雖然很想出去尋找，卻因為懷著孩子，沒辦法勉強自己而哀嘆著。

她那個協助平定妖精之災的丈夫的朋友，雖然說要是找到她的丈夫就會和她聯絡，烏爾卻擅自認定「會拋下懷孕妻子的男人，一定不是什麼好東西」，並為此感到憤怒。

這個時候他就已經產生極大的誤解了，然而他並沒有發現。

畢竟他不知道真相，這也是情有可原。

他的生活在這一個多月內可說是多采多姿。剛相遇時雖然有些困惑，但是在每天對話聊天的過程中，他也漸漸地被唯吸引。

唯有時在跟肚子裡的小寶寶說話的模樣，令他感受到母性光輝之美。

她的模樣宛如聖母。看到她在溫暖的陽光下撫摸肚子，並用溫柔的語氣對肚子裡的孩子說話的樣子，烏爾甚至覺得她美得不可方物。

當他注意到的時候，自己已經墜入了情網。然而這小小的幸福也即將宣告結束。

身為哈薩姆村村長的祖父為了治療老毛病的腰痛，決定去泡溫泉治療時，烏爾內心簡直欣喜若狂。

他可是開心到在房裡先跳了個扭扭舞，接著旋轉，再使出月球漫步接後空翻，最後擺出帥氣的姿勢，大喊一聲「Ｐｈｏｗ！」收尾。

興奮到讓人覺得他可能被什麼怪東西附身了。

他甚至忘卻現實，開始妄想可以和唯進一步地發展出關係，陷入了美夢之中。

這時，唯卻終於和亞特重逢了。

老實說，烏爾恨死了帶亞特前來的傑羅斯，但他憑著身為商人的實力勉強忍下來了。他拚命地盡量不要表現出對亞特的強烈怒氣。

畢竟亞特可是跟著兩位女性一同旅行。雖然方向性不同，但他完全可以理解唯的憤怒。

從他的角度來看，亞特不僅是個「拋棄懷孕妻子的渣男」，還追加了「明明在外面有了女人，還敢大搖大擺地回來找老婆的垃圾」這樣的評價。

包含亞特說的「被四神拆散」這點，他也在心理懷疑「這是在胡說些什麼」，卻發現這是包含唯在內，他們五個人的共識。

這是他第一次覺得唯離他好遙遠。

他同時感受到強烈的格格不入與孤獨感，接著焦躁起來。湧現出強烈的嫉妒感。

在這樣的狀況下，話題進展到亞特要帶走唯的事，讓他產生了危機意識。

『這樣下去，唯會被搶走。』

雖然是相當極端又單方面的感情，但烏爾不假思索地喊了暫停。

烏爾有先想到以她懷有身孕為理由，藉此來把她留在這個村子裡，已經算是表現得很好了。

可是唯打算跟亞特一起離開，烏爾的心中便湧上了一股『妳為什麼沒發現我的心意呢！』的怒氣。

然後他終於失控了。

沒錯，他竟是有勇無謀地打算找亞特決鬥。

「我再說一次。請跟我決鬥！如果我贏了，就讓唯留在這個村子裡，我輸了，就隨你們高興。」

「不，我為什麼非得答應你啊？這對我一點好處也沒有耶……」

「我想即使決鬥也沒有用喔。因為你絕對贏不了。」

然而先不管意願如何，亞特或傑羅斯就算接受了決鬥也沒有意義。

畢竟亞特和烏爾交手，別說戰鬥了，根本只會是亞特單方面地蹂躪。既然都已經知道結果了，當然沒必要答應他的請求。

「亞特先生、傑羅斯先生……你們稍微體諒他一下吧。」

「……是啊，喜歡上一個人，跟時間早晚無關啊？也算是為了讓他死心，這時候應該要接受他的挑戰吧？」

「咦？烏爾喜歡阿俊嗎？怎麼會……你們明明都是男人……」

「「「「妳為什麼會歪到這邊啦！」」」」

唯對於別人對自己的好感很遲鈍。

眾人甚至同情起了被誤以為偏好男色的烏爾。

可能是心理作用吧，但總覺得烏爾一副快哭出來的樣子。

「烏爾先生喜歡的是妳喔？妳怎麼會沒發現啊？」

「咦？因為妳剛剛說『喜歡上一個人，跟時間早晚無關』吧？」

「即使是這樣，妳怎麼會覺得他喜歡的是亞特先生啊？唯小姐真的滿腦子都只有亞特先生嗎？」

「關於這點我敢斷言。阿俊就是我的一切。」

這發言有夠沉重。

「首先，即使跟我決鬥也無法改變事實吧。只會受傷而已，我覺得很虧喔？」

「就算是初級魔法，讓亞特使出來也能秒殺他喔？就算傷害溢出也不奇怪呢。妳們就這麼想害死他嗎？」

「這時候不是應該放水嗎……」

「既然都接受決鬥了，放水才失禮吧。而且妳們倆是不是太小看『極限突破』的玩家了啊？說穿了我和傑羅斯先生就是怪物喔？」

「唔……確實有道理。我沒想那麼多……」

接受決鬥很簡單，但即使亞特出拳時放水，也足以讓對手粉碎性骨折。

運氣好是重傷，十之八九會當場死亡。

若是重傷，還可以用回復魔法治療，但要是當場死亡，就連想治療都沒辦法了。

這本來就是場有勇無謀的挑戰。

「嗯～我也說不出在這種場合下一定要說的『拜託你們！不要為了我起爭執！』這種台詞呢。因為阿俊太強了啊。」

「唯……我是覺得不至於啦，但妳該不會想說那句台詞吧？這對他很失禮耶。」

「可是那是少女的夢想耶？是一生中會想說一次看看的台詞耶？」

「只是場慘案吧……用劈砍會砍成兩半，魔法也強到傷害會溢出。如果真的決鬥肯定會死人。要挑戰亞特真的是太有勇無謀了。」

現實正是如此殘酷。

無論他多喜歡唯，當事人卻完全沒有察覺這份感情，即使知道了也不打算接受。實際上正是如此。然而對徹底受到激情驅使的人而言，旁人的話不過是雜音。

「你是怕了嗎？害怕自己會輸給我……」

「喂喂喂……你沒聽到我們在說什麼嗎？」

「在我眼中只像是你們四個人串通好，想要逃避決鬥啊。我可沒聽說過世上有強得那麼誇張的魔導士。」

「啊啊～……這沒救了。亞特，你只能接受決鬥了。這種類型的人，若不讓他瞧瞧實力差距是不會罷休的。畢竟他根本不聽人說話啊……」

傑羅斯的第六感「叮～！」地閃了一下。

大叔直覺地認為烏爾跟執著於金錢，陰魂不散地寄生在有錢的權貴人士身邊的自家姊姊有同樣的特質。

烏爾跟莎蘭娜一樣，眼中只看得見對自己有利的事。

他很有自信絕對不會落敗，也完全不認為這場決鬥是一種自殺行為。

或許該說他就是如此的熱愛唯吧，但他老實又認真的性格，反而讓事情往不好的方向發展。

更進一步地來說，他就是那種一旦執著起來，就會一直固執下去的類型，一旦往前衝刺就停不下來，不懂得什麼叫死心。遲早會演變成死纏爛打的跟蹤狂吧。

「真的假的？很麻煩耶……」

「唉，雖然是你們這對笨蛋情侶的問題，但讓他這樣執著下去也很危險呢。他恐怕打算伺機睡走唯。有成為跟蹤狂的潛力喔。」

「不是吧，他跟唯是同類喔？真的假的……饒了我吧。」

「因為從他的角度來看，亞特你現在就是一個『腳踏多條船，差勁透頂的玩咖』吧。如果不以實力徹底擊倒他，他是不會退縮的喔。我說真的……」

「……這評語中應該還加了傑羅斯先生你個人的觀點吧。」

「才～沒有………這回事啦？」

「你看著我說啊！」

雖然嘴上還在說幹話，可是大叔已經想到其他層面去了。

儘管亞特和唯只是訂了婚，可是實際上算是已婚了。既然烏爾對已婚人士都這麼固執了，不會善罷干休的可能性很高。

最糟糕的情況下，就是會說出「讓我們死了一起上天堂吧」這種話。

實際上有跟蹤狂特質的唯就做過同樣的事。所以跟唯屬於同類的烏爾就算做出一樣的事，也沒什麼好奇怪的。

正因為有前例，讓亞特不得不詛咒起自己總是跟麻煩人物扯上關係的倒楣命運。

亞特也真是辛苦，不過——

「亞特……你只能傾全力打倒他了。刻意放水只會造成反效果喔？要是你沒有徹底讓他感受到恐懼，他是不會停止的。絕對是這樣……」

「你是鬼嗎！我的戰力根本過剩耶？這等於是要一條龍去對付一隻螞蟻啊。我是很不想這樣……」

「哈哈哈……對跟蹤狂是不能講道理的。你能夠說服得了被嫉妒與激情策動的唯嗎？」

「這話真有說服力！沒辦法，不可能。要是唯變成這樣，她也不會聽我說話的……」

「為被這樣的她給收服了的亞特乾杯！」

大叔決定不要介入他們夫妻之間的問題。

他們是青梅竹馬，很熟悉彼此的個性，也毫無疑問的非常珍惜對方。

只是這時候要是有第三者，特別是女性介入，就會使狀況一口氣惡化。只要能夠在理解這個前提的情況下和他們相處，基本上不會有太大的問題。

可是這次是有男人接近唯。

本來是唯執拗地追殺帶著莉莎等人前來的亞特，情況卻一口氣整個顛倒過來。

該說幸好亞特沒有死纏爛打的跟蹤狂特質吧。

如果連亞特都是這種人，狀況只會一團混亂，無法處理。

「我有這麼執著嗎？有這麼不聽人說話？」

「妳難道忘了自己昨天大鬧了一場的事嗎？唯小姐，他跟妳是同類啊……拜託妳有點自覺。看看別人，想想自己，懂嗎？」

「不，傑羅斯先生，昨天是你唆使唯的吧？你不懂煽動她，還想讓她殺了我吧？」

「哈哈哈，我一個不小心就感情用事了。哎呀呀，我也還很年輕啊。」

「你這叫做幼稚啦！」

「亞特，你也好歹說我有一顆年輕的心吧。我確實是年近四十了，但鄰居都說我看起來很年輕喔。最近這種即使年紀差不多，但看起來就是比較年輕的人還滿多的吧？」

「干我屁事啊！」

大叔和亞特依然我行我素。

莉莎她們一副事不關己的樣子拉開了距離，避免自己遭受波及。

他們這種游刃有餘的態度讓烏爾非常不爽。

烏爾是伊斯特魯魔法學院名列前茅的學生。他對這點相當自豪，也很努力。

再加上他也有一定的實戰經驗，至少不該面臨這種對方根本不將他視為敵手的狀況。

實際上學院也曾詢問過他是否願意擔任講師。

因此他自認實力勝過宮廷魔導士。

可是傑羅斯和亞特卻一副完全不把他放在眼裡的樣子。

至少不是對待聞名世界的最高魔法學院畢業生的態度。

而且在場所有人都斬釘截鐵地表示烏爾絕對無法獲勝。

這種態度刺激到他的自尊心，讓他愈來愈感情用事。

沒錯，亞特和大叔的忠告，對他而言等於是一種挑釁。

「……所以你要接受我的決鬥嗎？」

「雖然很麻煩，但我不答應你就不會接受吧？沒辦法，我只好當你的對手了。」

「看你講得一派輕鬆嘛。是瞧不起我嗎？」

「不，實際上你根本不成我的對手啊。我才想反問你，你真的要打嗎？」

「當然，你配不上唯。」

「判斷這件事情的是我們，不是你這個局外人吧。因為她承蒙你們照顧，我實在不想這樣……但既然都答應要當你的對手了，我是不會放水的喔？」

「正合我意！」

他說了。在這個時間點上，他的命運便已經決定了。

大叔早已預料到會是這個結果，從道具欄裡取出了當時的那個守護符。

那是他在茨維特他們前往拉馬夫森林之前，交給他們的守護符的試作品。

「唯小姐，為了安全起見，請妳配戴這個。」

「請問……這個是？」

「小心駛得萬年船，我希望妳現在就戴上。因為我有種不祥的預感……」

「喔……？」

「先別追究了，有什麼危險時請妳啟用它。」

唯有點抗拒從亞特以外的男性手上得到東西，不過至少她認為傑羅斯是可以信任的人。畢竟他真的找到亞特，還把他帶來了。

儘管不能對莉莎和夏克緹掉以輕心，可是傑羅斯遵守了約定，唯也不便辜負他的一片好意，聽話地戴上了守護符。

而在她眼前的，是用凶神惡煞的表情盯著決鬥對手的烏爾，以及真的很沒幹勁，還打了個呵欠的亞特。

「準備好了就開始吧……是說要在哪裡打？」

「啊啊～……在村外那片草原如何？那邊夠寬敞，即使稍微破壞周遭環境，應該也不會造成太大的損害吧……」

「傑羅斯先生……你只來過一次，卻意外地很熟悉這一帶耶？」

「我在附近的牧場幹掉了『薔薇妖精』。只是那時候碰巧經過而已。」

「……連那種玩意都有啊。妖精這種東西真該被連根剷除。」

大叔一行人就這樣帶著事情都由旁人擅自決定好，根本沒什麼意願，只是隨波逐流的亞特前往預定要決鬥的地點。

◇◇◇◇◇◇◇

烏爾在自己的房裡選好裝備，前往決鬥地點之後，發現——那裡不知為何出現了大批觀眾。

「為、為什麼有這麼多人……？」

「不好意思啊。因為我以前解決過妖精的問題，所以有不少人認識我。然後他們很好奇我們要做些什麼，所以就……」

「話雖如此，但這也太……」

烏爾熟悉的人們聚集在周遭，還吃起了便當。

小村子裡沒什麼娛樂，既然他們一早就吵得這麼大聲，附近的鄰居當然也都聽在耳裡。鄉下的八卦傳遞速度快得可怕，村民便基於好奇心，三三兩兩地聚集了過來。

「唷，烏爾小弟，聽說你要決鬥啊。加油啦！」

「小烏爾啊，橫刀奪愛這有點……大嬸是了解你還年輕，難以壓抑這無法開花結果的感情，但大嬸還是覺得身為一個人，這樣不是很好啦～」

「唯小姑娘是個美女，我也能懂烏爾為什麼迷上她啦！我要是再年輕個十歲啊～咯哈哈哈哈哈！」

「老公……你給我過來！」

「年輕真好呢～」

「青春啊～」

這種情況，人稱遊街示眾。

儘管是他受感情驅使，主動提議要決鬥，卻在不知不覺成了眾人看熱鬧的對象。

「你太卑鄙了！竟然想用這種方式影響我。」

「這又不是我的錯！一大早就在那邊大聲嚷嚷的可是你耶，少怪到別人頭上！」

「呃～……那麼，接下來將要開始決鬥了。由我擔任裁判，兩位沒有意見吧？」

「不，為什麼是由傑羅斯先生負責主持啊？唉，我是沒差啦……」

「雖然我有很多想說的，不過我沒有意見……」

不知為何換上「黑之殲滅者」打扮的大叔，手握麥克風型擴音器，嘴角勾出一道賊笑，興致盎然地負責推動決鬥進行。這些都是他很明顯的樂在其中的證據。

接著大叔大聲炒熱氣氛，自顧自地當起了主持人。

「OK，Baby！各位現在都知道兩個臭男人的想法了，那麼再次確認過準備狀況後，就請他們就指定位置吧。小子們，這就是魔導士之間的決鬥啦！」

「「「Ya————s！」」」

「總覺得有些地方讓人不太能接受……」

「讓這種人當裁判真的好嗎？」

村民也跟著起鬨。

兩人暴露在如果只用一擊就分出勝負，肯定會被噓爆，實在不知該怎麼動手才好的尷尬氣氛中。

期待會有一場炙熱比賽的目光聚集在他們身上，令人難以自處。

「傑羅斯先生還特地換了一套衣服……他很樂在其中嘛？」

「這只是我的猜測，但那個人感覺就很喜歡起鬨。很喜歡大鬧一場或是祭典之類的活動。」

「阿俊如果不是當事人，應該也會做出一樣的事吧？我覺得他們是半斤八兩。」

不知不覺間變成獎品的唯和身為旁觀者的莉莎等人都不禁傻眼。

所謂物以類聚。跟蹤狂會有跟蹤狂的朋友，愉快犯也會有愉快犯的朋友。

「那麼我來說明規則！」

「等一下、等一下！還有什麼規則，不就是要打一場嗎？」

「為什麼是由你來決定戰鬥方式啊。我不認同！」

「Ｏｈ～……這樣說真的好嗎？世上一切事物都是需要規則的！決鬥？只要打一場？你們在胡扯些什麼啊？如果只是普通的交手，烏爾小弟根本不可能戰勝亞特仔啊。單方面屠殺有什麼樂趣？」

「誰是亞特仔啦！」

「還樂趣呢……我們可不是來讓大家看熱鬧的！而且為什麼我被當成小鬼啊！」

「哼……你就是因為不懂，才只是個小鬼。」（註：這句是在影射《機動戰士鋼彈》中，夏亞挖苦卡爾馬的台詞。）

兩位當事人似乎很不滿。

但決鬥必須有相應的規則也是事實。

在一般的常識中，騎士或貴族之間的決鬥只能賭上彼此的威信，持劍戰鬥。

決鬥時不能使用魔法或魔導具，只有在實力差距顯著的情況下，才會例外地允許使用這類道具。

「我就直說了。烏爾，你絕對贏不過亞特。你們的實力差距可說是天差地遠，他只要用一發『火焰』就可以把你燒成黑炭。你們的程度就是有這種決定性的差距。憑你的等級，在亞特面前無論使用什麼戰術都毫無意義，正面挑戰也只會輕易地被打趴。在對手壓倒性的火力面前，你將會無計可施地吃下敗仗吧。即使他放水，你也會落得要在病床上躺上好一陣子的下場。這是毋庸置疑的。」

「說什麼蠢話……」

「很遺憾，這是鐵錚錚的事實。你有勇無謀地挑戰了高等級的對手。我已經可以想見你在眾目睽睽之下慘敗的樣子了。這種決鬥……豈不是太無聊了嗎！」

「這是什麼燦爛到讓人覺得很惡毒的笑容啊……」

「我是不會聽你說『不試試看怎麼知道』這種話的。因為亞特的職業是高階魔導士喔。要比魔法的話，你從一開始就毫無勝算。」

烏爾是以名列前茅的成績從伊斯特魯魔法學院畢業的，比一般的魔導士還強。在實戰上也有一定的實力，他有自信能擊退大部分的對手。

然而這次的對手實在太差了。

若是職業為「賢者」，或是大叔為了方便而說的「高階魔導士」，其實力就算加上職業的加成效果，也有著壓倒性的差距。

事實上亞特的確打算在開場第一發就分出勝負。

這場決鬥從一開始就不公平。

「別說傻話了！如果真的有這麼有強大的魔導士，應當赫赫有名才是。你們差不多一點，別想騙我了！」

「雖然勝負並非絕對，但你們之間的確有著壓倒性的實力差距。你為什麼敢說自己絕對能贏呢？你沒有調查過這個世界上的所有人種吧？比你強的人比比皆是，由我當你的對手也能一秒就解決你。如果沒有設定一點不利的條件，根本沒得比啊。既然你是個魔導士，就別感情用事，我希望你能冷靜點，理解我的用心啊～」

「即使我退一百步，這種人也不可能光明正大地出現在人前吧。有那麼強大實力的人，應該會去為國家工作吧。更何況他還那麼年輕！」

「你能保證年輕人之中就沒有擁有高超實力的人嗎？你究竟知道我們什麼了？什麼都不知道吧？就好比說，你甚至不知道唯的出身……」

「……………」

沒錯，烏爾不僅不了解唯，對於包含亞特在內的關係人士也一無所知。

正因為不知道而焦躁、嫉妒、憤怒，才會不假思索地提出決鬥的要求。

大叔不管烏爾在想些什麼，平淡地繼續說下去。

「關於決鬥的形式，烏爾可以使用提升魔法效果的魔導具或魔法藥。相對的，亞特禁止使用魔法，只能以『鐵劍』使出的物理攻擊對應喔？啊，我不接受反駁。為了不留下今後的禍根，決鬥必須公正才行。」

這真是天大的謊言。

儘管大叔多少是有想著反正都要打了，那麼採用雙方都能接受的型式會比較好，不過有八成是出於他不想看無聊的比賽這種低級的理由。

「……事情就是這樣，如果要使用魔導具，請開始準備。」

「那麼我只要用劍打倒這傢伙就可以了嗎？」

「即使這樣感覺還是不夠呢……對了，『岩石立柱』！」

「岩石立柱」是土屬性魔法，本來是用來從大型魔物的腹部下方，施展朝上突刺的攻擊。魔法在草原上造出了兩根高聳的岩柱。

「你們雙方都要保護柱子，而勝利條件就是擊倒對方的柱子。時間限制是在柱子因為魔法失效而消失之前，必須分出勝負。可以攻擊或妨礙對手。可是不能殺害對方。要設陷阱也可以，決鬥將從你們雙方抵達柱子前並完成準備後開始。ＯＫ？」

「簡單來說就是可以攻擊和妨礙對手的倒竿比賽吧。根本就是把規則照搬過來啊。」

「雖然不太能接受，但我了解了。我不相信你說的實力差距，但如果這樣可以讓決鬥變得公平的話，那我也接受這個安排…………」

「啊，亞特只有在自身陣地設置陷阱時可以使用魔法。但嚴禁使用能夠一擊殺死對方的陷阱或凶狠的魔法。在這段期間內，我會打造出牆壁，讓你們看不見對方設置的狀況。」

「……總覺得規則好像隨著你的心情一直在增加耶？」

亞特已經不在意了，可是烏爾像是勉為其難地接受的樣子。

雖然大叔設下這些規矩也不算是出於善意，但面對冥頑不靈又不聽人解釋的烏爾，大叔也只能無奈地嘆氣。

無知雖然愚昧，卻也是一種幸福。

然而在這場決鬥之後，烏爾將會認清現實吧。

傑羅斯一邊使用「蓋亞操控」打造牆壁，讓他倆看不見彼此的陣地，一邊極為開心地竊笑著。

第十二話 決鬥，空～抑或是大叔在打發時間～

在哈薩姆村前拓展開來的廣大草原上，立著兩根高聳的柱子。

亞特和烏爾的勝利條件就是要擊倒對方的柱子，決鬥方法僅限使用不足以致命的陷阱，以及魔法、物理攻擊。

烏爾可以使用魔導具或道具，對亞特則是設下了不利的條件，要求他只能用劍決鬥。

乍看之下這似乎是非常不公平的決鬥，可是這正表示了兩人之間的實力差距有多大。就連把條件設到這種程度，感覺都還不夠彌補這差距。

雙方得到了在柱子前設置陷阱的時間，兩人現在儘管內心有些難以釋懷，仍拚命地為了防守柱子而設下陷阱。

在設陷阱方面也設定了對亞特不利的條件，亞特不能設置殺傷力高的陷阱，烏爾則是可以盡可能地設下威力強大的陷阱。

不過亞特的職業是「賢者」。

魔法抗性高得嚇人，所以陷阱對他應該起不了作用吧。

然後雙方都做好了準備。

「來來來，讓各位久等了。決鬥要開始啦！挑戰者是這個村子村長的孫子，以優異的成績從伊斯特魯魔法學院畢業的魔導士，烏爾！而對手則是最強階級的魔導士，以實力克服眾多困難，身經百戰的勇士！在某國被敬為國賓的男人，亞特！兩人究竟會讓我們見識到怎樣的熾熱戰鬥，真令人期待啊！」

大叔單手拿著麥克風型擴音器，興奮地在做實況報導。

「這次的優勝者，將可以獲得和唯小姐結婚的權利。哎呀哎呀，明明早就已經知道結果了，真是不懂得死心啊。而且實力差距還這麼大，真不成熟。」

「這根本是你一手促成的吧！而且你擅自說什麼結婚的權利啊！」

「到底要耍人耍到什麼程度才甘心啊……」

兩人都非常不爽的樣子。

唉，畢竟決鬥最後成了大家看好戲的場合，這也難免吧。

「烏爾是無視唯小姐心情的自我中心混帳，亞特則是個老實又遲鈍得像塊木頭，卻不知為何很受女性歡迎，沒自覺的現充。這會是一場位於兩個極端的男人的決鬥呢。」

「「不用你多管閒事！」」

大叔開始得意忘形起來了。

趁著這個機會毫不客氣的說出各種不必要的情報。

「一邊是想要橫刀奪愛，猛烈進攻的跟蹤狂男孩，一邊是想要左擁右抱老婆和小孩的該死現充。讓我們來聽聽雙方的想法。」

「誰是該死現充啊！唉，想對別人的老婆出手的傢伙，我是會不客氣的打倒他啦。我就讓他好好了解一下，他想挑戰的到底是什麼人！」

「哈哈哈哈，現充到令人火大呢。看著甜蜜蜜的情侶，就覺得可以製作出無限的砂糖啊……可以拿刀捅你嗎？」

「她配你實在是太浪費了。我會負責讓她幸福的，你就乖乖消失吧。不，我會在今天讓你消失！」

「在這個時間點上，就可以看得出你完全無視唯小姐的意願呢。毫無疑問的很有當跟蹤狂的資質。肯定沒錯！只會作對自己有利的美夢呢。真想跟你說夢話拜託等睡著之後再說。」

暢所欲言的大叔。

「烏爾小弟，可別受傷啦！」

「橫刀奪愛這種事太缺德了吧。趕快死心啦！」

「比起年輕女孩，成熟的女人比較棒喔？」

「輸了的話人家會負責安·慰·你·的喔～唔呼♡」

觀眾席則是被炒熱了氣氛。

生活中欠缺娛樂的村民們，正用參加祭典活動的心情在觀賞這場決鬥。

「傑羅斯先生的說法充滿了惡意呢。」

「不過設下了不能刻意殺害對手的規則，我覺得這算是個不錯的方法喔？而且旁邊還有觀眾在，也不能不小心弄出人命來。」

「嗯～……可是，總覺得他還有別的目的。因為雖然只是說個大概，但他把兩個人的個人情報告訴了大家，是想讓雙方不管決鬥的結果如何，都沒辦法再多說些什麼吧？」

「原來如此……以亞特先生會獲勝為前提，烏爾先生就算輸了也無法找藉口。畢竟已經在眾人面前把一定程度的情況公開了，完全封住了對手下一步的行動呢。傑羅斯先生真是個策士。」

「真厲害呢。居然能在這麼短的時間內，想到可以封住對手行動的辦法……不過做法好像有點過分……應該說他好像摻雜了一些私怨進去吧。」

女性們認為大叔的言行背後多少有些用意，因此有些敬佩他。

然而，正因為如此才更要告訴各位。

這一切全是巧合！

大叔只是順著當下的狀況隨意加上條件而已，其中並未暗藏任何特定的用意。

不用說，他也沒有擬定什麼策略。

要是事先大概知道狀況，是可以擬定策略，不過對於這種突發性的騷動，沒辦法事先做好有效的防範。他只是腦筋動得夠快而已。

而且大叔別說沒想這些了，他還在心裡想著「既然事情都鬧大了，乾脆就玩得大一點，這樣比較有趣吧？」這種事。

結果造就了這場大騷動。

「看來雙方都準備好了。那麼現在，新娘保衛&掠奪決鬥正式開始！」

「阿俊～～！加油————！」

「輸了的話很丟臉喔，亞特先生！」

「就算可以輕鬆取勝，大意的話也有可能會輸掉喔。」

「你也想想小姑娘的心情啊，烏爾！」

「人家很期待可以和丈夫重逢吧？你幹嘛妨礙人家啊！」

「像個男人，乾脆地放棄吧！」

「忘記別人的老婆，跟我結婚吧！」

「要是輸了的話～就跟偶～～結婚啦！噗呼呼呼！」

「如果你喜歡別人的老婆，我無論何時都很歡迎你喔？」

「妳是打算拋棄我嗎！」

儘管觀眾席中有些奇怪的傢伙在，大家仍迫不及待地想看到決鬥開始，火熱的視線全集中在兩人身上。

在這種氣氛下，傑羅斯高高地舉起手——

「魔導士對決，預備，開始（爆破）！」

——轟隆隆隆隆隆隆隆隆隆隆隆隆隆隆隆隆隆隆隆隆！

用範圍魔法「爆破」炸飛了隔開雙方陣地的土牆。

爆炸在正好位於雙方中間的位置開出了一個大洞，衝擊波在場地上揚起一片沙塵。

實在不像是宣布開始決鬥的信號。

「幹嘛做這種多餘的事情啊————————！」

「這什麼威力……那個人居然能使出最高階的魔法嗎……既然這樣，這個男人也……」

只有相當高階的魔導士才能輕鬆地使出「爆破」。

要說為什麼，是因為這種魔法大多是由師傅傳授給弟子的，在伊斯特魯魔法學院中學不到這種魔法。當然，烏爾也不會用「爆破」。

可是亞特看到這種高階魔法也只是抗議而已，沒有露出驚訝的神情。

這表示他原本就知道傑羅斯會用「爆破」。

若是他誤判了情勢，那亞特可能也會用這個魔法，傑羅斯所說的「你絕對無法獲勝」這句話的可信度也提高了。

到了這一步，烏爾才理解到自己踏進了非常危險的地方。

他終於察覺到，就算公平的決鬥，他也毫無勝算這件事。

『不過現在那傢伙不能使用魔法……我還是有勝算。』

決鬥的規則中禁止亞特使用魔法。

雖然在設置保護柱子的陷阱時允許他使用魔法，但在決鬥中，亞特只能用便宜的鐵劍作為武器。情勢對可以使用遠距離攻擊的烏爾有利。

「炎之箭啊，貫穿吧！以千支箭矢燒盡我眼前的敵人！『火炎之箭』！」

實際上「火炎之箭」無法發出千支箭矢。

只會發射出頂多十五到二十支比『火焰之箭』更大一點，由火構成的箭矢。不過對於只能使用近身戰鬥武器的亞特來說，烏爾認為這招應該可以有效地達到先發制人的效果。

可是烏爾在此時看見了難以置信的景象。

「沒用啦！我怎麼可能敗給這種招式！」

亞特隨意揮動手上的劍，「火炎之箭」瞬間便被劈開消散了。

強得非比尋常的劈砍攻擊。揮劍產生的衝擊波化為刀刃，周遭的草也被切斷，在空中飛舞著。

「他不是魔導士嗎！怎麼會，我中計了……不，難道他和我一樣……」

烏爾因為會到附近的城鎮及村落販售魔法藥，不僅有可能會遇上盜賊，也有可能會遭到魔物襲擊。他認為要保護好自己，必須學習近身戰鬥的技術，也做了相關的訓練。

可是他的劍術比專業的差得多了。先不提以魔物為對手的情況，至少不是能在和人類實際戰鬥時派上用場的水準。得與魔法併用，才勉強能夠防身。

然而剛剛亞特使出的劈砍攻擊水準實在太高了。

也就是說，不管是魔法還是劍術，亞特的實力都遠遠勝過烏爾。

同樣是能夠進行近身戰鬥的魔導士。

可是「會用」跟「能夠運用自如」之間有著極大的落差。

亞特是個就算不用魔法，也能輕鬆打倒烏爾的魔導士。

既然魔法無法當作決勝手段，接下來烏爾只能靠自己的力量想辦法跨過這個難關。問題是擋在他前面的這道牆實在太高、太厚了。

「可惡！『火球』！」

他用封在戒指型魔導具裡的魔法使出攻擊，但亞特輕鬆地躲開了。

在這場決鬥的規則中雖然可以妨礙對手，可是不能殺害對手。

目的是擊倒對方陣地上的柱子，不過要辦到這件事，除了要阻止對手靠近外，自己也得接近對手的柱子才行。

如果這是團體戰，就能分成負責妨礙敵人的防守人員，和負責攻擊的攻擊手。可是這次他們是一對一的決鬥。

必須趁對手出現破綻時攻到對方的柱子那裡，要如何阻撓、牽制對手將成為分出勝負的關鍵。

可是烏爾有魔法攻擊的次數太少這個弱點在。

雖說有在伊斯特魯魔法學院學過，但學院教的魔法很有限。也不可能會教學生高階魔法。

高階魔法大多是範圍魔法，要購買這種光是一發就具有極大威力的危險魔法，必須經過嚴格的審查。這種魔法的魔法卷軸也非常昂貴。

當然要習得這種威力強大魔法，接受審查時也得支付高額的審查費。

儘管這是為了避免犯罪行為的對策，這情況對於一般魔導士來說仍相當嚴苛。

農民出身的烏爾不可能付得出這筆錢，最後便放棄學習高階魔法了。

其實在檯面下，這個制度一方面也是為了維護貴族出身的魔導士的面子才設置的，不過還是有不少人通過審查，習得了高階魔法。這些人大多都在為國家工作。

「大地之怒，能貫穿鋼鐵的無雙之矛啊。貫穿逼近的敵人，賜死他們吧……『大地之矛』！」

「少礙事！」

烏爾的攻擊又被亞特的劈砍輕鬆地破解了。

更何況烏爾必須透過詠唱才能發動魔法，在他詠唱的期間，亞特也不斷地逼近。

這個時間成了致命的關鍵。

而且對手也能透過詠唱的內容預先得知他會使出怎樣的攻擊。

他明明得攻到對手的柱子那裡去，亞特的進攻速度卻壓倒性的勝過他。

就算烏爾出手攻擊牽制對方，也被亞特輕鬆地躲開或是利用劈砍擋下，根本無法拖慢亞特的腳步。

隨便亂用魔法，也只是一味地消耗自己的魔力。要是魔力枯竭了，他就無法動彈了吧。

『不僅身為魔導士，連身為劍士的實力也是一流的嗎……為什麼這種傢伙會……！』

烏爾嫉妒起亞特的才能。

包含唯在內的四人都知道他絕對不可能獲勝。

不僅如此，那個叫做傑羅斯的魔導士還刻意設下了對亞特不利的條件。

儘管烏爾深刻地感受到自己的實力不足，對亞特的恨意卻燒得更旺了。

他知道自己只是單方面地喜歡唯。

然而就算這是一種任性，他也無法欺騙自己的心。

他無法放棄。不想破壞現況。絕對不想和唯分開。

正因為他是真心愛著唯，才會如此地固執。

烏爾認為就算自己在這場決鬥中落敗，這份心意也不會消失。

相較之下，亞特則是——

『一開始說我不能用魔法時，我還想說情勢會對我不利，可是這個世界的魔導士真的不怎麼樣呢。

我是知道他們很弱，但沒想到弱到這種程度啊……畢竟詠唱魔法是主流，所以知道來的會是怎樣的攻擊，對應起來也很輕鬆。如果無法不經詠唱就展開多重魔法，是沒辦法當我的對手的。不，這就是這個世界裡一般的魔導士吧。如果在「Sword and Sorcery」裡，根本就是不值一提的小嘍囉。』

——為魔導士超乎預料的弱小而吃驚。

因為烏爾身穿紅袍，所以他在索利斯提亞魔法王國的法律上肯定屬於高階魔導士。

可是就算是這樣，他的攻擊對亞特仍發揮不了作用。

亞特至今為止並沒有和這個世界的魔導士交手過，實在在沒料到他們的水準有這麼差。

只有這種程度的話，「Sword and Sorcery」的新手玩家還比他們強得多了。不過這也證明了自己有多麼不正常。

對手的魔法攻擊全都被他用劍給抵銷了。

就算是老練的戰士，也沒辦法用這種方式擋下魔法攻擊。

『趕快解決這件事吧……拖久了也只是讓場面更悽慘，有如我在欺負弱小吧……傑羅斯先生想必早就知道可以用武器抵銷魔法攻擊了。真殘忍！』

亞特持有的魔力量和體力都還很充足，可是攻擊他的烏爾已經累得上氣不接下氣，為了回復喝起「魔力藥水」了。

亞特甚至開始覺得定下這種像是在整人的決鬥規則的傑羅斯，根本是個超級大壞蛋。

就算規則看來對亞特不利，也因為壓倒性的等級差距，讓這些限制根本稱不上不利。讓烏爾覺得自己多少有機會能獲勝這點實在太邪惡了。

在雙方同為魔導士的決鬥中，對方沒使用魔法，自己卻落敗了這種事，只會讓人感到無比屈辱吧。

以要讓對方知道自己的斤兩來說，這個作法實在是太缺德了。

因為烏爾從一開始就沒有任何獲勝的可能性——

雖說感情用事的烏爾也有錯，但沒注意到這點，便隨波逐流地接受決鬥的亞特也是同罪。

可是事情會演變成這樣完全是偶然。

就算是傑羅斯，也不是每天都在動這些歪腦筋的。

不，或許該說他的個性就是這麼惡劣吧，不過——

『他是叫烏爾是吧……抱歉了，但讓我擊倒你的柱子吧！』

算是同情對手，亞特全力向前奔跑，打算迅速分出勝負。

他乾脆地甩開了烏爾，朝著柱子直線前進。

就算不能使用魔法，在格鬥系的技能中也等同於「身體強化」的技能。

一般稱為「練氣法」的武鬥技能，在這個世界稱為「技巧」。

「技巧」是一種技能，而魔法是透過在腦中展開魔法術式發動的技術。

就算效果相同，本質上仍是不同的東西。

「嘖，追不上……」

「抱歉，不過是你要找我決鬥的。就讓我趕快分出勝負吧。」

「你別想！我會贏的……火球啊，化為地獄業火，燒光我的敵人！『火球』！」

「打不中的！」

「焰之矢啊，貫穿我的敵人。『火焰之箭』！」

「怎麼，你是開始自暴自棄了嗎？」

烏爾執拗地瞄準了亞特的腳邊，連續施放出「火球」和「火焰之箭」，但亞特都輕鬆避開了。

看到這景象的觀眾也不禁覺得烏爾肯定會落敗。

「啊啊～……這輸定了吧。」

「真要說起來，橫刀奪愛本來就不好啊。那個人是小唯的老公，表示他們互相喜歡吧？」

「對男人來說雖然是很熱血的發展，可是他原本就沒希望嘛……可憐的傢伙。」

「不過就算愚蠢，人家也好希望有人這樣認真的喜歡我喔～♡」

「不，這行為也只會讓小姑娘感到困擾吧。這決鬥只是為了滿足他自己不是嗎？」

村人說得沒錯，不管烏爾再怎麼和亞特比，只要唯對烏爾沒有那個心，這些行為就沒有意義。

自己把事情鬧大的烏爾就像個可悲的小丑。

儘管如此，這世上仍有這種無法實現的戀情。有時不把這份情緒發洩出來，當事人便沒辦法跨越這個心結，向前邁進。

要是因此激發了他的跟蹤狂特質，他恐怕會一直纏著唯吧。

想讓他死心，給他看看雙方的實力差距是最有效的做法。

老實說烏爾已經無計可施了。

可是他還準備了最後的一張王牌。

沒錯，就是在決鬥前設下的陷阱。

既然雙方有著壓倒性的實力差距，烏爾只能把一切都賭在這個陷阱上了。

「唔喔喔喔喔喔！」

「「「「唯姑娘的老公消失了？」」」」

『上鉤了！』

亞特的身影忽然消失無蹤。

原因是地洞陷阱。地屬性魔法「墜落陷阱」。烏爾用這個魔法挖出了好幾個地洞，以急就章的地洞陷阱來誘騙對手，把最重要的陷阱藏起來。

接下來只要把亞特誘導過去就可以了。

他不知道這個陷阱可以爭取到多少時間，但這就是烏爾手中的王牌。

亞特雖然一邊防備是否有地洞陷阱一邊移動，可是瞄準他背後和腳邊的魔法攻擊引開了他的注意力，結果他還是不幸的踩進了陷阱裡。

覺得對手太弱而大意，反而被趁機將了一軍。

「呃！這是……『史萊姆黏液』嗎！」

設置在地洞陷阱中的黏著性液體「史萊姆黏液」。是接觸到水之後會起化學反應並增強黏性，用來捕捉魔物用的道具。

使用大量「史萊姆核」為素材製成的粉末，具有只要加上約一手掌分量的水就會爆炸性地膨脹的性質。而且黏性驚人。

因為這種粉末接觸到濕氣也會膨脹，所以很難保存，是種麻煩的素材。

「因為實力高強而大意了呢。這下是我贏了！」

烏爾對自己使用強化體能的魔法，使出全力奔向對手的柱子。

眼見攻守情勢逆轉，觀眾席的情緒一下子沸騰了起來。然而——

「啊啊————————！」

烏爾也掉進了地洞陷阱裡。

而且陷阱裡也細心地設置了「史萊姆黏液」。

看來兩個人想著一樣的事情。

「你、你太卑鄙了吧！」

「吵死了，做好準備以防萬一很正常吧！確定自己會贏的時候就完蛋了！」

「到底要妨礙我到什麼地步啊……拜託你乖乖消失吧！」

「開什麼玩笑，喜歡人家的老婆還不夠，居然還打算要橫刀奪愛，你這個性超讓人火大的！這裡從一開始就沒你的位子啦！」

「比起你這種人，我更能讓她獲得幸福！生下來的孩子我也會養大！就算她的心現在向著你，只要花上一些時間，她一定會回應我的心意的！」

「你這說法根本無憑無據吧。簡單來說你就是無視唯現在的心情啊。這樣你還好意思說愛她！從頭到尾都你一個人在自嗨吧，你這自我中心的混帳！」

因為雙方是在平原上決鬥，能夠設下的陷阱有限。

可是兩人居然設下了同樣的陷阱，而且雙雙中計。實在滑稽。

然後還開始對罵，真是太難看了。

「有人會想看滿身黏液的男人嗎？沒人會因此高興吧……」

「傑羅斯先生在意的是這點啊……」

「這景象實在讓人看不下去呢。只能說兩邊都是笨蛋。」

「這場決鬥該不會以平手落幕吧？」

「這很難說呢～亞特應該會憑著執著獲勝吧。」

決鬥從魔法戰變為雙方在地洞裡互相難聽地叫罵著。

『嘖，不離開這個洞，想攻擊也……等等，既然從這裡看得到柱子，我只要把劍丟出去就好了吧？我記得劍技中有有效的攻擊手段……』

『這樣下去會被他給搶先的。既然看得見柱子，只要使出全力，用魔法攻擊的話……』

亞特和烏爾同時開始動了起來，卻因為身上沾滿了黏液，沒辦法自由行動。

「哎～唷～？雙方想在地洞裡做出最後的攻擊！在洞裡大概只能看到柱子的尖端，想用魔法瞄準柱子必須有絕佳的操控能力！這場只要柱子被徹底擊碎就能獲勝的決鬥，和無聊的前半場截然不同，現在得和時間對決了————！」

「阿俊，加油！」

「唯小姐擺明了偏袒老公啊————！烏爾先生真是可憐哪！然後亞特，你也太令人羨慕了吧！祝你老二爆炸啦！」

「傑羅斯先生……你把真心話都說出來了耶？不稍微克制一下，我覺得你身為一個人實在是有點問題呢。」

「傑羅斯先～生，你站在哪一邊啊～？」

「呵……這還用說。我當然是站在不受歡迎的男人那一邊！」

「「「「大哥————————！」」」」

大叔得到了苦於討不到老婆的莊稼漢們的支持。

不管時代和世界再怎麼不同，人的本質還是一樣的。

而且在哈薩姆村裡，單身男性占的比例很高。結不了婚的男人大多是長男，或是被逼著去開拓農村的次男們。

他們都處於很難討到老婆的立場上。

『傑羅斯先生……你也給我差不多一點！不過還真難動……』

亞特在地洞裡拚命地拿劍擺好架式，從全身上下散發出鬥氣（魔力）。

那是一股別說能輕易粉碎了，甚至可以徹底消滅岩柱的龐大魔力。

感受到化為沉重壓力逼近的魔力氣息，烏爾的心中開始焦急起來。

那股強大的魔力足以將他推入絕望的深淵。

『唯……那種男人到底哪裡好！不過這股魔力實在是……我太小看他了。世上居然有擁有此等魔力的魔導士……可是我不能輸！』

大叔那句偏袒老公的發言，激起了烏爾的嫉妒心。

烏爾能用的魔法威力很弱。而且因為是舊有的魔法，也有較耗魔力的缺點在。要是勉強使用，當然也會對身體造成很大的負擔。

就算承受著這些負擔，烏爾仍下定決心，要在這一擊中注入自己所有的魔力。

他拚命的詠唱咒文，然而這段時間實在非常難熬。

「焰之矢啊，貫穿我的敵人。『火焰之箭』！」

憑烏爾的實力，就算用「魔力藥水」補滿了魔力，最多也只能射出十五發的「火焰之箭」。儘管利用魔導具提升了威力，但效果並不顯著。

每射出一發魔法就得詠唱一次咒文，焦急感不斷擾亂著他想要專心的心。

在這段期間，亞特仍持續把魔力集中在劍上。

烏爾用皮膚都能感受到亞特正把駭人的龐大魔力凝聚到一點上。

儘管烏爾拚命地用魔法攻擊柱子，然而用魔法造出的柱子超乎想像的堅固，無法輕易擊碎。

焦急。

無法集中。

時間的流逝感覺漫長無比。

他從沒想過需要詠唱的魔法居然是如此的派不上用場。

就在這時候，他感覺到身後的亞特已經做好準備，要使出最後一擊了。

「飛投劍，『戰刃轟雷』！」

亞特丟出凝聚了龐大的魔力的劍，劍以高速刺向柱子。

刺中的同時，封在劍裡的魔力也被釋放出來，現場響起雷鳴，閃過一道撕裂天空的閃電，朝著周圍放出破壞的力量。

帶有莫大威力的衝擊波讓柱子有如被爆破解體的大樓，徹底裂開後悽慘地倒下了。

觀眾席上也滿是餘波造成的沙塵。

「……什麼！」

烏爾聽到身後傳來柱子碎裂的聲音。

他想辦法爬出地洞後，只見亞特的柱子在烏爾的攻擊下，被破壞的程度連三分之一都不到，亞特則是將烏爾的柱子徹底破壞掉了。

「怎麼可能……這種劍技，我連聽都沒聽過。這根本是用了魔法吧……」

「這不是魔法喔。飛投劍『戰刃轟雷』是劍技技能練到『劍鬼』後會習得的技巧。是從『飛雷震』發展出的招式。」

「這威力……跟魔法根本沒兩樣嘛！我不接受！」

「可是這不是魔法，是一種劍技喔？要再加上更多不利條件就有點過分了呢……」

「劍技」或者說「技巧」——武技和魔法的差異在於有沒有魔法術式。

魔法是由魔法文字構成，藉由將魔力轉換為物理現象而發現的技術，也是一種學問。比較類似寫程式或設計。

可是武技不同，是透過將魔力注入並凝聚在武器中，藉此提升威力而發現的技巧。

儘管有屬性存在，魔力變質的情形仍會因武器使用的素材和個人資質而有所不同。

有擅長雷屬性的，也有擅長火屬性的人，其中也有能夠靈活運用多數屬性的優秀人才。

不過以上所述的情形僅限於這個世界，在「Sword and Sorcery」裡的每一個玩家都能夠使用所有的屬性技。

然而可以使用的技巧多，跟能不能全都靈活運用又是兩回事了。有許多技巧都淪落到被束之高閣的命運。

唉，畢竟威力愈高，耐用程度就愈低，武技確實有著會讓武器的使用壽命縮短的缺點在。

在這個異世界裡，騎士和傭兵也很少使用武技，完全被當成必殺技來看待。

「我說過了吧，你絕對贏不了亞特的。畢竟他在變強之前，被迫做了很多亂來的事情呢。」

「傑羅斯先生你好意思說這種話？喜孜孜地讓我見識到何謂地獄的人，就是傑羅斯先生你們吧。」

「呵……都是以前的事了。而且我跟其他人比起來，可沒有那麼亂來喔。」

「是這樣沒錯啦……跟那些人相比，是稍微好一點。雖然真的只有稍微好一點點而已……」

「我可沒弄出像布羅斯那樣的犧牲者喔？做好了萬全的安全保障呢。」

「相對的，你會帶我去很危險的地方啊！話說回來，我有見到『野蠻人』喔。不過他身邊有一群獸人老婆就是了。」

「那傢伙也成了現充啊……不，因為他也是毛茸茸愛好者，所以我是不特別羨慕他啦……」

「凱摩．布羅斯」。是殲滅者之一的「凱摩．拉斐恩」的弟子，也是個重度的毛茸茸愛好者。

是個只要對象是獸人，不管是有人類外型但長有耳朵和尾巴的種族，還是完全是野獸外型的種族都超愛的怪人。

而這樣的他儘管還是個國中生，現在卻有十七個老婆。

而且人數還在持續增加中。他在異世界實現了夢想，打造了毛茸茸後宮——

「我不承認這種決鬥……這種結果，我絕對不接受！唔哇啊啊啊啊啊啊啊啊啊啊！」

「什麼？糟了！」

「啊啊～……果然失控了啊。常見的發展呢……」

「既然這樣，我就把她綁架到某個安全的地方，監禁起來……為了不讓她逃走，把手腳給……」

「「好可怕、好可怕、好可怕！」」

放棄不了的戀情與強烈的占有慾，讓烏爾開始自暴自棄，而且往危險的方向發展了。老實又認真的個性讓無法如意的感情失去控制，最後做出了超乎常理的行動。

他奔向唯，手上不知何時拿著一把小刀。

可能是認為既然有傑羅斯等人在，不可能綁走唯吧，便轉成了「我要殺了妳之後去死！讓我們一起在天國獲得幸福吧」這種自以為是又不顧他人意願的想法。

然而他的心意沒能傳達出去。

——鏘！

他朝唯刺出的小刀，被一道看不見的牆給擋了下來。

唯冷靜地發動了從傑羅斯那裡收下的守護符。

「呼……嚇了我一跳。」

「為什麼……為什麼不願意回應我的心意呢……」

「人家從一開始就有對象了，你的戀情根本不可能實現啊。不管多喜歡她，你的感情都是只考慮到自己，單方面的玩意啊。」

「如果你至今為止連告白都沒有，那這只是把你的感情強加在對方身上吧？唯小姐早就已經有心上人了，你應該一開始就很清楚自己沒希望了啊。」

「為什麼我就不行！是實力嗎？是我不夠強嗎？還是我沒有足夠的權勢或財力？我甚至連戀愛對象都算不上嗎啊啊啊啊啊啊啊！」

情緒失控的人，大多會基於一些沒有邏輯的原則行動。

夏克緹和莉莎說的道理他也聽不進去。

儘管有所自覺，仍無法接受事實，才會冒出這些誇張的想法。

簡單來講就是他的精神比外表來得更為幼稚吧。說喜歡對方只是說得好聽，實際上只給對方造成了困擾。

而且，說起唯——

「呃……對不起。因為我腦中只想著阿傑，所以對其他男人完全沒有興趣。所有男人在我眼裡看來都只是稻草人……而且我也無法分辨大家的長相，都是用聲音來判斷對方到底是誰的。」

「稻、稻草人……我也是嗎……哈哈，啊哈哈哈哈……真是太可笑了……」

——乾脆地被甩了。

泰德的時候也一樣，唯的說法真是毫不留情。

過分又殘酷的拒絕台詞。已經無藥可救了。

儘管烏爾很纏人，但他從一開始就沒被唯放在眼裡。

就算殺了對方，也要讓她變成自己的人。連這個最終手段都被防住，烏爾也已經無能為力了。

雖然還有殺掉亞特這一招，可是兩人的實力差距太大，烏爾早就親身體會到這是辦不到的事。

就這樣，青年烏爾沉重的初戀劃下了句點。

在這之後，村裡的男人們一邊灌酒一邊安慰了烏爾。村民們真的非常溫馨。

不用說，烏爾隔天當然因為宿醉而爬不起來。

◇◇◇◇◇◇

「那我們走吧……」

「暫時就先拿我家當落腳處吧。反正我家還有空房。」

「「「托您照顧了，傑羅斯先生。」」」

坐在輕型高頂旅行車上的是唯和亞特小隊的人，還有咕咕們。

在前方帶路的則是大叔的「哈里．雷霆十三世」。

他們一路朝著桑特魯城前進。

關於之後的打算，就要看跟德魯薩西斯公爵交涉的情況才能決定了。

「……不過我們接下來到底會變得怎樣啊～」

「既然和國家扯上了關係，我想你們應該會被當成上賓接待……剩下就要看交涉的狀況了吧？」

「傑羅斯先生這麼輕鬆真好～要是國王下令要把我們帶去城裡，我們可沒有選擇權呢～……真是失策啊～」

「沒有規劃，走一步算一步，一開始沒想到要先確保自己的據點是你們的敗因吧。你們不應該以當下的善意隨便行動。就算在嚴苛的環境下，也要先明確的訂好自己的目標才對。」

亞特他們在剛來到這個世界時，為了過著悲慘生活的村民們做了一些慈善活動。

也因為這樣，他們才會輾轉成為國賓，但換成傑羅斯站在亞特的立場上，他一定會優先去找唯。

就算看到生活在貧乏村莊或城鎮的人們，他也不打算只憑著善意行動。因為很明顯的會被捲入麻煩事裡。

就是這個不同讓他們兩人的立場有了落差。

「我在這個國家該做什麼才好啊……」

「這個嘛，應該要表現出你能為伊薩拉斯王國帶來貢獻吧？糧食流通或是工業發展，只要能多少為國家的發展帶來一些貢獻的話，應該就能自由行動了吧。」

「強硬派的那些傢伙老是要我開發兵器啊～唉，雖然我只做了一個很不妙的玩意啦……」

「關於這件事，可以詳細地告訴我嗎？」

「不行！就算是傑羅斯先生，唯獨這件事我是絕對不會說的！」

「……唉，不說也沒差啦。畢竟我也幹過一些好事，我們雙方就別提這些事了吧。」

兩人得出共識，一行人持續奔馳在法芙蘭大道上。

和奇幻世界非常不搭調的交通工具揚起煙塵，遠離了哈薩姆村。

他們似乎已經放棄去在意利用這條道路的商人們的目光了。

第十三話　學生們前往古代都市

在魔導提燈發出的微弱亮光中，幾輛馬車緩緩地前進著。

這裡是過去矮人使用的通道，最近被稱為「伊薩．蘭特地底通道」，是連接伊薩拉斯王國和阿爾特姆皇國的通道。

而雙方交易的中心點之一，就是地底遺跡都市「伊薩．蘭特」。

地底通道開通後，便有許多商人開始利用這條通道。

商人們經手的貨物以礦產為主。缺乏礦物資源的索利斯提亞魔法王國因此有了穩定的礦產來源，而被梅提斯聖法神國惡意用低廉價格收購礦產的伊薩拉斯王國，也因為變得可以直接和索利斯提亞魔法王國交易，在經濟上獲得了很大的幫助。

其實要是開通時期有些落差，伊薩拉斯王國說不定就會被梅提斯聖法神國給併吞了，可說當時真的處在非常危險的時機下。

而現在有幾輛馬車正在這條交易通道上前進著。

「真長啊……這條路會延續到哪裡啊？」

「根據地圖來看，再往前一點就會抵達伊薩．蘭特了。」

「這條通道……不會垮吧？為什麼你們兩個可以如此冷靜啊。都不會擔心嗎？」

「茨維特習慣了吧。庫洛伊薩斯……是因為太期待去現存的古代都市，所以很興奮。你應該要了解這點啊，迪歐……」

他們是伊斯特魯魔法學院的學生們。

其中包含了茨維特、庫洛伊薩斯、瑟雷絲緹娜這三位公爵家的兄妹，還有迪歐、馬卡洛夫、瑟琳娜、伊·琳，和卡洛絲緹派系的眾人，還有負責護衛的杏和好色村等傭兵們，以及眾多其他各派系成績優秀的學生，陣容十分浩大。

老實說問題就出在他們的成績太優秀了。

暑假過後他們便持續有著令人驚嘆的亮眼表現，成績好到讓講師們都煩惱了起來。

照理來說，他們如此優秀應該是值得高興的事，然而麻煩的是目前成績頂尖的學生開始對國家內政提出異議，著手進行派系改革。不然就是以實驗為名，頻繁引發人為災害的問題兒童。

講師們考慮到這樣下去自己可能會被追究管理責任並遭到解僱，便找個合理的理由把學生們趕出了學院。簡單來說就是他們拿學生們沒轍了。

雖然學生優秀這點是對派系有利沒錯，可是對於希望維持現況的人來說，這些要求改革的學生們非常棘手。

「這件事情雖然不是很重要，不過庫洛伊薩斯……你是從哪裡拿到那份地圖的啊？好像連城鎮全貌的細節都畫上去了耶……」

「我有很多可靠的管道。這是認識的畢業生偷——應該說，請對方讓渡給我的。除此之外的事情希望你不要再追究下去了，提波康·珍。」

「我叫迪歐啦！為什麼會是提波康·珍？那誰啊？沒有一個字是對的耶？而且你剛剛是想要說『偷渡』吧！」

「妹妹都記住我們的名字了，這傢伙卻……」

「別生氣啦，馬茨肯羅。那可是庫洛伊薩斯耶？沒興趣的事物他是記不住的吧。」

「耶～這傢伙也沒記住我的名字耶！馬茨肯羅是誰啊！聽起來很放克嘛，你就隨著森巴的節奏跳舞吧，混帳！」

茨維特和庫洛伊薩斯，這兩個人都沒記住對方朋友的名字。

順帶一提，馬卡洛夫和迪歐都曾經和兩人同班過。儘管如此兩兄弟還是想不起他們的名字，可見對兩兄弟來說，他們真的是不重要的角色。

乾脆放棄這件事或許比較好。

「是說哥哥……」

「嗯？怎麼了？庫洛伊薩斯。」

「他是哥哥的護衛吧？他在幹什麼啊？」

「他？啊啊……你說好色村啊。」

在庫洛伊薩斯視線前方的是身為「轉生者」的「超愛色色精靈村長」。

本名「榎村樹」，一般都叫他好色村。而他目前正在徵求女友中。

「哦～妳沒有男朋友啊～那我怎麼樣？我是那種會對女朋友鞠躬盡瘁的人喔？」

「咦～？可是～你感覺很輕浮耶。」

「不不不，別看我這樣，我很認真的喔？雖然我像這樣向妳搭訕～但我也是拚命鼓起了勇氣，才敢這麼做的呢。」

「騙人～完全看不出來～你真的沒說謊嗎～？」

「真的真的，真的是真的啦。我是在尋找所愛女性的孤獨浪人啊。」

他正在把妹。

而且旁邊還有一些明擺著看他不爽的傭兵們。

「反正他又會被傭兵們給揍一頓吧。別管他。」

「若無其事的說了過分的話呢。你不去救他嗎？唉，反正是別人的事，我是無所謂啦。」

庫洛伊薩斯也很過分。

實際上他們在到這裡來的過程中也曾起過幾次爭執，不過庫洛伊薩斯都裝作沒看到。

他從一開始就沒打算要幫忙協調。

「唉～……能不能趕快到目的地啊。」

「這句話一路上你已經不知道說過多少次了。稍微忍耐一下吧。」

「這句話我也聽了不知道多少次了。」

到伊薩·蘭特的路上實在是閒得發慌。

而這段無聊的時光似乎還會持續一陣子。

瑟雷絲緹娜坐在女學生們搭乘的馬車上。

除了原本就有的「姊姊大人」之外，最近她又多了「魔法天使」、「天才魔導少女」等別稱，講師們倒是害怕地用「教室中的異端」或「叛逆的瑟雷絲緹娜」來稱呼她。

過於優秀而讓講師們不知道該拿她如何是好這點雖然跟庫洛伊薩斯一樣，可是瑟雷絲緹娜到不久之前為止都還被說是「無能者」。而問題就在於她靠自己的力量變得能夠使用魔法，成了天才。

講師們也知道這世上有天生體質就不擅長使用魔法的人存在，可是過去從未有這樣的人自力成為魔導士的案例。

事情變成這樣，感覺就會有人用「無能的學生都自力成為魔導士了，你們到底在指導些什麼啊？人家一個人就做到了喔？學生能辦到的事情，你們為什麼做不到？喂，你們有在聽嗎？」這種說法來指責講師們。不，實際上確實有人這麼說了。

更嚴重的問題是瑟雷絲緹娜開始教導那些不擅長魔法的學生們，更突顯了講師們的無能。

其實也不是講師們沒認真上課。

瑟雷絲緹娜會去指導那些和自己有相同境遇或立場相近的人，也單純只是出於親切。

然而這基於親切而發起的慈善行為，以結果而言卻將講師們逼入了絕境。

講師們總是會被找理由拿來和這些優秀的學生們比較，也就是因為受不了這種狀況，才會把近乎所有成績優秀的學生們流放到「伊薩・蘭特」來。

不過在那之前，就已經沒有講師能夠指導瑟雷絲緹娜了。

「唉～……這麼閒的話，一直吃伊．琳的餅乾，吃多了說不定會胖呢。」

「咦～？這該怪我嗎？單純是瑟琳娜妳吃太多了吧？」

「吵死了，是妳不該做出這麼好吃的東西！嗚嗚……我好不容易才減肥成功的說……」

「因為瑟琳娜妳太禁不起誘惑了啊～」

「「……………」」

瑟雷絲緹娜和卡洛絲緹凝視著正在吃點心的瑟琳娜和伊．琳。

然後她們緩緩地看了看自己的胸口，再把視線移回那兩人身上。

主要是胸部——

「不會太大，也不會太小……瑟琳娜小姐恐怕有一對美胸呢。」

「伊．琳小姐也是，胸部還是老樣子，無可挑剔呢……不僅如此，還有一張娃娃臉，又擅長各種家事……在男性間非常受歡迎喔？」

「以前有傳聞說我和茨維特哥哥之間有著不尋常的關係，傳出這個謠言的犯人就是她。好像意外的是個說話不太謹慎的人。」

「她很優秀喔？只是感性上似乎有些異於常人……」

伊．琳平常乖巧溫順，感覺有些呆呆的。

但她意外的優秀，光看成績的話，可以排進女學生的前四名內。

她也為了實戰訓練而去了拉瑪夫森林，不過她的小隊裡有低年級的學生，所以沒太勉強，只去採了一些藥草。

戰鬥方面也只打倒了哥布林那種程度的魔物。

「旁人幫她取的綽號是『學院的保母』。說是庫洛伊薩斯學長的女朋友。」

「我也覺得庫洛伊薩斯哥哥確實需要一位相當會照顧人的女性……」

兩人不知為何有股強烈的挫敗感。

明明同為女性，卻不僅外貌，在賢慧的程度上也有著壓倒性的差距。

「我、我們還有未來呀。我們也一樣，接下來還有得發展呢！」

「未來嗎……以現在的尺寸來考量，我覺得好像不能期待……」

「不能放棄！現在放棄的話，我們的比賽就結束了！」

到底是參加了什麼比賽啊。

這兩人從未做過家務事，都是只顧研究魔法相關知識的研究者。

她們很清楚自己缺乏女性魅力，可是看到眼前擁有母親般的包容力，並且身材絕佳的伊．琳，不管怎樣都會讓她們體認到自己不夠賢慧這件事。

「這麼說來，伊薩．蘭特再過去一點的小鎮好像有溫泉。真想去看看呢。」

「咦～？可是那裡是阿爾特姆皇國的領地喔？擅自跑去會被罵吧？」

「聽說泡了會讓肌膚變得很光滑喔。好像對美容很有幫助呢。」

「是喔～」

『『什麼！』』

這句話對瑟雷絲緹娜她們來說太有吸引力了。

可是她們是為了學業而前往伊薩．蘭特的，不能以個人的慾望為優先，實在是個惱人的問題。

就算為了學業這件事本身就是個藉口，不知道真相的學生也不能擅自前往其他國家。要是出了什麼事，負責帶隊的講師會被革職的。

對她們兩人而言，要為了自己的慾望犧牲其他人，心裡實在是過意不去。

「唔……難得附近就有能夠提升女性魅力的溫泉。」

「不能為了美容，就給其他人添麻煩呀。現在只能含淚放棄了……是說啊。」

卡洛絲緹看向馬車外，只見烏爾娜正拚命地在馬車旁邊奔跑著。

她恐怕是在做特訓吧，不知為何指導她的是神出鬼沒的小蘿莉忍者。

「小杏，我沒辦法順利發動『瞬動』耶～」

「嗯……魔力磨練得不夠。要將凝聚在腳底的魔力化為全身的彈簧，在加速的瞬間讓魔力爆發出來……因為要同時使用『身體強化』，所以好像很簡單，實際上很難。」

「烏爾娜小姐，是像這樣做的喔。」

藍髮戴眼鏡的女僕忽然從烏爾娜的面前消失，不知何時移動到了數公尺遠的地方。簡直就像是瞬間移動。

負責護衛馬車的傭兵們因為突然現身的女僕而嚇了一跳。蜜絲卡看到他們吃驚的樣子，臉上出現了壞心眼的笑意。實在是非常愉快的燦爛笑容。

因為她最喜歡讓人吃驚或是玩弄他人了。

『先不提杏小姐，為什麼烏爾娜和蜜絲卡會在這裡？』

『以烏爾娜同學的成績，她應該沒辦法參加這次調查遺跡的活動啊……至於蜜絲卡小姐則完全是外人啊。』

杏是受僱於索利斯提亞公爵家的護衛，所以另當別論，但烏爾娜的成績只有中下，進不了這次的調查團。蜜絲卡再怎麼說都只是照顧單一學生的侍女，沒有資格參與遺跡調查工作。

應該是這樣才對的，她們卻不知為何出現在這裡。

蜜絲卡帶著得意的笑容回來，烏爾娜用尊敬的眼神看著她。

杏則是一如往常地冷漠。

「那個……為什麼蜜絲卡和烏爾娜會在這裡？不管怎麼想，兩位出現在這裡都很奇怪吧……」

「妳問為什麼嗎？真是個愚蠢的問題呢。因為我是女僕啊。」

「蜜絲卡所說的女僕的定義太奇怪了！拜託妳不要以為用這句話就可以說明所有事情。這可是學校活動的一環喔？」

「已經不會上當了嗎……嘖！簡單來說就是休假。因為主人放我休假，我想說去泡個溫泉也好。然後就順便綁架——不是，邀請了閒著的烏爾娜小姐，順路搭上了調查團的行列。有什麼問題嗎？」

「綁架？妳剛剛是不是說了綁架？而且要去泡溫泉？太狡猾了！」

蜜絲卡若無其事地如此宣言。

擺明了有外人順勢混了進來，蜜絲卡那光明正大的態度反而不會讓人對她起疑心。而且搭上調查團的行列，還可以省下僱用護衛的費用。

問題是烏爾娜。

「蜜絲卡……烏爾娜好歹也是學生喔？要是學分不夠，明年說不定會被留級耶……」

「這方面我也處理好了。我已經威脅——應該說，說服了校長和講師們，烏爾娜小姐的成績將維持現狀。沒有任何問題。」

「威脅？妳威脅了校長嗎？蜜絲卡在我不知道的地方做了些什麼啊！」

蜜絲卡的眼鏡閃過一道妖異的光芒。

雖然看不到她的表情，但她的嘴角上揚到不能再上揚，露出了至今為止從未見過的邪惡笑容。

她的臉上毫無迷惘。

「大小姐，每個人都會有一千或兩千個不想被人知道的祕密喔？我只是提出其中一個來拜託他們而已。他們都很乾脆的答應了喔？」

「一般來說沒有那麼多吧！而且結果妳還是威脅了他們嘛！」

「真是的～大小姐太任性了呢……為了這樣的大小姐，我準備了很棒的禮物。」

「是什麼啊……書？呃，這是！」

蜜絲卡交給她的是有著黑色皮革封面，充滿壓迫感的一本書。

看到封面上的書名，瑟雷絲緹娜僵住了。

然後害怕地顫抖起來。

「蜜、蜜蜜蜜、蜜絲卡……為什麼這個出成書了……？」

「看到大小姐妳這麼高興，也不枉費我辛苦編輯成冊了。最近的銷售成績也很棒喔？版稅也很驚人。真是太好了呢，大小姐！」

瑟雷絲緹娜覺得比著大拇指的蜜絲卡看起來十分可恨。

相反的，蜜絲卡身上充滿了完成工作後的充實感，臉上掛著燦爛的笑容。

「我沒問妳這些事！為什麼這個會出成書對外販售啊！」

「因為我覺得不將這公諸於世，就這樣一直埋沒著實在太可惜了。出版社的人也因為出乎預料的銷售成績而十分驚訝呢。」

那是瑟雷絲緹娜的黑歷史。

是她受到因為蜜絲卡的惡作劇而產生興趣的色色小薄本的啟發，將所有慾望投注在內，全力創作出的鉅作，也是被她封印的負面遺產。

那時這都還只是妄想罷了，蜜絲卡卻在她不知情的情況下將之出版成冊。而且好像還有對外販售。

順帶一提，書名是《人獸們的悲歌～愚者在薔薇花園內起舞～》。

「哎呀，這本書我也看了喔。是身為孤兒的少年們在黑社會中往上爬的故事吧？那個男性們時而互相傷害，有時又激烈地愛著彼此，愛恨交織的故事。我看到最後大哭了一場呢。」

「咦？為、為什麼卡洛絲緹小姐會知道這本書？」

「妳問我為什麼……這本書陳列在大圖書館的新書區啊？我是不小心拿起來的，不過故事內容出乎預料的好呢。男性之間居然……像那樣激烈地渴求彼此。」

「不啊啊啊啊啊啊啊啊啊啊啊啊啊！」

黑歷史在世間廣為流傳。

而且獲得了超乎預期的好評反而讓人很難受，而且超丟臉。

「互為好友的雙方因為彼此的立場不同，而必須互相廝殺時，真的很令人無奈又揪心。沉默地離開床上的場景明明很悲傷，卻又令人愛不釋手。啊啊……喬邦尼大人♡」

「我在編輯那個橋段時也特別用心呢。因為那是展現男主角們的心在愛與責任的狹縫間擺盪著，不但是最重要的劇情，也是大小姐寫得最用心的場景。」

「別說了啊啊啊啊啊啊啊啊啊啊啊啊啊！」

卡洛絲緹也深深地墜入了這個世界。

一想到原因是自己寫的妄想故事，瑟雷絲緹娜就很想死。這種讚不絕口到當事人覺得難受的行為，有時會比拷問器具帶來更殘酷的痛苦與折磨。

就算得到了很好的評價，對方出於好意陳述的那些意見也會化為銳利的刀刃，毫不留情地刺入瑟雷絲緹娜的心。

她的生命值已經歸零了。

「太好了呢，大小姐……連朋友都這麼支持妳喔？」

「咕……殺了我！乾脆直接給我致命的一擊吧啊啊啊啊啊！」

蜜絲卡滿心喜悅地刻意用手帕擦拭眼角，瑟雷絲緹娜則是因為過於羞恥而喊出了發自靈魂深處的哀號，做好了一死的覺悟。真是過分的主僕關係。

「是說續集預定什麼時候會出版？我很期待呢。」

「現在正傾盡全力編輯中。明年前應該可以……」

「咕啊！」

瑟雷絲緹娜終於因無法承受現實而倒下了。

「啊，我學會『瞬動』了！」

「嗯……妳很有天分。既然這樣，說不定也很快就能學會『縮地』了……」

「真的嗎？太好了～！」

烏爾娜和杏在旁邊開心地修行著。

這兩人似乎聽不到周圍的吵鬧聲，非常開心的樣子。

在意識逐漸遠去的過程中，瑟雷絲緹娜聽著以自己的步調在修行的兩人的聲音，覺得羨慕的同時，意識也陷入了黑暗之中。

◇◇◇◇◇◇

歷經長程移動的學生調查團，現在正在「伊薩．蘭特」的正門接受盤查。

商人們大排長龍，可以看出大家都爭先恐後地想搶下新的商務機會。

至今為止只能繞道梅提斯聖法神國的經商通路，如今延伸到了阿爾特姆皇國和伊薩拉斯王國，不用繳交多餘的費用就能前往他國做生意這點帶來了很大的影響。

每個商人都想比其他商人更快找到交易對象，拚命地想搶得先機。

然而現況是商人數量過多，拖慢了盤查的進度，導致隊列塞車無法前進。

「真的假的……是伊薩・蘭特耶。騙人的吧……」

「嗯……這是現實。你覺得是在作夢的話，要我揍你看看嗎？」

「拜託不要，我會死……」

杏有些開心地揮出小小的拳頭，好色村則是因為杏的一擊有可能會害他喪命而拚命地婉拒了。杏雖然面無表情，神情看起來卻有些遺憾。

杏和好色村也是原為「Sword and Sorcery」玩家的轉生者。雖然杏接受了這件事，但好色村就算看到了眼前的大門，仍感到難以置信。

他對於轉生到異世界這件事有著各種想法，卻萬萬沒想到異世界裡有遊戲中作為玩家初期據點之一的地底都市，而且自己就站在這裡。

眼前這不像現實，令他懷疑是夢境的景象，跟儘管如此這仍是現實的理性認知互相衝突。使他陷入了一種自己彷彿在玩「Sword and Sorcery」的奇妙感覺中。

可是他也知道這個感覺非常的危險。

要是讓自己處在玩遊戲的感覺裡，對死亡的危機感就會大幅下降。

可是既然這個世界是現實世界，就不可能像遊戲裡那樣，有「死後重生」的機制在。

「糟糕……我真不該來這裡的。感覺就像在『Sword and Sorcery』裡啊。」

「……這裡沒有『復活神殿』。沒有這層自覺的話，會有生命危險的。」

「我知道，可是這到底是怎麼一回事？為什麼這個世界會有伊薩・蘭特城啊。」

「我也不知道……我想『殲滅者』應該會去調查這件事吧。」

「那個大叔嗎。畢竟他好像是頂尖玩家，應該很擅長調查，或許已經掌握住什麼情報了吧。」

好色村的腦中閃過一位身穿漆黑裝備的中年魔導士的身影。

儘管「殲滅者」是生產職業玩家，同時也是頂尖的遊戲攻略者。

從他就算來到了異世界也和公爵家保有良好關係的交涉手腕來看，他是個相當能幹的人。

他很有可能已經獲得一些情報了，不過好色村沒有勇氣問他。

更何況他也不知道「殲滅者」在哪裡。

「我大概……猜得到。你要聽嗎？」

「真的嗎？不，現在別跟我說吧。我還沒有勇氣面對真相。」

「……你在各方面都很廢耶。」

「小杏，妳這話還是會讓我很受傷的喔！」

好色村想要盡情享受異世界的生活。

相對的，沒人知道杏在想些什麼。

面無表情的忍者少女凝視著伊薩·蘭特的大門，臉上的表情沒有任何變化。

雖然和這兩人不同，但茨維特等人也看著古代都市的大門愣住了。

「真不得了……居然還有現存的古代都市啊。」

「呵呵呵……真想徹底地調查這座都市的每一個角落呢。我覺得自己就算把一生都奉獻在這裡做研究也沒問題。」

「庫洛伊薩斯……你有這麼熱衷研究——不對，你就是這種人。」

「馬卡洛夫，我覺得事到如今，已經不用吐槽他了喔？是說真厲害啊。這裡根本是無法攻陷的地底要塞。」

馬卡洛夫是研究家，迪歐則是在學習戰術的軍官候補生。

不管從魔法技術還是防衛戰術的觀點來看，這座地底古代都市都是最棒的研究對象。

而且是少數都市機能仍正常地在運作的遺跡。

不用說，抵達這座城後學生們將分為兩個研究小組。分別是研究戰術及研究魔導技術的小組。

畢竟他們還只是學生，所以無法踏入某些重要的地方。

可是除此之外，在某種程度上他們是可以自由行動的。

「嗯……我們恐怕會窩在舊領事館的遺跡裡吧。雖然都市的心臟似乎就在領事館的地底深處，可是那裡封鎖起來了。」

「你負責調查的是魔導具吧？我們是要確認這座都市的防衛構造，並在這裡驗證各種防衛戰術。要事先預想好戰爭時在現場該如何指揮，以及有可能會發生哪些意外。」

「最後果然還是得提出研究報告嗎？」

「是吧。畢竟我們最近幹了不少事，受到來自上層的各種關注啊。」

儘管所屬派系不同，茨維特和庫洛伊薩斯雙方都過得相當充實。

庫洛伊薩斯等人所屬的聖捷魯曼派由於改良了魔法藥以及魔法術式而備受矚目。更因為他發表了魔法術式的解讀方法，使現有各項研究的進行狀況都暫時停滯了下來。

可是在此同時，過去不明的魔法術式構造變得明確，解析的工作也有了驚人的進展。讓研究家們知道了新的可能性後，他們便徹底失控，廢寢忘食投入研究中。

茨維特等人所屬的惠斯勒派也提出了新的戰術構想及組織改革案，其中有一部分被實驗性地拿去用在騎士團和魔導士團的組織改革上，現在正迅速地改編為重視效率的軍事編成。

魔導士團和騎士團整合，只留下了高層，將底下的人員做了大規模的重新整編。也正式決定要重新審查現有的魔導士資格。

雙方高層已經無法像過去那樣互相對立，依據改革的狀況，還有可能會被革職。

「過去那些占盡了好處的傢伙們好像都被踢下來了呢。真是件好事啊。嗯。」

「迪歐，那只是事情的其中一面喔？實際上狀況相當混亂。在騎士團的訓練下，至今為止只會在後方支援的魔導士人數似乎大幅減少了。據說陸續有人因為拒絕接受近身戰鬥訓練而遭到革職。」

「馬修．阿赫阿赫說得沒錯。現在是魔導士也要在前線戰鬥的時代。不能像過去那樣在後面作威作福。沒能注意到這點，瞧不起這些決定而反抗的結果，就是被革職。也算是一種殺雞儆猴的行為吧。」

「哥哥，他叫馬卡洛夫喔……唉，我是做研究的，所以和戰場無緣就是了。」

『……這些傢伙其實是故意叫錯名字的吧？總覺得他們每說一次，就和本名愈來愈沒關聯性。』

馬卡洛夫在這瞬間起了疑心。

遺憾的是他們兩個不是故意要記錯名字的。

正因為他們是真的搞錯了，才更顯得惡劣。

不如說他們光是有記住對方的長相就不錯了。

「庫洛伊薩斯，我們一起走吧～」

「馬卡洛夫你也辛苦了。庫洛伊薩斯沒做什麼蠢事吧？」

聖捷魯曼派的主要成員在庫洛伊薩斯身邊會合了。

接下來他們將依照各個研究室分組行動。

「是伊・琳和瑟琳娜啊，沒事。庫洛伊薩斯這傢伙難得的沒做什麼。」

「哦～還真稀奇呢。明天這個遺跡會不會被埋在地底下啊？」

「瑟琳娜……我沒做實驗這件事有這麼奇怪嗎？再怎麼說，我也不是每次都會惹出問題來啊。」

「「「咦？」」」

很遺憾，沒人接受庫洛伊薩斯的主張。

不用說也知道吧，事件的中心一定有庫洛伊薩斯。

發生在學院裡的危險實驗事件，有七成都是庫洛伊薩斯造成的。

正因如此，他說「不是每次都會惹出問題來」也沒人會相信。因為眾人已經在現場親眼目擊過多次他引發人為災害的瞬間了。

「庫洛伊薩斯，說謊是不好的行為喔～？」

「你不是每次都才說完就惹出事情了嗎，一點說服力都沒有！」

「之前你不是才在指導學弟妹製作魔法藥時，做出了有奇怪效果的藥嗎？受害者忽然就開始暴露自已丟臉的興趣或是性癖耶！」

「有、有發生過這種事嗎？」

儘管他想裝傻矇混過去，三人仍用冷漠的視線看著他。

因為他會當場想到什麼就把多餘的東西加進去，所以處理起來才麻煩。

庫洛伊薩斯的字典裡沒有「危險，請勿混合」的警示標語，相反的一定寫有「順應你靈魂的渴望加下去吧」的標語。

幸好至今為止沒有人因此死亡或是受重傷，但也難保往後不會出現。

「沒人問卻會主動招出祕密的魔法藥……自白劑嗎……可以派上用場呢。」

「茨維特！」

茨維特在旁邊聽到這段話，對庫洛伊薩斯做出的魔法藥產生了興趣。

這讓迪歐也大吃一驚。

真的發生戰爭時，會派密探潛入其他國家，相反地，其他國家也有可能會派密探過來。

諜報部也曾抓到這些來自其他國家的諜報人員吧。

不過要從他們身上套出情報得用上各式各樣的方法，其中最有效的就是拷問。

而庫洛伊薩斯製作的魔法藥可以省下這些麻煩，不用做一些踐踏他人尊嚴的行為，就能輕易地得出情報。

畢竟對方會主動說出情報，也可以減少拷問官因為持續拷問而染上精神疾病，淪為罪犯的問題。也能縮短套出情報所需的時間。

對國家之間彼此對立，情報瞬息萬變的狀況來說，這樣可以有效且以低廉的成本收集到情報，所以茨維特認為沒有比這個更適合用在軍事層面上的魔法藥了。

「庫洛伊薩斯……你有留下那個魔法藥的調配方法嗎？」

「那當然。我怎麼可能會不把研究結果紀錄下來。」

「這你之後再做也行，但把那個調配方法整理好，提交給學院議會吧。你做出的東西可以有效地運用在軍事層面上。」

「那只是偶然之下的產物就是了。到底要用在哪方面上啊？而且我不會去研究那個喔？我要做的事情太多了，沒空去研究。唉，雖然我是有興趣啦。」

「用在哪你就別多問了。說要給諜報部用你應該就懂了吧？開發的事『魔導研究部』會處理。」

「原來如此……」

關於魔法藥，負責調查其效果及品質的研究機構主要有兩個。

「索利斯提亞魔導研究室」負責開發、研究用來販售的商品。「索利斯提亞軍魔導研究部」則負責開發、研究供軍事運用的魔導具或魔法藥。

表面上將這兩者視為一個組織下的一個部門，「魔導研究部」的名稱也鮮少被提及。

理由是因為這兩個機構的負責人不同。「魔導研究室」直屬於魔導士團，但是「魔導研究部」是直屬於王室管轄的。

最近魔導士團由於組織改革，使得權力被大幅削減，可是只有「魔導研究室」是由位居魔導士團之首的宮廷魔導士們管理的，所以裡頭的工作人員不會輕易地被解僱。

因為納入了騎士團，難免有些私底下的權力鬥爭，不過考慮到在組織改革途中的工作交接事宜，也不能隨便解僱沒有效率的負責人。

總之現在就是用比較嚴格的標準在觀察狀況。

可以說索利斯提亞魔法王國改變了既有的組織架構，進入了迎接新時代的準備期。庫洛伊薩斯的魔法藥將會由「魔導研究部」負責研究生產吧。

然而知道會交給其他人研究之後，庫洛伊薩斯不知為何露出了非常遺憾的表情。

「你啊……是你說『我不會去研究那個』的吧？為什麼一臉遺憾啊？」

「沒有，只是一想到要把擁有自己發現的功效的魔法藥交給別人研究，我就……」

「你也未免太任性了！」

庫洛伊薩斯身為一個研究家，對於求知一事充滿了強烈的渴望。

做出自白劑的確實是庫洛伊薩斯，然而他沒辦法容許其他研究家來分析、研究這種魔法藥。可是包含他目前正在研究的東西在內，他要做的事情太多了。

自己的身體只有一個這件事情是如此的令他感到遺憾，這種想法至今——已經在他腦海中出現過無數次了。

「喂！你們要在那邊聊到什麼時候啊，趕快往前進！太礙事了！」

「我們想趕快進城裡去啊，趕快跟上隊伍啦，臭小鬼！」

「「「「啊……」」」」

盤查在他們對話的期間仍不斷進行著，他們已經和前面的隊伍間空出了一段距離。

想盡早進入伊薩．蘭特城找地方落腳的商人們非常不滿，怒罵出聲。

這樣下去可能會引起糾紛，茨維特等人只好急忙往前跟上隊伍。他們通過盤查進入城內，大概是在這之後又過了三十分鐘後的事。

不管怎樣，包含茨維特在內的眾多學生們，終於平安地抵達了伊薩・蘭特。

◇◇◇◇

傑羅斯等人在延續到桑特魯城的路邊做野營的準備。

這條道路雖然經過整修，仍有許多劇烈的高低差，儘管機車和輕型高頂旅行車都裝有懸浮系統，還是可以感受到不小的衝擊。

因為帶著懷孕的唯，他們也沒辦法用平常的速度移動，只能緩緩前進，不過太陽也開始下山了，考慮到安全上的問題，他們便決定在平原的正中央野營。

傑羅斯雖然在準備晚餐，但這時他們想起了一件重要的事。

那就是——

「喂，傑羅斯先生……這個炸雞塊……」

「我做成咖哩口味的了，有什麼問題嗎？」

「不，不是那個問題……」

看起來實在不像野營會有的豪華餐點。

蔬菜湯配上柔軟的麵包，還有令人懷念的故鄉滋味，炸雞塊。

乍看之下全是些會激起食慾、令人垂涎的食物，問題是材料。

『喂，你覺得……這是什麼肉？』

『因為看不出形狀，無法判斷呢……』

『好可怕……我好怕吃傑羅斯先生做的飯喔……』

蔬菜湯和麵包一看就知道了。

可是不知道肉到底是什麼生物的肉，讓他們停下了筷子。

畢竟他們已經吃過了珍奇食材製成的天婦羅丼，實在無法不去懷疑。

「別管那麼多了，吃吧，這可是很好吃的喔～」

「「「所以說，你為什麼要用那種奇怪的說法啊！」」」

大叔像是看穿了他們的想法，露出了非常可疑的笑容。

拿著筷子的手顫抖著。

端著盤子的手也顫抖著。

三人的心暴露在動筷的勇氣及對未知的恐懼下。

「啊，這好好吃喔。」

「「「唯（（小姐））！」」」

「對吧～炸雞塊啊～就是要趁熱吃才好吃啊～」

不知道過去發生的慘劇，唯不疑有他的吃下了炸雞塊。

微辣的麵衣和肉汁的甜味，恰到好處的酥脆感喚起了鄉愁，令人回想起在地球上和家人一同圍著餐桌用餐的景象。

「可、可惡～～！」

「只要吃就好了吧，吃！」

「唉，反正外型看不出來就沒關係啦。比天婦羅丼安全多了吧。」

炸雞塊非常美味。

雖然不知道是什麼的肉，但真的很好吃。

結果他們敗給了飢餓，把炸雞塊全吃光了，那就是如此的美味。

稍微用了一些咖哩粉更是令人齒頰留香、回味無窮。

「……全都吃掉了呢。」

「是啊……」

「結果這個肉到底是什麼的肉啊？」

「……跟雞肉……類似的玩意啦。哎呀，別在意。」

莉莎又不小心說錯話了。

這是絕對不能問的問題。

是不知道會比較幸福的事情。

然後曾經見過的惡夢景象，又再度出現在他們的眼前了。

「……你們想知道嗎？這世上也是有不知道會比較幸福的事情喔……哼哼哼。」

「我不想知道……」

「嗯～我是因為害怕反而有點好奇起來了啦。」

「不要問！我可不想知道！」

「聽你這麼說，反而讓人想要把一切都告訴你了呢～其實是……」

在那之後，平原上迴盪著三人的慘叫聲。

儘管那個肉到底出自何種生物仍然是個謎，但可以肯定那是種會讓亞特他們陷入不幸，非常可怕的玩意。

幸福的飽餐一頓的只有唯一個人。

第十四話　好色村與杏展開探索

遺跡都市「伊薩．蘭特」。

在開通地底通道時被人發現，是一座現存的舊時代遺物。

過去人們在這座地底都市生活，與外界的聯絡網卻在邪神戰爭時斷絕，因而被埋沒在地底下。人民全都死於飢餓，留下的盡是些化為魔物的屍體與被怨憤囚禁的死靈，完全成了一座死亡之都。

發現這裡之後，派遣調查團進行大規模調查的結果，得知這裡是從流經地底下的龍脈聚集魔力，用來作為支撐這座都市的動力。

無數聳立於城鎮內的柱子肩負了魔力傳遞裝置的工作，以強化魔法固定住岩石地基，直到現在仍支撐著這座都市。

至於支撐生活環境的管理系統，經過判斷後，認為讓現今的魔導士使用太危險了，因此設下了數十層防禦屏障，將系統徹底封鎖了起來。

這是因為不能讓人隨意操控防衛系統，啟動古代兵器。

射往梅提斯聖法神國的「審判之矢」，就是不小心在這個地方啟動的古代兵器造成的。不過只有索利斯提亞魔法王國中極少數的人知道這個真相。

總之這座遺跡都市裡有太多危險物品，所以前往調查的魔導士們也被上層要求必須慎重行事。無論發現什麼，都有義務要確實地向上呈報。

和庫洛伊薩斯屬於同類的研究狂在未經許可便帶走發掘出來的物品也是個大問題，然而其中又以擔任護衛的傭兵擅自行動，無視報告義務配戴魔導具等狀況最為嚴重，使得監視變得更加嚴格。畢竟舊時代的遺物就是眾人即使犯罪也想取得的東西。

而被派遣到當地調查的學生也不例外地必須背負起同樣的義務。

在這種情況下，包含庫洛伊薩斯在內的聖捷魯曼派魔導士們分配到的工作是調查從遺跡中挖掘出來的魔導具。

「……這枚戒指應該跟某個東西是成對的。雖然在上面刻有啟動用的魔法術式，但不知道會啟動哪個魔導具。」

「不知道的話，啟用一次看看就好了吧？說不定就在這些東西裡頭喔？」

「別開玩笑了，如果是危險的魔導具該怎麼辦啊？」

「逃走不就得了？我會率先逃跑就是了。」

「你也太不負責任了吧……」

庫洛伊薩斯等人目前身在一個堆了層層木箱，像是倉庫的地方，鑑定在此處發現的魔導具。魔導具大多鑲有「魔石」或是將寶石加工後製成的「魔晶石」，不然就是「精靈結晶」之類的寶石。

將魔法術式刻入這些寶石中，就能打造出具有各式各樣功能的魔導具。而只要用放大鏡觀察這些寶石，就能透過解讀魔法術式來判斷這些魔導具有什麼效果……不過不是相當有毅力的人，恐怕無法勝任這項作業。

若是「魔石」或「魔晶石」有一定程度的大小，就比較容易辨別以魔法術式構成的魔法陣內容。

可是其中有些石頭的大小只有小指尖那麼大，即使能夠勉強看出上面刻的是魔法陣，也無法解讀裡頭的魔法術式。

他們無從得知舊時代的人究竟是如何刻入這麼細小的魔法陣的，但是這些精密到嚇人的魔法術式害慘了調查員們。開心的只有庫洛伊薩斯而已。

「太美妙了……究竟是怎樣把這麼小的魔法陣嵌進去的啊。舊時代的魔導具果真是藝術品呢。」

「庫洛伊薩斯，真虧你可以一直那麼興奮耶～……？我們可是馬上就投降了～這種東西怎麼可能看得出來啊～」

「哎呀，畢竟他是庫洛伊薩斯啊……這裡對他而言，肯定是樂園吧。」

「沒錯，這裡簡直是天堂，是知識的寶庫啊，即使要我一輩子泡在這裡做研究，我也無怨無悔。」

「你啊……有這麼開心嗎？除了庫洛伊薩斯以外的人全都已經受不了了喔？」

一開始學生們也都像庫洛伊薩斯那樣開心得不得了。

畢竟是舊時代的魔導具，學生們鮮少有機會接觸到如此精緻的魔導具，而且說不定一輩子都碰不到一次。

而這樣的魔導具在眼前堆積成山，身為研究人員，見到這種狀況豈有不興奮的道理。

可是他們負責的分類工作麻煩到了極點。

擁有「鑑定」技能的話是多少能夠辨識，但是舊時代的魔導具太精緻了。

發掘出來的盡是些連少數擁有「鑑定」技能的人都會舉白旗投降，搞不清楚用途的魔導具，使得調查活動遲遲沒有進展。儘管「鑑定」技能的等級會因此提升，他們還是無法完全解讀。

真要說起來，是因為他們身為魔導士的等級太低了，頂多只能看懂這些以高超技術打造出的魔導具效果的隻字片語。

直至目前為止，擁有「鑑定」技能的人都獲得了比較好的待遇，可是這次的案子徹底折損了他們的自信心，導致他們從被阿諛奉承的立場，一舉淪落到慘遭怒罵的狀況中。

加上工作沒有進展的焦躁感，甚至數度發生悽慘的鬥毆事件。

而在這樣的狀況下，仍能貫徹自身步調的庫洛伊薩斯確實是個大人物。

「不行啦……『鑑定』技能等級已經練到滿了，卻沒變化為更高階的技能……都是我身為魔導士的實力太差了啦～！」

「嘖，有鑑定技能的傢伙又在抱怨！煩死人了，把他丟去外面啦！」

「你去處理啊，我也忙著解讀呢！混帳，這裡到底在寫什麼啦！誰借我一下辭典！」

「哪種語言的辭典啊～光是獸人族就有三十六本耶！還有精靈與矮人語，甚至還有已經滅絕的種族語言……」

「看不懂！『瑪莎波拉哈』是什麼意思啦！『啾啾咩門』又是哪個種族的語言啊！」

「冷靜點，你說不定搞錯唸法了。」

現場一片混亂。

總之是很麻煩的工作。

光是一句話就得查閱堆積如山的辭典，還得反覆做這件事無數次。

比舊時代更早以前的時期被稱為神話時代，當時的種族似乎都會使用某種統一的語言。

這個統一語言分到各個種族後，最終變成了各種族特有的語言系統。

解讀作業就是要調查這個統一語言。

如果可以解開所有魔法術式的意義，就能夠讓統一語言復活。

這雖然會是項歷史性的偉業……實際上卻沒什麼進展可言。

因為即使是同一種語言，有些詞彙也會因為使用的種族不同而有不同的意義。儘管能夠解讀魔法術式，但他們畢竟還只是學生，不可能完全解讀。

這等於是要他們去做超出他們能力範圍的事情。

「唔～嗯……這樣子真讓人想去轉換一下心情呢。」

「是啊……有沒有什麼有趣的話題啊？」

「這麼說來，這個時代的魔導具用的是統一語言對吧？所謂的統一，就表示其他種族也會說同樣的語言。可是在這之前的時代，又是用怎樣的語言？」

「這個嘛，雖說從邪神戰爭結束後到現在已經過了兩千年以上的時間，但奇妙的是，至今仍未找到比舊時代更早以前——也就是人類文明發生期的遺跡。儘管那是所謂的神話時代，但既然人類已經存在了，應該會留下些痕跡才對吧。」

見識過伊薩．蘭特城遺跡，就知道邪神戰爭之前有著先進的魔法文明。一般人都稱之為「舊時代」或是「舊魔法文明」，可是在這之前的文明則充滿了謎團。邪神戰爭之後雖然遺留下了各式各樣的魔導具、兵器、文獻和資料，卻因為世界進入了戰亂時代，大概在千年內便幾乎全都焚毀佚失了。

梅提斯聖法神國也視這類文獻和資料為禁書，一旦發現便會焚毀。畢竟裡面記載了不利於宗教國家的內容吧。

能用各種不同種族的語言來解讀魔法術式，就代表魔法文字是統一語言。

從現今仍存活的精靈、矮人，甚至是人類能夠互相溝通的情況看來，在統一語言成形的過程中沒有各式各樣的文化交流的話，那就太不合理了。

儘管至今連個遺跡的痕跡都沒發現過——

「之所以沒有留下遺跡，是不是因為在遠比邪神戰爭前的舊時代更早的時候，發生過牽連整個世界的大型戰爭啊？國家之間的戰爭、宗教戰爭、民族紛爭、種族之間的紛爭，以及統一戰爭。正因為擁有智慧，才會引發戰爭，只能認為文明會因此反覆地誕生及毀滅吧。跟現在這個時代沒有太大的差別。」

庫洛伊薩斯以沒有任何夢想與希望可言的現實內容，回答了馬卡洛夫的疑問。

「你啊……為什麼要說這麼無趣的事？你從未感受過太古的浪漫之類的玩意嗎？太現實只會讓人心灰意冷啊……」

「馬卡洛夫，雖然世界上有許多種族存在，但說穿了都是擁有智慧的生物喔？你仔細看看現今這個時代吧。不是有某個國家認為獸人很野蠻而貶低他們，打著宗教的名義持續展開侵略嗎？開戰的理由有千百種，可能是政治情勢、執政者的野心，又或者是種族之間的對立。你覺得這種傢伙會留下敵方的文明痕跡嗎？即使在現今，也會徹底抹滅這些痕跡喔？人類的本質其實沒什麼變，認為過去的文明被徹底破壞到連遺跡都不剩，才是比較合理的推測。」

破壞者破壞現有文明，再創造新的文明。

因為宗教對立而炸毀神像、因為執政者不喜歡廣為流傳的哲學理論而把居民連同城鎮一併燒毀、將征服下來的國度原有的王室城堡與墓園全數破壞。

這種行為在現今這個時代也是經常會發生。

「世界一度因為邪神戰爭而差點毀滅，我不認為會有文明發祥時期的古代遺跡留下。一切都已經喪失在時間的彼端了，無從調查。」

比起舊時代，太古時代的確是無從著手調查。

畢竟正如庫洛伊薩斯所言，曾經充斥在世界上的人類文明，在邪神戰爭時期後便徹底荒廢了。就算有可能存在於世界上的某個角落，但他們也不是考古學家。

「邪神的存在也很神祕呢～可以毀滅世界的破壞者究竟藏在哪裡啊？若有舊時代的技術，應該可以找出來吧？」

「伊・琳說得也有道理。沒人知道邪神是什麼，又是從哪裡來的。」

「是啊。雖然梅提斯聖法神國口口聲聲喊著邪神、邪神，但實際上關於邪神有太多謎團了，我們連邪神到底是怎樣的存在都不清楚。」

「說不定是舊時代的生物兵器？比方說現在已經無法打造人工生命體了吧？以創造生物是褻瀆生命為由，將此視為禁忌。如果造就這個結果的原因出在邪神身上的話——」

「原來如此……如果這個推測為真，那～當然會被禁止嘍。」

實際上沒有人知道邪神的真面目。

不過視邪神為舊時代的生物兵器這個推論滿合理的，至少大多數的研究者都如此認為。

畢竟大多數魔導士都很懷疑神是否真的存在。以解明世界法則為目標的魔導士，大多數都不認同人們信仰的神這種模糊的存在。

他們甚至認為四神只是完成了特殊演化的生物，這也是魔導士之間的常識。

在某種意義上，他們這個想法有對也有錯，不過只有一小部分的轉生者知道這件事，而在場也沒有這樣的人能夠告訴他們真相。

「好了，這樣應該有稍微轉換到心情了吧，回來做事了。」

「嗚～……真想忘記，心情好沉重喔……」

「比起這個，分析既有的魔法還比較輕鬆呢……我們明明還不熟悉應用，卻得處理這些魔導具，是不是搞錯了什麼啊？」

「庫洛伊薩斯超有活力的呢～……」

在每個人都非常厭倦的情況下，只有一個人非常興奮，情緒高昂。

學生們都很羨慕能夠喜孜孜地解讀魔導具的庫洛伊薩斯。

追根究柢，讓學生們來解讀魔導具，這本身就是件不可能完成的任務，但因為調查員的人數太少，也因為庫洛伊薩斯發表的研究成果，使得學生中會解讀魔法術式的人反而比較多。

也就是說，國家採用了在第一線培育他們的方針。

除了一個人之外，在這裡工作的辛苦程度不亞於黑心企業。

不，因為根本看不到終點，這裡或許是地獄吧。

◇　◇　◇　◇　◇　◇　◇

茨維特等人也以惠斯勒派的魔導士的身分在行動著。

主要是大略評估跟防衛有關的事項。

「……門有兩道。分別靠索利斯提亞這邊和靠阿爾特姆皇國那邊啊……因為在地底下，所以能進攻的位置只有這兩道門，如果能嚴加控管進出，應該能在一定程度上防範外敵的侵占。」

「不過內部發生叛亂就是大問題了。畢竟這座城鎮是易守難攻啊……」

伊薩‧蘭特基本上能夠自給自足。

因為是地底都市，敵人無法從空中攻入城內，只需要注意從大門進出的商人或傭兵即可。事實上說有著銅牆鐵壁般的防禦也不為過。

不過人偶爾就是會用意想不到的方式攻下一個國家。

任何事情都沒有所謂的絕對。

「西門和北門前面都有士兵的宿舍吧？除此之外也可以看到為了維持治安，城鎮內安排了衛兵待命處。再加上街角也設有小型的監視用小屋。從城鎮的構造來看，他們算是相當積極的在維持治安，以前這裡到底有多少兵力啊。」

「根據資料來看，好像已經發現設有武器保管庫的建築物了，規模應該不小吧？」

「保衛民眾的巡警部門似乎有別於軍隊，肯定是個規模不得了的組織。分屬不同指揮系統下的部隊，要怎樣相互配合啊？」

「無論是衛兵還是騎士，都是防衛工作的一環哪。只是所屬部門不同，事實上還是同一個組織，應該不會發生類似和魔導士團之間的組織對立那樣的事情吧。」

「只是因為發現魔導士團與騎士團之間對立，就把軍隊和城鎮守衛隊分開的做法很沒效率耶～感覺真的有組織對立的情況。」

魔導士團與騎士團之間的對立，其實從籌劃組織時就已經開始了。

本來魔導士大多都是鍊金術師。是負責製作魔法藥或魔導具，從後方支援騎士團的組織，騎士團則是維持治安和保衛國家的正式軍隊。

魔法藥是能夠立刻治療受傷的騎士，讓他們可以馬上回到戰場上的重要道具，所以倍受重視。畢竟梅提斯聖法神國獨占了回復魔法。魔法藥需求的重要性也自然跟著水漲船高。

問題在於騎士團和魔導士團的成員多是貴族出身。

貴族比什麼都重視名譽。在索利斯提亞魔法王國建國前的國家，對魔導士待遇很差，當時即使是貴族，只要是魔導士就會受人輕視。

而這些出言汙衊的人當中，當然有很多出身騎士世家的貴族。

後來身為魔導士的貴族們對當時國王的暴政發起了政變。雖然出身騎士世家的貴族也加入了政變，但雙方只是由於利害關係一致才會合作的。

魔導士們要求國家改善他們的待遇，騎士貴族則是認為若繼續施行暴政，可能會導致國家滅亡。政變成功後，便建立了索利斯提亞魔法王國。

當時魔法貴族和騎士貴族間的嫌隙還沒那麼嚴重，可是到最後魔導士和騎士雙方貴族間的對立又死灰復燃。分裂成了魔導士團與騎士團，狀況不斷惡化。

關鍵在於騎士貴族們又開始做出在舊有國家體制時曾有過的謾罵行徑。

接著由於魔導士這邊不爽，開始限制供應魔法藥，使得事態更加惡化。事情也波及到了一般平民出身的魔導士或騎士。

直到茨維特等人提出的組織改革方案通過之前，這樣的對立不斷持續著。

這雖然是題外話，不過茨維特等人提出的改革方案注重實力，即使是貴族出身，也無法在一開始就擔任重要職位。現在也不斷用解僱的方式在淘汰冗員。

「抱怨也於事無補。做個結論吧……迪歐，你會怎麼進攻這座城鎮？」

「把伴裝成一般商人的同夥送進來，花時間從內部攻陷吧。用正面進攻的方式打不下這座城鎮，而且因為易守難攻，也沒有義務回應敵方單挑的要求。」

「也是啦……不過以我的立場而言，一定得回應敵方的單挑就是了……」

「貴族也真是辛苦。」

在這個時代，王公貴族在戰爭時必須高舉繡有家徽的旗幟，上戰場奮戰。

雖說其中一個目的是提振士氣，但若要有組織性地調動軍隊，就必須在各貴族的旗下編隊，才能順利地執行作戰。

但反過來說，這等於是在告訴敵方我軍指揮官的所在位置，很有可能會被集中攻擊。

更何況魔導士不擅長近身戰。但只要身為貴族，即使是魔導士，也得接受敵人的單挑請求，若擁有王族血統更不在話下，逃避只會顯得可恥。

這也是騎士貴族之所以瞧不起魔法貴族最大的原因。明明說了要單挑，魔法貴族卻躲得遠遠的用一招魔法解決，騎士會認為他們很卑鄙也是無可奈何的事。

但按照魔法貴族的說法，就是「為什麼我要跟騎士貴族站在同一個擂臺上比武啊！不覺得這樣才卑鄙嗎！」這麼一回事。

真要說起來，因為職業不同，雙方總是無法達成共識。

然而身為王室親戚的茨維特即使再怎麼不願意，也必須回應敵人單挑的要求。

這是他的義務，他也不能做出會讓人覺得卑鄙的行為。

真是麻煩的血統。

「可是……照這樣看來，我們不是很快就會沒事可做了？雖然我對舊時代的都市很有興趣，但以防禦層面來說，實在沒有半點破綻啊……」

「啊哈哈……因為無論是守是攻，能做的事情都很有限啊。更何況伊薩·蘭特是座專精於防衛的都市。」

「不知道有沒有哪裡可以鍛鍊……嗯？」

他們攤開城鎮的地圖，打算移動到下一個地點時，茨維特發現好色村與杏並肩走在一起。

這是相當少見的景象，不過這兩人原則上是受僱的護衛，擅自行動是違反契約的行為。

尤其是好色村，他雖然基於特赦而被無罪釋放，實際上卻是暗殺未遂的實行犯之一，在這之前甚至是個因為幹了蠢事而被貶為奴隸的罪犯。

至少他得先請示過茨維特，才能夠獨自行動。

「你們要去哪？」

「喔，同志！我們想去探索一下。這裡說不定有之前沒發現的地下道，或許可做點戰鬥訓練喔？」

「什麼？這是真的嗎？」

「這頂多……只是好色村的推測。所以我們才想去確認……」

「喂，小杏！妳也說妳有點在意吧？可不可以不要把責任全推到我頭上？」

這兩人是轉生者。

當然也藉由「Sword and Sorcery」知道關於伊薩．蘭特的事，所以想去驗證遊戲與異世界的差異，打算前往某個地方。

他們在途中遇見了茨維特等人，卻沒想到省略了大部分的內容，只表明了他們的目的後，茨維特竟然出乎預料地對此很感興趣。

茨維特和迪歐雖然也有和騎士團進行共同訓練，但除此之外仍不忘勤奮地主動訓練。

如果有接近實戰的戰鬥訓練機會，不光是學生，對守衛隊的騎士們來說也是很好的訓練。

儘管對於好色村要去探索這點有些不安，但可以控制粗心好色笨蛋的杏也在，讓茨維特多少期待了起來。

「哎呀，說不定是我們誤會了，你別太認真喔？」

「我不會太期待的，可是你們打算去哪裡？照理來說應該要先來請示過我吧？」

「抱歉，這點是我不對。然後啊，我們的目標是那裡。」

在好色村手指的方向上，有一根伸向天頂的巨大柱子。

「為什麼是那根柱子？那個的功用不是把魔力傳導到城鎮的外殼上嗎？」

「照理來說，應該可以通過那根柱子的中心前往外頭。柱子裡面應該設有樓梯和電梯，不過先祈禱它們都沒壞吧。」

「你們很清楚耶？那可是連我們都不知道的情報喔……（電梯是什麼啊？）」

「『殲滅者』應該很清楚吧。我們其實也不是那麼了解這座城鎮。」

「……你們到底是何方神聖？從哪裡得知這些情報的？」

茨維特到現在才察覺到好色村的異常之處。

這座伊薩．蘭特是最近才剛被發掘出來的都市遺跡。明明是這樣，他們卻不僅消息靈通，甚至還知道柱子裡面有樓梯的事。

就連不知從哪得知了遺跡相關情報的庫洛伊薩斯都不知道柱子裡面的構造。可以通往地面上這件事他也是第一次聽說。

而且傑羅斯若是知曉詳情，在好色村身上感受到的異常就可以套用在大叔身上。他們知道太多自己不知道的事情了。

「呃，因為我們跟那個大叔是同類……」

「無知是幸福……好奇心甚至能殺死地獄巨貓。你不要太在意比較好……」

「不，即使妳搬出這種傳說中的魔物的名稱……應該說，真的遇見的話我會被殺吧。」

「嗯……不要緊。你不會死，我會保護你……」

「妳不是正想丟下要保護的對象，打算跑去別的地方嗎？」

「同志，別在意這種細節啦。你會因為壓力太大一下子變成禿頭喔？」

「誰會禿啊！好啦，算了。如果發現了什麼記得告訴我……」

既然兩人沒打算多說，茨維特決定今天就先不追究了。

「那兩人……是不是怪怪的啊？」

好色村也只丟下一句「了解，交給我吧」就輕輕揮手離去了。

「嗯……他們似乎跟師傅是同類，可是那兩人又不是魔導士。他們究竟是什麼關係？」

「你問師傅看看？」

「問是可以問，不過我不知道他會不會老實招來。畢竟他是個會在奇怪的地方裝傻的人啊。」

茨維特不知道傑羅斯等人背後藏了些什麼，有種有什麼哽在喉嚨裡的感覺。

不過就算想也想不透，所以他決定現在先不去追究。

他相信師傅在他該知道的時候到來時，就會向他說明了。

◇◇◇◇◇

好色村和杏來到其中一根高聳的柱子前方。

到天頂的高度約有一百公尺，不過從刻在柱子上，像是電路板的溝槽中，可以感覺到有一股龐大的魔力在流動。

柱子的周圍被高約二十公尺，有如台座的建築物給包圍著，但即使想要進去柱子內部，也找不到看起來像入口的地方。

雖然有厚重的隔板，隔板卻牢牢地緊閉著。

「……我記得在這附近。」

「我沒記錯的話，門應該隱藏起來了吧？」

「嗯……在『巨大獸人皇帝的進攻』活動裡，獸人就是從外面入侵的。」

「啊啊～是讓新玩家『爽翻了』的活動之一呢。在那之後前往別的城鎮已經是固定套路了。所以妳找到門了嗎？」

「沒問題……入口就在那裡。」

凝神一看，便可發現略為彎曲的石牆上有著細細的溝槽。

用手觸碰並注入魔力後，便傳出一道彷彿機械合成般，毫無情感的聲音說著「請輸入解除密碼」。

「呃……我記得好像是『偉大者為阿爾奴卡姆斯的聖人』？」

『解除密碼輸入完畢，大門即將開啟。』

門往內側移動約兩公尺後，向左側滑開。

門板看來比他們想像得還要厚實。

「嗯……虧你還記得，區區好色村，卻很了不起。」

「妳這是在稱讚我嗎？應該是在貶低我吧？」

「是稱讚……不過只有一成吧。」

「那不就表示剩下九成都是在貶低我！妳討厭我嗎？妳就這麼討厭我嗎？」

「嗯……不重要。」

「……我可以哭嗎？」

以某種意義上來說，直接被說「討厭」還好過些。杏的態度就是不喜歡也不討厭，根本不在意他。

別說沒表現出情緒了，她根本無視好色村的存在。

而且這位少女絲毫不掩飾這一點，直接明確地表現出來，真的很不得了。

「好了……那就來探索一下裡頭吧。我之後得跟小杏妳好好談談才行。」

「好色村……你是戀童癖嗎？」

「誰是戀童癖啦，小杏妳到底把我當成什麼了？」

「……喜歡女人的……戀童癖。」

「居然直接這麼說……不過我不會挑釁妳的。因為我絕對打不贏妳……」

「好色村……沒出息？膽小鬼處男？」

「喂喂喂～！小杏妳到底想要我怎樣啦！」

所有男性都絕對不想聽到女生這樣說自己。

純真少女不經意的一句話，毫不留情地刺穿了好色村的玻璃心。小小的忍者暴君乍看之下雖然面無表情，實際上嘴角微微地上揚了。

那是難以察覺的微小變化。

「別鬧了……快走吧。」

「妳以為是誰害的？這不是我的錯吧！」

「好色村……找藉口太不像個男人了喔。」

被少女騎在頭上的好色村走進柱子。

兩人這時並未發現，有人正從遠方看著他們。

◇◇◇◇◇◇

「……妳看到了嗎？」

「嗯……看到了。沒想到竟然有那種機關……」

好色村他們走進柱子裡的場面，被正好在城裡閒逛的瑟雷絲緹娜和卡洛絲緹撞見了。

她們本來和庫洛伊薩斯等人一樣，在其他地方調查魔導具，但兩人出於好奇，便趁著休息時間逛起了伊薩・蘭特。

順帶一提，蜜絲卡和烏爾娜因為不是這次調查活動的成員，所以沒和她們一起行動。

「身為魔導士，我們應該要跟上去看看吧！這裡可是古代魔導文明的遺跡，不知道會有什麼樣的發現呢！」

「我同意，可是我們的裝備不適合作戰喔？進去之後說不定會需要戰鬥，而且那裡似乎是調查團也沒發現的未知地點，不能大意啊。」

「那妳打算就這樣放過本世紀的大發現嗎？傭兵可能直接偷走發現的遺物，不向上呈報喔？」

「雖然我覺得杏小姐應該不會這麼做，但另一位……色蒙特先生就無法信任呢……該怎麼辦呢？」

「只能跟上了……不，我們必須跟上！」

她們的裝備只有學院的制服和長袍。

武器也只有勉強能湊數的手杖，以及可以當作魔法媒介的戒指，一旦進入戰鬥，可說是弱到不行。

要闖進有危險的地方確實令人有些擔憂，可是兩人身為研究者，對求知的好奇心還是戰勝了一切。

「那、那麼……一旦判斷有危險，就要立刻調頭回來喔。」

「沒錯。這是調查，如果認為那是個危險的地方，只要逃跑就好了……」

話都說出口了。已經無法回頭了。

兩人用力地朝彼此點了點頭，急忙朝著好色村他們進入的入口跑了過去。

心中抱著對新發現的期待，兩位少女踏進了柱子裡。

國家圖書館出版品預行編目資料

賢者大叔的異世界生活日記/寿安清作；Demi譯. --
初版. -- 臺北市：臺灣角川股份有限公司, 2021.01-
　冊；　公分. -- (Kadokawa fantastic novels)
譯自：アラフォー賢者の異世界生活日記
ISBN 978-986-524-188-9(第8冊：平裝). --
ISBN 978-986-524-542-9(第9冊：平裝)

861.57　　109018334

Kadokawa
Fantastic
Novels

賢者大叔的異世界生活日記 9

（原著名：アラフォー賢者の異世界生活日記 9）

2021年6月28日　初版第1刷發行

作　者：寿安清
插　畫：ジョンディー
譯　者：Demi

發行人：岩崎剛人
總編輯：蔡佩芬
編　輯：黎夢萍
美術設計：黃永漢
印　務：李明修（主任）、張加恩（主任）、張凱棋

發 行 所：台灣角川股份有限公司
地　址：105台北市光復北路11巷44號5樓
電　話：（02）2747-2433
傳　真：（02）2747-2558
網　址：http://www.kadokawa.com.tw
劃撥帳戶：台灣角川股份有限公司
劃撥帳號：19487412
法律顧問：有澤法律事務所
製　版：巨茂科技印刷有限公司
ＩＳＢＮ：978-986-524-542-9